이 책에 대하여

글쓰기 가이드 계에 거물이 될 새로운 책이 등장했다. 《영어 글쓰기의 기본The Elements of Style》은 자리를 내어주고, 《글쓰기 생각쓰기On Writing Well》는 이제 순서를 기다려야 할 것이다. 똑똑하고 재치 넘치며 시의적절하게 등장한 이 책은 누군가를 설득하는 것은 고사하고 자신과 생각이 다른 이들과는 소통하는 능력마저 상실한 사람들이 많은 이 시대에 꼭 필요한 책이다. 글을 쓰는 사람이라면, 장차 글을 쓰고 싶은 사람이라면 이 책을 읽어야 한다! **앤드리아 런스퍼드Andrea Lunsford _ 스탠퍼드대학교 영문학 명예교수**

글쓰기에 관해 지금껏 읽었던 책 중 가장 유용했던 작품이다. 트리시 홀은 굉장한 재능을 갖춘 작가이자 에디터이다. 그는 시시한 잡담을 산문으로, 두서없는 생각을 품격 있는 주장으로 변모시킨다. 마침내 그가 자신만의 비법을 세상에 공개했다.

애덤 그랜트Adam Grant _ 《오리지널스》 저자

이 책은 글쓰기 책, 그 이상의 것을 담고 있다. 내가 아는 모든 사람에게 들려주고 싶은 훌륭한 조언들이 가득한, 삶에 관한 책이다.

루스 라이셜Ruth Reichl _ 《Gourmet》 전 편집장, 《주방에서의 1년My Kitchen Year》 저자

이 책을 읽는 이유가 전달력 높은 글쓰기 방법을 배우는 것이든, 〈뉴욕타임스〉 에디터가 하는 일에 대해 알고 싶은 것이든, 용감한 한 여성이 들려주는 이야기에 매료된 것이든, 눈을 뗄 수 없을 정도로 굉장히 흥미롭고 반드시 필요한 책이다.

마크 대너Mark Danner _ 캘리포니아대학교 버클리 캠퍼스 대학원 저널리즘 및 영문학 석좌 교수

이 책은 자신의 생각을 글로 작성하는 법, 인터뷰하는 법, 경청하는 법, 사람들이 내 말을 듣게 하는 법 등 유용한 팁으로 가득 차 있다.

앤 패디먼Anne Fadiman_ 수필가, 《와인 애호가의 딸The Wine Lover's Daughter》 저자

그가 제시한 통찰력이 유용하지만 당연한 소리처럼 들릴 수도 있다. 하지만 그는 명료한 문장으로 심오한 의미를 전달한다. 사람들이 고수하는 도덕적 가치관에 대해 설명하며 이렇게 말한다. "타인이 근본적인 가치관을 바꾸길 바랄 수 없으므로 타인의 가치관에 어울리는 방식으로 자신의 주장을 펼쳐야 한다." 이성적이고 논리 정연한 충고가 담긴 이 책은 글을 쓰는 사람이라면 누구에게나 큰 도움이 될 것이다.

《퍼블리셔스 위클리Publishers Weekly》

상대를 수용적으로 또는 저항적으로 만드는 태도와 접근법에 대해 설명하고, 유대감 또는 공통의 기준을 찾는 것이 왜 중요한지를 밝히며, 서로를 적대시하기보다는 함께 발맞추어야 한다고 주장하는 트리시 홀의 조언은 글쓰기의 영역을 훨씬 넘어선다. 저자는 정치적 양극화 현상이 심화된 오늘날에도 서로에게 들리지 않는 고성을 지르는 대신 공통의 기반을 찾고 대화의 장을 마련할 수 있다고 말한다. 아무도 몰랐던 〈뉴욕 타임스〉 내부의 이야기와 함께 커뮤니케이션으로 서로 다른 의견을 중재하는 방법을 설명하는 명쾌한 책이다.

《키커스KIRKUS》

이 책에서 트리시 홀은 그의 실제 경험을 바탕으로 설득의 원칙을 제시한다. 원칙이 으레 그렇듯 저자는 자신의 주장이 틀릴 수 있다는 것을 알고 있다. 하지만 그가 깊이 있게 조사하고 명료하게 풀어낸, 설득에 관한 조언을 읽고 나면 도리어 그 원칙이 틀릴 수 있을까 하는 의문을 품게 될 것이다. 커리어 내내 진실을 좇고, 자신의 오피니언을 의심하며 지냈던 그의 지난 삶을 읽다 보면 독자들 역시 그의 태도를 배워야 한다는 생각이 들 것이다.

《북리스트BOOKLIST》

뉴욕타임스
편집장의

글을
잘 쓰는 법

자신의 글을
써보기로 마음먹은
사람들에게

뉴욕타임스
편집장의

글을
잘 쓰는 법

Writing to Persuade

트리시 홀 지음 | 신솔잎 옮김

더퀘스트

나의 생각을
세상에 전하고
싶다면

9

5년 가까이 〈뉴욕타임스^{New York Times}〉의 Op-Ed^{Opposite the Editorial page},
(언론사의 가치나 사주 및 경영진, 편집부의 시각과 철학을 담은 사설 페이
지^{editorial page} 맞은편에 실린, 언론사와 다른 관점의 개인 논평 칼럼으로 기명
칼럼 또는 기명 논평으로 옮길 수 있다―옮긴이) 책임자로 일하며 논쟁
과 열정, 아이디어에 깊이 빠져들었다. 내가 관리하는 12명의 에
디터는 명망 높은 사람들부터 무명작가들까지 하나같이 자신의
의견을 세상에 알리고 싶어 하는 사람들의 원고를 읽었다. 두 명
의 어시스턴트는 보석을 가려내고자 매주 들어오는 수백 건의 투
고 원고를 샅샅이 뒤졌다. 나 또한 도저히 세볼 엄두도 나지 않을
정도로 많은 글을 읽었다. 항상 시간이 부족했다.

　해박한 지식과 창의적인 생각으로 나를 놀라게 한 수많은 작

가와 에디터를 만날 수 있는 내 위치에 감사했다. 하지만 동시에 수많은 유명인과 성공한 사람들이 쓴 형편없는 글을 보며 놀라움을 감출 길이 없었다. 아이비리그 학교의 말쑥한 졸업생들이 쓴 글은 복잡한 문장과 시시한 아이디어가 가득했다. 마땅히 주목받아야 할 참신한 아이디어들이 전문 용어에 갇혀 독자에게 닿지 못했다.

열정적이다 못해 간절하기까지 한 태도로 자신의 의견을 타인에게 납득시키려는 사람들, 논쟁의 물결에 합류한 수많은 사람들이 이룬 오피니언의 바다를 처음 마주했을 때 너무도 낯설었다. 그전까지만 해도 나는 어떠한 주장의 정당함을 입증하거나 논쟁에서 이겨야 하는 상황이 전혀 없던 저널리스트였다. 수년간 취재를 하고 기사를 쓰고 편집을 하며 타인의 생각과 감정을 배워가는 일을 했다. 그것이 즐거웠고 나 또한 내 의견을 드러내는 데 별 흥미가 없었다. 스스로 딱히 견해란 것이 없는 사람이라고 생각했다. 그래서 처음 오피니언 부서에서 일을 시작할 때 내가 말하고자 하는 주제에 따라 과거사를 편의대로 갖다 붙이는 것이 불편하게 느껴졌다.

남부 출신의 노동자 계급인 아이 엄마와 유대감을 쌓아야 한다면? 그럴 때는 어린 시절, 펜실베이니아 주의 시골에서 자랄 당시 새아빠가 개를 키웠고, 매일 오후 다섯 시만 되면 칵테일 아워를 알리듯 시끄럽게 짖어대는 개들이 전혀 달갑지 않았다는 이야기를 하면 되지 않을까? 하버드대학교의 교수를 인터뷰할 때라면? 부친이 로스앤젤레스 시로 오기 10년 전쯤 하버드대학교에서 석사 학위를 받은 이야기를 꺼내면 되었다. 나는 필요에 따라 시골 출신도 되었다가 도시 출신으로도 변할 수 있었다.

몇몇 사람들과 달리 나는 오피니언이나 논쟁에 대해 학문적 취향도 없었고, 다른 언론사에서 비슷한 업무를 한 경험도 없었다. 오피니언은 내게 새로운 세상이었고, 그것도 처음에는 두렵게만 느껴지는 세상이었다. 하지만 점차 시간이 지나며 내가 얼마나 행운아인지 실감했다. 이 일 덕분에 미국의 정서와 의견을 접할 기회를 얻었고, 나는 많은 사람들의 글이 독자에게 닿을 수 있도록 최선을 다했다. 좌우 성향을 떠나, 심지어 아무런 정치적 신념이 담겨 있지 않더라도 어떤 글이 내게 울림을 주었다면 분명 독자가 있을 거라 확신했다.

20년 넘게 글쓰기와 편집에 대해 내가 배운 것이 독자들에게 전달되기를 바라는 마음이다. 당신이 쓰는 글이 기명 칼럼이든, 대학 교수에게 제출하는 페이퍼든, 구직을 바라는 이메일이든, 단순히 남편에게 남기는 쪽지라 해도 당신의 의견이 상대방에게 설득력 있게 전달될 수 있도록 돕고자 한다. 이 책의 대부분이 글쓰기에 관한 것이지만, 글쓰기 원칙 기저에 자리한 심리 작용도 한번씩 다룰 예정이다. 인간의 행동 양식을 안다면 직접 만나 의사소통하는 데에도 도움이 될 것이다.

이렇게 묻는 사람도 있을 것이다. 논쟁과 설득에, 사람들이 내 이야기를 듣도록 만드는 데 필요한 원칙이 있다고? 당연히 원칙이 있다. 타인의 의견을 바꾸기는 쉽지 않지만, 글뿐 아니라 실제 삶에서도 타인을 당신 편으로 끌어당기는 테크닉, 즉 설득을 위한 기본 원칙이 있다. 대부분의 법칙이 그렇듯 이 원칙도 지키기가 쉽지 않다. 그리고 모든 법칙이 그렇듯 이 원칙 또한 보기 좋게 깨질 수도 있다. 원칙을 모두 무시하고도 상대방을 설득하는 데 성공할 수도 있다. 하지만 기교와 기술, 인간 심리에 대한 이해를 바탕으로 한 다음의 원칙을 따를 때 누군가를 설득할 확률이 높아지는 것만은 확실하다.

커리어 내내 내가 기준으로 삼아왔던 15가지 원칙을 아래 소개하고자 한다.

설득하는 글쓰기를 위한 15가지 원칙

1. 사람들에게 귀를 기울여라. 청중은 가장 중요하게 고려되어야 하는 원칙이다. 자기중심적인 미국의 문화에서도 설득할 때만큼은 당신이 아니라 청중이 주인공이다. 일대일 대화이든, 수백만 구독자를 거느린 언론 매체의 독자에게 당신의 입장을 설득할 때이든, 가장 우선적이고도 중요한 단계는 바로 상대방의 말을 듣는

것이다. 상대가 누구인지, 그리고 어떻게 느끼는지 알아야 한다.

2. 사람들은 자신의 신념을 고수한다. 사람은 온갖 이유를 들어 자신의 의견을 어떻게든 고수하려 든다는 점을 이해해야 한다. 만약 당신이 상대방이 가장 좋아하는 후보자에 대해 부정적인 이야기를 한다면 이 후보자를 지지하는 상대의 마음은 더욱 굳세질 것이다. 이들은 이미 해당 의견에 자신의 시간과 노력을 투자했기에 바꾸는 것이 쉽지 않다. 사람들이 멍청해서 그런 것이 아니다. 또한 본인만 모를 뿐, 당신 또한 그들과 다르지 않다. 의견이 다른 사람들에게 닿으려는 노력 자체가 무용하게 느껴지지 않을까? 물론 그럴 때도 있다. 때로는 타인의 마음을 바꿀 수 없다는 사실을 받아들여야 한다.

3. 청중을 존중하라. 공감하는 법을 깨우쳐라. 청중이 어떻게 느낄지, 이들의 입장에서 어떻게 보일지 이해하려 노력해야 한다. 어렵겠지만 필수적인 일이다.

4. 싸움을 걸어선 안 된다. 우선 언쟁은 별 도움이 안 된다. 언쟁이 시작되면 사람들은 방어적으로 변하거나 그저 귀를 닫고 무시한다. 언어 학대와 괴롭힘에 유연하게 반응할 수 있는 유일한 사람은 타인의 공격성을 수용하는 것 외에는 다른 선택권이 없고 부

당한 비난을 받는 데 익숙한 고객 서비스 센터의 직원들뿐일 것이다. "당신이 틀렸어요" 또는 "내가 옳다는 걸 당신도 알잖아요"식의 화법을 삼가야 한다.

5. 감정을 건드려라. 감정은 팩트보다 훨씬 중요하다. 뉴욕의 정신과 의사이자 교수인 리처드 프리드먼^{Richard Friedman}은 이렇게 말했다. "팩트는 의학적으로 활용해야 한다. 타깃 독자의 정신적·정서적 상태를 확인한 뒤 적절한 양을 처방하는 것이다." 누구나 정서적으로 울림이 있는 정보에 반응하기 마련이다.

6. 도덕적 가치관을 이해하라. 도덕적 가치관은 세상에 대한 이해의 틀을 형성한다. 당신의 가치가 아니라 '청중'이 중요시하는 가치를 바탕으로 당신의 의견을 전달해야 주목받을 수 있다.

7. 공통점을 강조하라. 사람들은 자신과 유사한 사람들의 의견에 동의하는 경향이 있다. 불쾌한 사람보다 호감도가 높은 사람이 타인을 설득하는 데 훨씬 유리하다. 긍정적이고 매력적인 사람이 되어야 한다. 당신이 틀렸을 때 인정하라. 나는 세련되게 사과하고 실수를 인정하는 태도가 강력한 힘을 발휘한다고 믿는다.

8. 당신이 잘 아는 주제가 무엇인가? 당신이 아는 것에 대해, 당

신의 전문성이 논란의 대상이 될 수 없는 분야에 관해 글을 써야 한다. 컴퓨터 기술자라면 하드웨어나 소프트웨어에 대해 글을 쓰는 것이다. 임종을 눈앞에 둔 부친을 돌보며 호스피스 케어 의료 제도에 분노하고 있다면, 그것을 주제로 글을 써야 한다. 자신이 잘 알고 있는, 혹은 느끼는 바가 있는 주제가 당신이 집중해야 할 이야기다.

9. 독자를 놀라게 하라. 사람들의 관심을 얻기 위해 수많은 글과 이미지가 치열한 경쟁을 벌이고 있다. 대학 교수에게 제출할 에세이를 쓰든, 은행원에게 담보대출 기간을 연장해달라는 부탁을 하든, 항상 눈에 띄어야 한다. 당신의 글을 읽어야 하는 사람은 있어도 당신의 글을 좋아하는 사람은 없을 수도 있다. 상대방이 당신의 글을 좋아하도록 만들어야 한다. 글이 출판되길 원한다면 새로운 아이디어를 더해야만 한다. 그렇지 못한다면 당신의 글은 사람들의 눈에 들지 못할 것이고, 결국 모든 노력이 허사가 될 것이다. 50자이든 5,000자이든, 유의미하고도 긴요한 글이 되도록 만들어야 한다.

10. 구체적으로 명시하라. 단어를 살짝 비틀거나 깜짝 놀랄 만한 아이디어를 제시해 논점을 분명히 한다면 사람들은 당신의 주장에 주목하고 집중할 것이다. 구체적이지도 않고 실제적이지도

않으며 이미지를 떠올리게 하지 못하는 일반론적인 수준의 글로는 아무런 호응을 얻지 못할 것이다.

11. 스토리가 있어야 한다. 우리는 이야기에 반응한다. 스토리가 팩트를 대신하는 것은 아니지만, 스토리가 없는 팩트는 따분하고 건조하게 느껴진다.

12. 팩트는 마법이 아니다. 팩트만으로는 남들을 설득할 수 없다. 사람들은 듣고 싶은 것만 듣고, 아무리 완벽하고 무결한 팩트가 제시된다 해도 이 사실은 절대 변하지 않는다. 실상 우리는 듣고 싶지 않은 소식에 '가짜 뉴스'라는 이름을 붙여 묵살하기도 한다. 우리는 선택적으로, 때로는 무의식적으로 팩트를 선별해 듣는다. 학력이나 정치적 성향과 관계없이 누구에게나 해당하는 이야기라고 자신 있게 말할 수 있다. 팩트만으로는 당신이 바라는 만큼의 설득력을 발휘하지 못한다. 다만 아주 놀라운 팩트라면 훌륭한 에세이나 논문의 주제가 될 수는 있다.

13. 그럼에도 불구하고 팩트는 중요하다. 실수를 저질렀다가는 문책을 당하게 될 것이고, 당신의 글은 조롱거리가 되고 외면당하는 것으로 끝나지 않을 수도 있다. 따라서 팩트를 신중하게 확인해야 한다. 부주의했다가는 자칫 당신이 나락으로 떨어지는 일이

생길 수 있다.

14. 특수한 전문 용어를 피하라. 몇몇 빛나는 아이디어가 전문 용어에 짓눌려 빛을 보지 못하는 사례가 있었다. 특수한 전문 용어를 자제하라. 상투적인 문구를 피하라. 독자들은 이런 용어에 지루함을 느끼고 건너뛸 것이다.

15. 가차 없이 잘라내라. 대부분은 너무 많은 단어를 사용한다. 다듬고, 다듬고, 또 다듬어라. 내가 가장 아끼는 네 권의 책, 윌리엄 스트렁크William Strunk와 엘윈 브룩스 화이트Elwyn Brooks White의《영어 글쓰기의 기본The Elements of Style》, 윌리엄 진서William Zinsser의《글쓰기 생각쓰기On Writing Well》, 존 맥피John McPhee의《네 번째 원고Draft No.4》, 앤 라모트Anne Lamott의《쓰기의 감각Bird by Bird》을 포함해 작법을 다룬 훌륭한 도서들이 시중에 많이 있다. 글쓰기를 배우는 데는 끝이 없으니 위에 언급한 책은 물론 더 많이 찾아 읽어야 한다. 글을 잘 쓰기 위해서는 탐욕스럽게 읽어야 한다. 꾸준히 읽는 사람이 논리 정연한 글을 쓴다.

차
례

서문. 나의 생각을 세상에 전하고 싶다면 * **7**

Part 1 ─────────────────────────────
글의 세계에서 배운 교훈들

1. 작가가 되다 * **21**

2. 에디터가 되다 * **42**

3. Op-Ed를 책임지다 * **49**

4. 유명 인사와 함께 일한다는 것 * **64**

Part 2 ─────────────────────────────
당신의 이야기는 무엇입니까

5. 당신의 목소리를 찾아라 * **77**

6. 자신을 드러내라 * **89**

Part 3 ─────────────────────────────
생각을 전달하고 타인을 설득하는 힘

7. 청중을 파악하라 * **103**

8. 개 좋아하세요? 저도요! * **120**

9. 감정을 건드려라 * **132**

10. 공감하라 ∗ 144

11. 언쟁을 삼가라 ∗ 157

Part 4 ──────────────────────────────

글쓰기에 유용한 조언들

12. 스토리를 전하라 ∗ 169

13. 그럼에도 불구하고 팩트가 중요한 이유 ∗ 179

14. 쉽고 간결하되 구체적으로 ∗ 203

15. 아이디어를 구하라 ∗ 222

16. 에디터를 만족시키는 법 ∗ 237

Part 5 ──────────────────────────────

설득의 심리학

17. 사람들은 자신이 믿는 것을 믿는다 ∗ 253

18. 도덕적 가치관의 힘 ∗ 262

19. 사람을 진정으로 변화시키는 것 ∗ 269

종결. 이제 나아갈 때다! ∗ 282

감사의 말 ∗ 285

Part 1

글의 세계에서 배운 교훈들

1.

작가가
되다

,

글쓰기를 시작하는 사람들은 크게 두 분류로 나뉜다. 첫 번째가 업무나 학업 때문에 시작하는 사람들이다. 이들은 주어진 일을 위해 글을 쓰기 시작하다가 이내 자신이 글쓰기를 좋아한다고 깨닫거나 작업·연구를 진행하면서 얻은 흥미로운 결과를 공유하기 위해 글을 쓴다. 두 번째는 정서적인 그리고 심리적인 이유로 시작하는 사람들이다. 이들은 자신이 작가로 살아야 할 운명이라고 느낀다. '운명'이라고 해서 더 나은 글을 쓴다는 건 아니지만 적어도 자신의 정체성을 남보다 일찍 깨닫는다는 점에서 이들은 글의 세계에 더 빨리 진입할 가능성이 크다. 바로 내 경우가 그랬다.

비교적 물질적으로 풍요로운 어린 시절을 보냈다. 하지만 대다수가 말하는 과거의 삶이 그렇듯, 나 또한 끔찍할 때가 많았다.

현실에서 벗어나기 위해 책을 읽었다. 펜실베이니아 주 동북부의 어느 비포장도로 위에 내 부모가 직접 지은 단층 주택에서 책을 읽은 기억은 나지 않는다. 하지만 아빠가 길 건너편에 살던 내 친구 프레드의 엄마와 캘리포니아 주로 떠나기 전까지는, 그러니까 내가 여덟 살 무렵까지는 그곳에 살았으니 분명 그 집에서도 책을 읽긴 했을 것이다. 그 일이 일어난 후 우리는 약 8킬로미터 떨어진 외할머니 댁으로 거처를 옮겼다. 막다른 길 끝에 자리해 무성한 수풀과 개울이 있는 골프 코스 가까이에 위치한 집이었다. 근처에는 집시들이 모여 사는 곳이 있었다. 확실치는 않지만 아이들은 그렇게 믿었다. 주변을 거닐거나 나무 아래 누워 책을 읽지 않을 때는 30분을 걸어 신호등이 하나밖에 없던 댈러스 시의 작은 마을로 향했다. 음식점에 앉아 당밀을 가득 채워 만든 펜실베이니아식 네덜란드 디저트인 슈플라이 파이를 먹고는 했다. 그러고 나면 도서관에 가서 책을 몇 권 빌렸다. 혼자 도서관을 다니기에 어린 나이였을 때는 분명 엄마가 차로 데려다줬을 것이다. 하지만 그 장면이 머릿속에 잘 그려지지 않는다. 엄마와 그다지 많은 것을 함께하지 않았기 때문이다.

20분쯤 떨어진 윌크스배리라는 작은 도시에 있는 돌리 매디슨 아이스크림 가게를 주기적으로 갔던 기억은 남아 있다. 엄마와 외조부모 묘지에 들러 꽃을 올려놓고는 함께 아이스크림 집으로 향했다. 커피맛과 민트 초콜릿칩 아이스크림. 엄마와 나는 취향이 같았다. 엄마와 나 사이에 아이스크림 취향 말고는 닮은 구석이 없었기에 유독 또렷하게 기억에 남는다. 외향적인 성격에 파티를 좋아했던 엄마는 맨날 앉아서 책만 읽고 말은 거의 하지 않는 나와는 정반대의 딸을 원했을 것 같다. 아마도 나를 보며 자신이 잠든 사이에 옷장 한편을 텅 비워두고 떠난 남자를 떠올렸을 것이다. 도서관은 윌크스배리 시에서 집으로 돌아오는 길목에 있었기 때문에 일주일 동안 읽은 책 서너 권을 반납하고 또 서너 권을 빌려왔던 것 같다. 고등학교에 진학할 무렵 청소년 분야 코너에 있는 책은 거의 다 읽었다. 그 책들 덕분에 어린 시절을 견뎠고, 단 한 번도 진짜 집처럼 느껴지지 않던 곳에서 지내야만 했던 현실을 벗어날 수 있었다. 내가 살던 동네는 너무 외진 곳이었고, 나는 너무 외로웠다.

　책은 내게 전 세계 곳곳의 도시를 보여주었다. 내 주변에 실재하는 사람보다 더욱 진짜같이 느껴지는 사람들의 삶 속으로 안내했다. 물론 이제는 사람이 사는 곳이라면 그 어느 곳도 결코 따분하지 않다는 것을 알고 있다. 아직까지 펜실베이니아 주에 살고 있는 친척들이 들려주는 이야기를 듣노라면 나도 모르게 열렬히 빠져든다. 어린아이들을 이용해 돈을 챙긴 판사 이야기, 1년 만에 가족 대부분이 목숨을 잃은 한 가정의 사연…. 이런 이야기는 가슴 아프고 심오할 뿐 아니라 언젠가 내가 읽었던 책보다 더 극적인 드라마 또한 담겨 있다. 우리가 사는 곳이, 자라는 곳이 어디든 흥미로운 인물들과 감동적인 이야기와 깜짝 놀랄 만한 아이디어가 분명히 있다. 다만 어릴 적 나는 작은 도시에서의 삶을 힘들어한 나머지 이것을 미처 깨닫지 못했다.

그렇다고 늘 괴로웠던 것만은 아니었다. 이제야 말하지만, 동네 친구들과 숨바꼭질과 비슷하지만 교도소에 갇히는 등 복잡한 규칙을 추가한 '더 체이스The Chase(사냥―옮긴이)'라는 게임을 만들어 마법과도 같은 긴 여름밤을 보내기도 했다. 나는 우리 골목에서 벌어진 알 수 없는 일들, 신발이 어쩌다 냉장고에 들어가게 된 사연을 입담 좋게 풀어내어 친구들을 웃게 만들었다. 오빠와 남동생, 그리고 친구들과의 추억, 주말이면 친구들과 밤을 지새우며 놀던 시간, 롤러스케이트장에서의 신나는 파티도 있었다.

그래도 무엇보다 나는 독서를 좋아했고 작가가 되고 싶었다. 하지만 어떻게 시작해야 할지 감을 잡을 수 없었다. 요즘은 시골 아이들도 인터넷 덕분에 과거처럼 고립되어 생활하지 않는다. 자신과 비슷한 캐릭터가 등장하는 영화를 인터넷으로 볼 수 있는 시대가 되었다. 당시 댈러스 시에는 박물관이 하나도 없었고, 내 주변에는 클래식 음악을 듣는 사람이 한 명도 없었다. 가장 신났던 문화 경험이라면 이웃의 차 뒷자리에 숨어 자동차 극장에 몰래 입장해 〈버터필드 8Butterfield 8〉을 본 일이었다. 불륜을 주제로 한 존 오하라John O'Hara의 원작 소설을 영화로 만든 작품이었다. 당연하게도 수십 년간 나는 불륜을 다룬 책과 영화에 심취했다. 자신의 마음을 울리는 주제, 또는 글로 쓰고 싶은 주제를 찾는다면 우선 지금의 당신을 만든 세계부터 탐색하는 것이 좋다.

내가 어렸을 때는 작은 마을의 불문율을 감히 어기는 사람이 거의 없었다. 이혼녀로 몇 년을 지냈던 엄마, 엄마의 가장 친한 친구들로 미혼이던 베티와 아그네스 자매가 아주 독특한 케이스였다. 내가 아는 어른들은 거의 모두 결혼을 했고 자녀도 몇이나 두었다. 대부분 조그만 사업체를 운영했다. 치과의사거나 의사였다. 작가는? 나는 작가들은 모두 뉴욕 시에 사는 줄 알았기 때문에 어렸을 때부터 뉴욕에서 살고 싶었다.

나는 항상 뉴욕을 동경했다. 이따금 엄마와 이모, 사촌 제피와 함께 뉴욕으로 가 마법 같은 하루를 보내곤 했다. 뉴욕에서의 일정은 대체로 (당시 최고의 백화점이었지만 이제는 사라진) 베스트앤드코에 들러 제피는 파란색, 나는 분홍색 드레스를 맞춰 사 입고는 호텔에서 하루 머문 후 다음 날 댈러스 시로 돌아오는 것이었다. 때로는 삭스 피프스 애비뉴 백화점에서 일하는 엄마의 미혼 친구를 만나기도 했다. 양팔에 이상한 반점만 빼면 엄마 친구는 내가 만나본 사람 중에 가장 흥미로운 사람이었다. 뉴욕에서 독신으로 살고 있었으니까. 뉴욕행 여행은 내가 어렸을 때 끝이 났지만, 그때의 기억은 오래도록 남았다. 몇 년 전 우연히도 우리가 뉴욕에 갈 때마다 머물렀던 호텔 엘리베이터에 탑승했는데, 그 특유의 향을 맡는 순간 어린 시절 품었던 뉴욕을 향한 갈망과 작은 마을을 벗어나고 싶던 충동이 되살아났다.

도서관 외에도 내게는 위니프레드 쇼츠^Winifred Shortz 선생이 계셨다. 여성 지성인들의 목표이자 '세븐 시스터즈^Seven Sisters(미국 동부의 명문 여대 일곱 곳을 일컫는 말—옮긴이)' 가운데 한 곳인 스미스칼리지를 졸업한 여자에게 교사 외에는 직업 선택권이 많지 않았던 시절, 쇼츠 선생은 우리 학교에서 7학년과 8학년 영어를 가르쳤다. 쇼츠 선생의 존재가 내게는 행운과도 같았다.

쇼츠 선생은 칠판에 "Winston Tastes Good Like a Cigarette Should(윈스턴은 담배 본연의 맛처럼 맛있다)"라는 문장을 적었다. 그분이 분필을 쥐고 칠판에 몸을 기울여 글자를 써 내려가던 모습이 아직도 눈에 선하다. 쇼츠 선생이 상당히 거슬려하던 문장이었다. 1954년에 등장한 이후 크게 유행한 담배 광고 슬로건이었지만 그분은 카피라이터들이 'as' 대신 'like'를 쓴 탓에 우리 세대에게 잘못된 문법을 가르친다고 지적했다.

(문법에 엄격했던 사람은 쇼츠 선생만이 아니었다. 아빠는 엔지니어였지만 완강할 정도로 올바른 화법을 중요시했다. 남동생 빌이 "you know(그거 있잖아요)"라며 말을 시작하면 아빠는 불쾌해하며 "No, I don't know(아니, 그게 뭔지 모르겠구나)"라고 공격적으로 대꾸했다. 문장의 흐름을 방해하는 언어 습관을 경멸하던 분이었다.)

학생들이 잘못된 문법을 사용하는 세대가 되지 않길 바랐던 쇼츠 선생은 매일 짤막한 작문 숙제를 냈다. 그분이 감상문이라고 이름 붙인 글을 제출해야 했다. 주제는 상관없었다. 한 문장에서 최대 세 문장까지 적어야 했다. 친구들 앞에서 발표를 해야 했으니 대충 써서는 안 되었다. 나는 그 작법이 좋았다. 아주 짧은 한 편의 시를 쓰는 것 같았다. 그때 내가 쓴 글들을 아직도 갖고 있으면 좋으련만. 그러면 소녀였던 나를 만날 수 있을텐데.

하지만 무슨 글을 썼는지가 중요한 것이 아니라 그 훈련 자체가 귀중한 경험이었다. 그날의 생각과 감정을 표현하는 것 말이다. 자신의 생각을 꾸준히 기록하고 싶은 사람들에게 유용한 글쓰기 훈련이다. 또한 이 기록물이 훗날 장문의 픽션 또는 논픽션의 소재가 될 수도 있다. 글의 간결성을 중시했던 선생의 조언은 어떤 종류의 글을 쓰는 유용한 길잡이가 되어주었다.

간결한 글과 따분한 글은 다르다. 간결함이란 의식적으로 단어를 선별하고 문장 구조를 고려하는 것을 의미한다. 독자가 이해하려고 지나치게 노력할 필요 없이 욕조에 몸을 담그듯 문장에 빠져들도록 몇 번이고 글을 살피고 검토해야 한다. 마찰이 느껴지지 않는 글이 되도록 말이다.

내가 작가가 되고 싶다고 했을 때 쇼츠 선생은 나를 비웃지 않았다. 그분은 내게 작가가 될 수 있다고 말해주었다. 작가라면 쇼츠 선생 같은 멘토가 곁에 있어야 한다. 내게 영감을 주었던 쇼츠 선생 덕분에 나는 작가가 되는 길을 걷기 시작했다. 초등학교 졸업 앨범에 (〈지혜와 지성의 차이점〉이라는 제목의 민망한 에세이 한 편을 포함해) 글을 실었고, 이후 고등학교에서는 교내 신문에 글을 썼다. 엄청난 규모의 캠퍼스에 압도당했던 버클리대학교 재학 시절, 2학년 한 학기를 마치고 교내 신문인 〈데일리 캘리포니언Daily Californian〉을 찾아갔다. 그곳에서 나는 목표를 찾았고, 저널리스트로 성장했다.

현재 고등학교나 대학을 다니고 있고 글을 쓰고 싶다면 글쓰기 관련 그룹 어디든 꼭 참여하길 바란다. 주변에 마땅한 곳이 없다면 직접 하나를 만들어볼 수도 있다. 글쓰기 파트너나 그룹 활동으로 열린 사고방식과 더불어 체계도 배울 수 있다. 사람들의 피드백에서 배움을 얻어야 한다. 누가 당신에게 가장 큰 가르침을 주는 스승이 될지는 아무도 모를 일이다. 반드시 나이가 많으리라는 보장도 없고, 꼭 교수만 스승이 되는 것도 아니다.

사우디아라비아의 다리에서 추락해 젊은 나이에 사망한 마이클 홀Michael Hall은 매일 4만 부나 배포되던 교내 신문사에서 까다로우면서도 항상 에너지가 넘치던 지역 담당 에디터였다. 고함을 치면서 지시 사항을 전달하던 홀은 완벽한 신문을 만들기 위해 항상 노력했다. 우리가 반 페이지 분량으로 기사를 작성해 제출하면 그는 팩트가 효율적으로 전달되도록 문장 배치를 이리저리 옮기는 작업을 했다. 진짜 신문사에서 일하는 진짜 에디터들처럼 홀은 귀 뒤에 연필을 꽂아두었다가 수정할 때마다 꺼내 들었다.

홀은 내 첫 롤모델이었다. 귀 뒤에 연필을 꽂는 것은 도대체 어디서 배웠던 걸까? 어쩌면 미국연합통신Associated Press, AP에서 여름방학 동안 인턴십을 하며 보고 배운 것일지도 모른다. 아니면 영화에서 보고 흉내 낸 것일지도. 그가 내게 맡긴 첫 임무는 교수 인터뷰였다. 막중한 임무를 마치고 사무실로 돌아와 기사를 작성하려던 순간, 나는 그만 노트를 잃어버렸다는 사실을 깨달았다. 홀의 다그침에 나는 다시 교수께 전화를 해 똑같은 질문을 반복해야 했다. 어떤 교수였는지, 학부도 인터뷰 내용도 전혀 기억이 나질 않지만, 노트를 잃어버린 후 내 스스로가 실패작처럼 느껴졌다는 것만은 또렷하게 기억한다. 하지만 홀은 실패를 성공으로, 그리고 내 첫 교내 신문 기사로 탈바꿈시켜주었다. 만약 그가 억지로라도 나를 설득해 교수께 다시 전화를 하게 만들지 않았다면, 그 실수를 끝으로 나는 저널리즘을 떠나 도시 계획가나 다른 일을 했을 것이다.

홀같이 나를 다그쳐 무언가를 하게 만드는 사람을 만나는 것은 운이라고 볼 수 있다. 하지만 운이 아닌 우리 선에서 노력할 수 있는 일이 있다. 바로 힘든 시련이 닥쳐도 도망치지 않고 어떻게든 참고 견디는 것이다. 나 또한 이런 경험이 많기 때문에 당장 다그만두고 떠나고 싶은 충동을 잘 알고 있다.

당시 홀은 팀을 꾸리고 있었고, 나는 핵심 멤버로서 기자이자 에디터로 활동했다. 글을 빨리 쓰는 법, 수많은 사람들 속을 파고

들어 질문을 들이미는 법을 배워나갔다. 에디터로서 나는 마감을 지키는 법, 그리고 결코 저널리스트는 되지 못할 일회성 기고가부터 매년 가을마다 제작·편집 일을 맡을 신입생들을 가르쳐야 하는 인쇄소 직원들까지 다양한 사람들과 부대끼며 일하는 법도 깨우쳤다.

또한 저널리즘을 둘러싼 난관도 경험했다. 버클리대학교 소유의 부지였으나 학생들과 거주민이 불법으로 이용해 공원으로 탈바꿈한 사안에 대해 〈데일리 캘리포니언〉에 사설을 실어 문제가 된 일이 있었다. 부지 반환을 주장하는 대학과 주민들 사이에서 피 튀기는 혈투가 벌어졌고 그 결과 한 명이 사망하고 한 명이 실명했다. 모두가 격앙되고 감정적으로 크게 동요하던 시기였고, 교내 신문사인 우리는 대학의 요구가 부당하다는 쪽이었다. 주민들이 공원을 되찾아야 한다는 논조의 사설을 실은 후 또 한 번의 시위가 발생했다. 시위를 촉발한 당사자로 〈데일리 캘리포니언〉이 비난을 받았고, 교지 편집위원회의 간부 다섯 명이 책임자로 지목되었다.

늘 그랬듯이, 나는 해당 사설에 찬반 의사를 밝히지도 못했다. 뉴스 취재와 기사 작성으로도 너무 바쁜 나머지 회의에 불참했다. 하지만 어쨌든 편집위원회 다수가 해당 사설에 동의했고, 시위 이후 교내 신문은 대학에서 쫓겨나 재정 지원도 끊겼다. 우리 이야기는 곧 교정을 넘어 그 지역에서도 큰 화제가 되었고 관련 기사가 쓰이기 시작했다. 하지만 우리의 이야기를 다룬 대다수의 기사에는 크고 작은 오류로 가득했다. 우리 이름이 잘못 기재되었고, 우리가 쓴 사설 내용이 왜곡되어 보도되었다. '진짜' 저널리스트들이 쓴 잘못된 기사에 현실을 자각하는 것과 동시에 실망감이 찾아왔다. 이때의 경험으로 나는 진실에 대한 중요하고도 슬픈 교훈을 얻었다. 무엇이 진실인가에 대해서는 저마다 생각이 다를 수 있지만, 가능한 사실관계를 정확하게 전달하기 위해 최선을 다해야 한다는 점이다. 그 사건 이후로 저널리스트들이 진행하는 인터뷰에는 경계심이 생겼다. 수십 년간 사람들에게 질문을 해온 내가 이렇게 말하니 꽤나 우습긴 하다.

세상 사람들 절반이 그렇듯 나 역시 소설을 쓰고 싶었다. 하지만 어떻게든 돈을 벌어야 했던 나는 대학 졸업반이 되자 (남자친구가 공중 보건 석사과정을 이수할) 코네티컷 주 뉴헤이븐 시의 반경 64킬로미터 안에 있는 신문사 여러 곳에 입사 지원서를 보냈다. 금세 몇 곳에서 연락이 왔고 나는 가장 먼저 연락이 온 댄버리시의 한 신문사에서 일을 시작했다. 자신감은 부족했지만 스물한 살 나이치고 경력은 제법 쌓인 편이었다. 저명한 대학 신문사에서 기자이자 에디터로 활동했을 뿐 아니라 미국연합통신 비상근 통신원으로 일하기도 했다. 또한 버클리에서 시위 현장을 취재한 첫 여성 기자였다. 당시 현장에 너무 자주 나갔던 나머지 사무실에 들르지 못하고 집에서 바로 출동해야 할 상황에 대비해 개인 방독

면을 따로 구비해놓을 정도였다. 이 정도 경력의 남성이었다면 곧장 뉴욕으로 갔겠지만 나는 남자친구가 가는 곳을 따랐고, 가장 무난한 길을 택했다. 그래서 다행이었다고 생각한다. 어린 나이에 뉴욕의 치열한 경쟁을 이겨내지 못했을 것 같다. 무참히 짓밟혔을지도 모른다.

이후 9년 동안 자신감도 커져갔다. 냉혹한 곳에서 인정받지 못하다가 끝내 다 포기하는 것보다 작은 곳에서부터 시작해 천천히 자신의 입지를 다지며 올라가는 것이 나을 수도 있다. 댄버리 시에서 기자로 잠시 일한 후 뉴헤이븐 시에 있는 신문사의 교열 담당자로 자리를 옮겼다. 다른 도시로 출퇴근하는 생활에 종지부를 찍어 다행이었지만 기자 일이 그리웠다. 사무실에 갇혀 부고 기사를 교정하는 일도, 인쇄 직전 조판실로 원고를 밀어 넣는 일도 모두 지긋지긋했다. 동료 대부분이 경찰서와 학교 이사회 취재를 다니며 바쁘게 외근을 나가던 기자였다. 거의 다 나이가 지긋한 남성이었다. 당시만 해도 에디터로 일하는 여성이 거의 없던 시절이었다. 내 상사이던 미스터 그레인저Mr. Granger(그때는 상사를 이렇게 불렀다)는 나를 딸처럼 따뜻하고 조심스럽게 대했다. 하지만 모든 남성이 그랬던 것은 아니었다. 1970년대 초반 뉴헤이븐 시의 범죄율이 높았기 때문에 나처럼 여성 직원이 늦게까지 남아 일을 할 때는 남자가 차까지 데려다줘야 한다는 인식이 있었다.

어느 날 밤, 연배 높은 한 남성 에디터와 함께 엘리베이터로

가고 있었다. 함께 엘리베이터를 타고 문이 닫혔다. 이내 그는 웃는 얼굴로 나를 바라보며 "바로 여기서 널 성폭행할 수도 있어"라고 말했다.

안경 너머로 보이던, 활짝 미소 지은 눈가에 여러 갈래로 패여 있던 잔주름이 아직도 기억이 난다.

아마 나도 억지로 웃어 보이며 넘겼던 것 같다.

웃겨서 웃은 것은 아니었다. 그 일이 있은 지 1년이 채 지나지 않아 나는 뉴헤이븐 시에 있는 신문사 두 곳에서 일하던 20대 여성 몇몇과 모여 회사를 상대로 집단 소송을 벌였다. 우리가 소송을 건 이유는 몇몇 남성 직원의 혐오스러운 행동 때문이 아니라 연봉 차별 때문이었다. 오늘날 성희롱이라 부르는 이런 행위를 당시만 해도 칭할 용어조차 마련되어 있지 않았다. 성별이 다르다는 이유로 부당한 피해를 입는 일이 법으로 제재되어야 한다는 사실은 1979년, 캐서린 맥키넌Catharine MacKinnon의 저서 《직장 내 여성을 대상으로 한 성희롱Sexual Harassment of Working Women》에서 처음으로 명시되었다. 물론 우리가 차별을 당한다고 느껴 고소까지 이어졌지만, 여기서 말하는 차별이란 주로 연봉 문제였다. 일류 대학을 졸업한 20대 초반의 교열자라는 나와 동일한 조건의 남성 직원 연봉이 나보다 20퍼센트 높았다. 그때 집단 소송을 벌였던 여성들과 우리를 도와준 남성들을 떠올리면 여전히 애틋한 마음이 생긴다. 어디서, 무슨 일을 하든 함께 일하는 동료들과 좋은 유대관계를 형성하는 것이 중요하다.

《착한 여자들의 반란The Good Girls Revolt》에 그려진 여성들처럼 나 또한 뼛속까지 '착한 여자'였다. 여성을 향한 부당한 대우에 저항했고, 짧은 스커트와 긴 머리, 성적 자유를 외쳤지만 말이다. 회사에서 미스터 그레인저의 상처받은 얼굴을 마주하는 것이 괴로웠다. 그는 내게 호의적이었지만 나는 적대적인 태도로 직장 내 남성들이 불합리하다고 지적했다.

또한 우리는 소송을 시작한 김에 내쳐 조합까지 꾸리기 시작했다. 조합 위원장 가운데 한 명인 댄 콜린스Dan Collins는 조간신문 〈저널쿠리어Journal-Courier〉에서 일하던 나와 달리 석간신문인 〈레지스터Register〉의 기자였다. 우리는 콜린스의 아파트에서 운영 회의를 자주 진행했다. 그곳에서 회의를 하던 어느 날, 어두운 색의 긴 머리에 창백하리만치 피부가 하얀 여성이 멘솔 담배 한 대를 손에 쥔 채 들어와 하트퍼드 시에서 자신이 운영하는 작은 뉴스 통신사에서 일할 사람이 필요하다고 말했다. 댄 콜린스의 아내인 게일Gail이었다. 그녀에 대해 아무것도 몰랐지만 번쩍 몸을 일으켜 내가하겠다고 말했다. 회사 내 정치적 활동 때문에 직장 상사들이 모두 나를 미워한다는 것쯤은 잘 알고 있었다. 조합 투표를 앞두고 빠지게 되어 미안한 마음이 들었지만 이번이 아니면 영영 탈출할 기회가 없을까 봐 두려웠다.

이후 2년간 하트퍼드에서 머물며 게일과 단 둘이 일했다. 정치학을 전공한 게일은 내 주변 사람들과 달리 어린 나이에 결혼을 했다. 코네티컷의 몇몇 신문사에서 잠깐 일했던 게일은 직접 정치 뉴스를 수집하는 통신사를 열어 하트퍼드에 특파원을 파견할 만큼 규모가 크지 않은 언론사와 거래를 시작했다. 우리가 거래하는 신문사가 30곳쯤 되었고, 코네티컷 주 의원들이 심의 중인 법안에 대해 각 신문사에 매주 한 건 이상의 기사를 제공했다. 의사당 건물 5층, 낡아빠진 책상에 앉아 아침 여덟 시부터 밤 열 시 또는 열한 시까지 근무했다. 의원들을 인터뷰하고, 공청회를 참관하고, 기사를 쓰고, 둘이서 서로의 글을 봐주었다. 대학 이후 처음으로 저널리즘에 푹 빠져들었다. 탁월한 유머감각, 지나칠 정도로 낙관적이고 에너지 넘쳤던 게일의 성격 덕분에 삶도, 일도 짜증스럽게 느껴지지 않았다. 게일은 좌절하거나 피곤해하는 일이 없었다. 그녀는 내 인생 최고의 상사 가운데 한 명이었고 이후 평생 함께하는 친구가 되었다.

함께하는 친구들이 당신에게 미치는 영향력을 결코 우습게 생각해선 안 된다. 온종일 텔레비전을 시청하고 나태하고 짜증을 잘 내는 사람들과 함께한다면 이들의 습관이 곧 당신의 몸에도 배게 된다. 게일은 나보다 훨씬 야심차고 긍정적인 사람이었고, 그녀에게서 좋은 영향을 받으며 내 삶이 한결 편안하고 즐거워졌다고 단언할 수 있다.

게일은 내 원고를 빠르고 기발하게 교정했고, 사심 없는 비평을 전해주었으며, 언제나 좋은 기사를 만들기 위해 애썼다. 우리에게는 일이 가장 중요했다. 그때의 경험으로 내가 끝도 없이 글을 쓰고 또 쓰고, 아주 오랜 시간 근무하며, 아침 일곱 시에 일어나 출근해도 여전히 행복할 수 있다는 것을 깨달았다. 내 나이대의 누군가가 나보다 더 빨리 성장하고 있다고 또는 더 많은 돈을 번다고 비교하지 않았다. 그저 매일 이 의사당 건물에서 어떤 일이 벌어지고, 법안이 의미하는 바가 무엇이며, 누가, 왜, 어떻게 투표를 하는지만이 내 관심사였다. 정부에서 벌어지는 모든 일을 속속들이 파헤치는 데 푹 빠져들었다.

음식을 사러 나가는 시간을 아끼기 위해 매일 아침, 조리된 오트밀과 익히지 않은 브로콜리 봉투를 들고 출근했다. 우리는 인터넷이 없던 시기의 블로거로서 공중보건안전위원회 사무실이 바로 보이는 책상에 앉아 줄담배를 태우며 끊임없이 기사를 쓰고 또 썼다. 흡연자도 많고 건물 내부에서 흡연이 가능하던 시기였다. 그리고 우리는 큰 언론사 기자실과 떨어져 몇몇 라디오 방송국 사람들과 사무실을 공유했다. 나는 우리 사무실이 꼭대기 층으로 밀려난 것이 오히려 뉴스를 새로운 관점으로 보는 눈을 키워주었다고 믿고 있다. 우리는 '그 무리'에 속해 있지 않았다.

의회가 두 번의 회기를 거치는 것을 지켜본 뒤 이제 다른 곳으로 옮길 때라는 생각이 들었다. 게일은 새로운 도전을 기꺼이 응원하는 사람이었다. 내가 아마 계속 있겠다고 했으면 실망했을 테다. 게일은 〈뉴헤이븐 애드버킷New Haven Advocate〉의 에디터 자리를 내게 소개해줬다. 예술 및 뉴스를 보도하는 주간신문이었는데, 당시에는 이런 매체를 대안alternative 신문이라 칭했다. 평생 동안 게일은 날 도와주었고, 나 또한 가능하다면 그녀에게 도움을 주었다. 친구이자 멘토인 동료를 찾는 것은 상당히 중요하다. 20대 초반의 나이라 해도 현재 교류하는 사람들이 훗날 커리어의 부침 속에서 당신을 도와줄 인맥이 될 수 있다.

1년 후, 〈뉴헤이븐 애드버킷〉을 그만두고 《코네티컷Connecticut》 잡지사로 옮겨 편집 및 원고 작성 일을 맡았다. 1년을 근무한 후 서른을 코앞에 둔 나이가 되자 어렸을 때부터 나를 끌어당겼던 동시에 두려움의 대상이기도 한 뉴욕으로 향할 준비가 된 것 같다는 생각이 들었다. 예전처럼 겁이 나지 않았을 뿐더러 내 인생을 놓고 봤을 때 뉴욕으로 가는 것이 타당한 선택이라는 판단이 섰다.

다시금 소설을 써볼까 생각이 들었지만 그렇게 갑자기 방향을 틀 능력도 의지도 없었다. 너무도 외롭고 힘든 길처럼 느껴졌다. 게다가 저널리즘의 세계에서 내 존재를 증명해보이고 싶었다. 머릿속에서 평생 지워지지 않을 몇 번의 참담한 실패가 나를 버티게 하는 원동력이었다. 내게 퇴짜를 놓았던 사람들에게 그들이 얼마나 큰 실수를 저지른 건지 보여주고 싶었다.

유독 사무쳤던 기억은 〈뉴욕타임스〉의 수석 편집자가 테스트차 일주일 동안 교열자로 근무한 내게 대도시의 신문사에서는 결코 일자리를 구하지 못할 거라고 피드백을 준 일이었다. 이 외에도 뉴헤이븐 시의 신문사에서 일했을 당시 편집장은 자신이 딱 보면 누가 성공할지 한눈에 알아볼 수 있다는 모욕적인 발언을 한일도 있었다. 당시 나는 그의 평가 대상조차 아니었다는 것을 알았고, 그때 느낀 분노가 꽤 오래 지속되었다. 내가 해낼 수 있는지 없는지 그가 어떻게 알아볼 수 있다는 말인가? 처음 연방 고용평등위원회에 차별 문제를 신고하고 1년 후, 그가 참관 중인 재판 증인석에 올라 회사에 불리한 증언을 할 때는 속이 시원했다. 우리는 소송에서 승리했다. 재판에 드는 비용을 모두 공제하고 나니손에 쥔 급여 소급분은 얼마 되지 않았지만 프리랜서 생활을 하며아파트 월세를 감당하는 데 도움이 되었다. 비록 바퀴벌레 수백마리와 내 보석을 모두 훔쳐간 관리인이 있던 아파트이긴 했지만말이다.

얼마 지나지 않아 미국연합통신 라디오에서 자정부터 오전여덟 시까지 글을 쓰는 일자리를 구했다. 그곳에서 나는 여러 페이지에 걸친 뉴스를 읽고 가장 흥미로운 기사거리를 단 세 문장으로 요약하는 일을 했다. 일반적인 생활 패턴에서 멀어질 수밖에없었으니 어찌 보면 끔찍한 직업이다. 낮에는 잠을 잤고, 퇴근 후아침 여덟 시 반에 맥주를 몇 잔 할 때도 있었다. 지하철에서 누군가 내 옆을 피하는 일도 몇 번 있었다. 하지만 내게는 무척 황홀한직업이었다. 뉴욕에 입성할 기회였고, 쇼츠 선생이 내주신 감상문

과제를 했을 때처럼 뉴스를 읽고 핵심을 뽑아내는 훈련을 통해 너무나 많은 것을 배웠다. 추후 도움이 될 유용한 기술을 단 한 가지라도 발굴할 수 있다면 세상에 어떤 직업도 가치 없는 일은 없다.

1년이 조금 못 되었을 때 〈월스트리트저널Wall Street Journal〉에서 교열 테스트를 볼 기회가 생겼다. 〈뉴욕타임스〉에서 떨어졌으니 〈월스트리트저널〉에서도 좋은 소식을 듣기는 어려울 거라고 생각하는 게 타당했다. 버클리대학교 재학 때 들었던 경제수업이라고는 '자본주의의 비평과 사회주의의 비전'뿐이었다. 하지만 나는 무사히 통과했다. 분명한 교훈이었다. 거절당했다 해도 끈질기게 도전해야 한다는 것.

물론 무척이나 운이 좋아 좋은 직장으로 이곳저곳 수월하게 이직하는 사람들도 있다. 하지만 나는 아니었다. 나는 우리 부모 세대에서 이른바 대기만성형이라 부르는 쪽에 가까웠다. 하지만 지금껏 꾸준히 지켜본 바, 정말 행복한 사람은 열심히 노력하고 모험을 감행하는 이들이었다. 내 안에 실패를 감수할 의지가 어쩌다 생겨난 것인지는 나도 미지수다. 어쩌면 멋진 오빠와 사랑스러운 남동생 사이에서 방치된 채 자란 둘째라서 그런지도 모른다. 다른 계기가 있는지도 모른다. 어쨌거나 테스트를 통과해 무척 다행이었고, 드디어 내 실력을 증명한 것만 같아 너무도 행복했다.

〈월스트리트저널〉에서 내가 맡은 일은, 교정 교열과 필요한 경우에는 당시 우리끼리 '제2전선Second Front'이라고 불렀던 페이지에 실리는 피처 기사feature articles(특정 사건이나 이슈를 심층 보도하는 형태의 기사. 참고로 육하원칙에 따라 사건과 현상에 대한 사실적 정보를 전달하는 기사는 스트레이트 기사straight articles라 부른다)를 리라이팅하는 작업이었다. 뉴욕의 최고 언론사에 다니는 사람들의 원고를 고쳐 쓰며 나보다 글을 못 쓰는 이들도 있다는 것을 금세 눈치 채곤 큰 용기를 얻었고 내 가치를 새삼 깨닫게 되었다. 펜실베이니아 주 댈러스 시 출신의 수줍음 많은 소녀를 떨쳐낼 계기가 되었다. 대담해진 나는 상사에게 기자 일을 시켜달라고 요청했다. 그는 내가 에디터로 입사했고, 에디터에서 기자로 보직을 변경하는 일은 드물다고 했다. 하지만 글을 쓰고 싶고, 써야만 했던 내게 그는 직접 기사를 작성해온다면 어쩌면 기회가 있을지도 모르겠다는 작은 희망을 전해주었다.

퇴근 후에 선정적인 내용과 지나치게 극적인 구성으로 마니아층의 사랑을 받는 영화감독 존 워터스John Waters를 취재했다. 내 목표는 〈월스트리트저널〉 1면, 동물 심령술사나, 성공을 향한 주문, 괴상한 헤어스타일 트렌드 등 독특하고도 흥미로운 이야기를 싣는 A 헤드란에 기사를 내는 것이었다. 호의적이고 무척이나 협조적이었던 워터스 감독은 하루 일정 내내 나를 동반했고, 전기의자가 있는 자신의 아파트에도 데려가주었다. 기사를 완성하는 데 몇 주나 걸렸다. 그의 영화를 몽땅 시청하고, 그를 다룬 글이나 기사도 모두 찾아 읽고, 내 원고를 고치고 또 고쳤다. 결국 기사를 완성했다. 서른두 살 때, 〈월스트리트저널〉 1면에 내 기사를 올렸다.

더는 누구도 나를 작은 마을의 신문사에나 어울리는 작가라고 무시할 수 없었다. 쇼츠 선생이 옳았다. 나도 작가가 될 수 있었다. 아니, '이미' 작가였다.

2. 에디터가 되다

,

내 이름이 새겨진 기사를 올린 기쁨도 잠시, 매일같이 출근해 열시부터 여섯 시까지 다른 사람들의 글을 교정하는 일상은 여전했다. 내 일이라서 그냥 했던 걸까, 아니면 그 일을 좋아했던 걸까? 나조차도 확실치 않았다. 내가 정말 작가가 될 운명이었을까?

맥피는 《네 번째 원고》에서 글쓰기는, 특히나 초고를 쓰는 것은 고통스러운 일이라고 했다. 글을 써야 하지만 자꾸 미루고만 싶고 자신이 쓴 글이 형편없게 느껴지지만 그럼에도 글을 쓰고 싶은 마음은 비단 당신만 느끼는 것은 아니다. 이 모든 괴로움에도 불구하고 글쓰기가 가져다주는 기쁨은 크다. 화려한 주목을 받는 대상은 결국 작가다. 좋은 기사로 호평받을 때 "제 에디터가 만지기 전에는 글이 엉망이었어요"라고 말하는 사람은 없다. 좋은 에디터는 드물다. 글쓰기에서 유익한 피드백으로 당신의 글을 멋지게 만들어줄 사람을 찾는 것은 당신의 실력이 나아지도록 몰아붙여줄 스승을 찾는 것 만큼이나 중요하다. 글쓰기와 교열 교정 작업에는 끝이 없는 노고가 들어간다.

나를 사로잡은 일은 글쓰기였지만 보도보다 에디팅이 좀 더 쉽게 느껴졌고, 좋은 조건의 일자리를 찾기에도 경쟁이 덜 치열했다. 자신을 행복하게 해주는 일을 무조건 따르라는 충고가 항상 현실적인 것만도 아니고, 이런 조언에는 실제로 무엇으로 돈을 벌 수 있는지에 대한 이해가 참작되어야 한다. 그렇다고 내가 타고난 에디터라는 뜻은 아니다. 독서와 글쓰기를 멈출 수 없는 사람이라면 훌륭한 에디터가 될 자질이 있다고 생각하지만 누구나 좋은 스승은 반드시 필요하다. 내 경우 〈월스트리트저널〉에서 만난 최고의 교열 스승은 프레드 짐머맨Fred Zimmerman이었다. 그는 수준도 높으면서 가독성도 좋은 신문을 만들기 위해 집요한 교정 작업을 요구했다. 독자가 이해하기 쉬우면서도 본질이 왜곡되지 않도록 우리는 복잡한 아이디어들을 계속 해체하고 분석했다. 너무 진부하거나, 그럴싸해 보이지만 실제로는 별 의미 없다는 이유로 짐머맨이 기사에서 들어내라고 지시한 비즈니스 용어를 수정해가며 몇 번이고 글을 고치고, 고치고, 또 고쳐 썼다.

나는 짐머맨을 실망시킬까 봐 늘 두려웠다. 그는 내게 자신감

~~~~~~~~~~~~~~~~~~~~~~~~~~~~~~~~~~~~~~

재정 전문가는 보통 경제를 주제로 아래와 같은 글을 쓴다.

작년 한 해 동안 전 세계적으로 벌어진 리플레이션과 성장세 이후로 미국이 구조적 침체에서 벗어나 경제 성장을 주도하기 시작하자 많은 이들은 세계 경제 정상화가 진행 중이라고 보고 있다.

경제경영 에디터는 글을 다음과 같이 단순하게 고칠 것이다.

미국을 필두로 세계 경제가 크게 성장함에 따라 2008년 금융 위기 이후 정상 궤도로 돌아가고 있다고 보는 사람들이 많다.

~~~~~~~~~~~~~~~~~~~~~~~~~~~~~~~~~~~~~~

을 심어주는 그 어떤 말도 해주지 않았다. 그가 나를 고용할 당시 내가 이 일을 잘해낼 수 있을지 확신이 없었다고 말하기도 했다. 기회는 주었지만 내가 실패한다면 그걸로 끝이었다. 두려움을 느낄 수밖에 없었다. 하지만 그를 보고 배워나가려고 노력했다. 내가 기사를 수정하면 짐머맨이 검토하며 거슬리는 부분을 고쳤고 지나치게 자주 등장하는 용어나 그가 보기에 일상생활에서 통용되지 않는 단어는 무엇이든 삭제했다. 어떤 글을 쓰든 진부한 단어나 전문 용어는 피하는 것이 좋다. 얼마 전 이스트 빌리지에서

술집을 운영하는 사람이 'literally(말 그대로)'라는 단어를 쓰는 손님은 술집에서 쫓아내겠다고 선언한 기사를 읽었을 때 짐머맨이 떠올랐다. 별 의미가 없는 단어였고, 술집 주인은 그 단어에 넌덜머리가 났다.

〈월스트리트저널〉 기자들은 무척 열심히 일하는 사람들이었지만, 몇몇은 어려운 전문 용어에 의존하거나 독자들이 웬만해선 다 이해할 거라고 지레짐작했다. 경제경영을 보도하는 일은 쉽지 않다. 기업 경영진과의 인터뷰는 물론 기업에서 제공하는 공식 보도 자료는 항상 사실을 모호하게 표현하는 단어들로 뒤범벅되어 있다. 직원을 해고했거나, 손실이 발생했거나, 회계 비리가 적발되었거나, 파렴치한 일로 소송 중이라는 이야기를 기자에게 솔직하게 털어놓는 회사는 거의 없다.

우리 에디터들은 독자들이 기사를 이해하는 데 어려움이 없도록 전문 용어를 지우고 복잡한 경영 및 재정 이야기를 쉽게 풀어내는 데 열중했다. 우리는 추상적으로 '더 나은' 글을 추구하고자 함이 아니라, 독자들이 정보를 빠르고 능률적으로 이해할 수 있도록 최대한 간결하게 만들었다. 나는 〈월스트리트저널〉에서 독자를 이해하는 것이 얼마나 중요한 일인지를 배웠다. 비즈니스 경영인들은 매우 바쁜 사람들이었다. 그뿐 아니라 내부에서도 우리 신문을 세컨드 리드second read라고 불렀다. 우리 독자들은 다른 신문도 구매했기 때문에 우리가 제 가치를 증명해내지 못한다면 독자의 선택을 받지 못할 터였다.

기자들과 함께 일하며 이들의 글을 만지는 것이 즐거웠지만, 낯선 이들을 만나 질문을 던지고 삶을 깊이 들여다보는 생활이 그리웠다. 물론 내 이름을 알리고 싶다는 유혹도 있었다. 그래서 따로 기사를 꾸준히 작성했다. 그렇게 3년간의 에디터 생활 끝에 나는 〈월스트리트저널〉의 기자가 되었다. 금융에 관심이 적은 독자를 타깃으로 음식·술·담배 등을 주제로 한 분야를 담당했다. 내게 잘 맞는 일이었고, 덕분에 3년 후 〈뉴욕타임스〉의 푸드 섹션 기자로 자리를 옮기는 계기가 되기도 했다.

나란 사람은 타고나길 한자리에 가만히 있지 못하는 성격인 것 같다. 요리와 셰프를 취재하며 기사를 쓰고, 와인 테이스팅을 하고 멋진 레스토랑을 방문하는 등 꿈의 직업을 누리고 있었음에도 에디터 일이 다시 그리워졌다. 교정 교열이 자신에게 맞는다는 생각이 든다면 아마도 나처럼 본질을 왜곡하지 않는 선에서 가능한 간결하고 명확하게 글을 다듬으려고 고민하는 과정을 즐기기 때문일 것이다. 실제로 재밌는 일이다.

얼마 후 나는 〈뉴욕타임스〉의 푸드 섹션을 담당했다. 에디터에 따라 기사의 분위기나 방향이 완전히 달라지기도 한다. 나는 웹사이트나 언론사에 새로운 에디터가 들어오면 단번에 알아챈다. 작가는 드러나는 반면 에디터는 투명 인간으로 남는 존재임에도 에디터의 편향과 관심이 기사에 그대로 나타나는 탓이다. 내 관심사이던 사회학과 영양학이 푸드 섹션에 고스란히 드러났다. 내가 담당하던 때 독자들은 식습관과 건강한 음식을 선택하는 방법에 대한 다양한 연구를 전보다 많이 접했다. 〈뉴욕타임스〉의 푸드 에디터들은 대체로 셰프나 레시피에 관심이 큰 편이다. 모두 다 푸드 섹션에 필요한 시각인 것은 마찬가지다.

에디터이자 관리자로 성장해나가며 나는 과거 내 상사들처럼 나쁜 상사가 되지 않으려고 노력했다. 예전 상사들에게서 배운 중요한 교훈이 하나 있었다. 바로 권위적이지 않되 결단력이 있어야 한다는 것이었다. 자신이 바라는 바를 정확히 설명하지 못하거나, 또는 밝히지 않는 상사는 최악이다. 어떤 프로젝트나 아이디어를 진행해야 할지 아무리 기다려도 알려주지 않는 상사도 끔찍하다. 다른 의견에는 귀를 막고 본인의 변덕대로 일을 진행시키는 상사 역시 마찬가지다. 만약 당신이 이런 상사 아래서 일하고 있다면 일에 대한 열정을 잃지 않도록 스스로 밀어붙어야 할 것이다. 물론 동시에 그 상사를 만족시키면서. 이것이 어렵다면 아마 가장 좋은 선택은 당신이 배우거나 성장하도록 도와주는 상사를 찾아 다른 일자리를 알아보는 것일 테다.

나는 책임자 자리가 잘 맞았다. 그리고 날이 갈수록 글쓰기보다 교정 교열 일이 더욱 좋아졌다. 글쓰기가 고통스러웠고, 특히나 팩트를 전달하는 글을 쓸 때 고통은 배가 되었다. 기사를 쓸 때마다 매번 내가 무언가를 잘못 전달하는 실수를 저지를까 봐 끊임없이 마음을 졸였다. 아마도 대학 시절, 훌륭한 기자들마저도 팩트를 심히 왜곡하는 모습을 직접 목격한 뒤로 이런 불안감이 생긴 것 같았다. 경험해본 사람은 아마 '알 것이다'. 한 글자 한 글자 모두 되짚으며 사실 확인을 마친 뒤에도 불안은 사라지지 않는다.

어린 시절 나는 저녁 식사를 마치면 소파 한편에 느긋하게 앉아 책을 읽곤 했다. 그때마다 아빠와 오빠, 남동생은 카드 게임을, 새엄마는 십자말풀이를 했다. 교열이 내게는 책 읽기이자 십자말풀이이자 카드 게임처럼 마음이 편안해지는 일이었다. 보도와는 달리 대단히 위험한 결과를 불러오는 일 없는 단순한 두뇌 활동 게임이었다.

적어도 〈뉴욕타임스〉의 Op-Ed 섹션 책임자 자리에 오르기 전까지만 해도 이렇게 생각했다.

3.

Op-Ed를
책임지다

,

그날 밤, 잠을 잘 수 없었다.

내가 보도하려는 블라디미르 푸틴^{Vladimir Putin} 칼럼이 푸틴 측에서 온 게 아니라면 어떡하지? 거짓 제보였고, 그 때문에 내가 공개적으로 망신을 당하고 해고까지 당하는 것은 아닐까?

어릴 때 나는 소설가로 상을 받는 상상을 하곤 했다. 성인이 된 후에는 끔찍한 악몽을 떠올릴 때가 많았다. 내 반려견이 차에 치일까, 딸아이가 인적이 드문 골목에서 공격을 당하는 일이 벌어질까 걱정하고 불안해했다. 이제는 다음 날 가십 전문 매체인 〈가우커^{Gawker}〉에 거짓 제보에 속은 기자로 내 이름이 거론되고, 그로써 커리어가 끝나는 상황을 머릿속에 그리고 있었다.

남편이 곤히 잠든 어두운 방에서 홀로 말똥한 정신으로 강박적으로 이메일 페이지를 새로 고침하며 하루 내 오갔던 메일을 다시금 살폈다. 브뤼셀의 거대 다국적 기업에서 홍보 수석으로 일한다는 한 낯선 남성이 러시아의 국가 원수를 대변해 기명 논평을 제공하겠다는 메일을 보내왔다. 푸틴이라니! 그가 미국 언론사에 칼럼을 쓴 일은 지금껏 한 번도 없었다. "좋습니다. 한 번 살펴보죠." 나는 이렇게 답했다.

한 시간 후쯤 원고가 도착했다. 몇몇 사실과 다르다고 여길 만한 내용이 보이기도 했지만 대체로 원고가 마음에 들었다. 칼럼이 나간 다음 날 "사실이 아니다"라는 항의가 빗발치는 일을 막기 위해 팩트 체커^{fact-checker} 책임자와 상의 끝에 대변인 측에 일부 표현을 수정해달라 요청했다.

대변인은 러시아의 지도자가 직접 쓴 글이고 단어 하나하나 신중하게 택했기 때문에 본인 선에서 함부로 수락할 만한 사안이 아니라고 답했다. 이 말이 사실일까? 세계에서 가장 강력하고 가장 두려운 남성 가운데 한 명으로 꼽히는 인물이 자신의 궁 안, 소파에 몸을 기댄 채 노트북을 들고 골몰하며 기명 논평을 작성했다는 게 말이 되는 일일까? 대변인이 직접 수정을 허락할 수 없는 입장인데다 시차 때문에 교정 교열에 시간이 오래 걸렸다. 'a' 또는 'the'를 삭제하는 등 사소한 문제를 확인할 때도 "크렘린 측에 확인해야 합니다"라는 회신이 왔다.

푸틴과 직접 소통하고 싶었다. 고등학교 때 러시아 문학에 깊이 심취하고, 대학 때 러시아어를 배우며 그 나라가 무척 흥미롭게 느껴졌다. 하지만 안타깝게도 푸틴이 아닌 그의 사람들과만 수많은 이메일을 주고받았고, 이는 원고 데드라인인 저녁 아홉 시 직전까지 계속되었다.

홍보 수석이 해당 논평의 진위 여부를 확인해줄 몇몇 인물을 언급했지만 나는 확인 전화를 걸지 않았다. 과거 모스크바 특파원으로 일했던 상사 앤디 로즌솔^{Andy Rosenthal}이 〈뉴욕타임스〉 소속 러시아 리포터로부터 전화를 받았다. 리포터는 푸틴이 실제로 기고문을 싣고 싶어 한다고 알렸다. 이것만으로도 러시아 대통령의 신분은 확실해진 것 같았다. 자신의 신분을 충분히 속일 수도 있는 낯선 사람들에게 확인 전화를 돌려서는 안 될 것 같았다.

도무지 잠들 수 없던 길고 긴 밤 내내 나는 해당 원고의 진위 여부를 충분히 확인했으니 안심해도 된다고 스스로를 다독였다. 그럼에도 좀 더 알아봤어야 하는 것이 아닌가라는 불안함이 찾아왔다. 이 푸틴 사건 일체를 머리에서 지우기 위해 업무를 시작했다. 새벽 세 시면 홍콩 사무소에서 오는 이메일을 처리하기에 딱 알맞은 시간대였다. 폭삭 주저앉은 산비탈처럼 내 눈앞에서 커리어가 무너져 내릴지도 모르는 처지인데 단잠에 푹 빠진 남편과 강아지가 사이좋게 코를 고는 방에서 어떻게 속 편히 누워 있을 수 있겠는가?

그날 밤이 유독 기억에 남긴 하지만 두려움에 떨었던 것은 비

글의 논리와 구조, 맞춤법을 고려하기에 앞서 에디터는 사실 관계와 진위 여부를 확인해야 한다.

- 신분이 확실치 않은 취재원의 이름을 알아내야 한다. 글을 작성한 사람과 취재원 사이에 접점이 있는가?
- 작성자가 글에 언급한 인물들 가운데 아는 사람이 있는가?
- 작성자가 글에 언급한 기업에 투자를 하고 있거나 친인척이 근무를 하는 등 이해관계에 놓여 있는가?
- 기사를 싣기에 조금이라도 찜찜한 부분은 없을지 작성자에 대해 조사해야 한다.

단 이날만이 아니었다. 저널리즘은 잔인한 세계다. 여러 설문조사에서 대부분의 사람들이 저널리스트를 신뢰하지 않고, 싫어한다고 답했다. 이 업계에 수십 년간 몸담은 나로서는 왜 사람들이 이 일을 쉽게 생각하는지 여전히 이해가 가지 않는다.

저널리즘은 고된 일이다. 항상 마감에 시달린다. 상사와 독자, 언론비평가, 칼럼니스트로부터 혹평을 듣는다. 언제나 잃을 것이 많은 위치에 있다. 리포터로서 학사 학위는 물론 인터뷰, 글쓰기, 분석에 능숙할 정도의 역량을 갖춰야 하는 점을 미루어보면 평균

5만 2,000달러라는 연봉도 낮은 편이라 할 수 있다. 대도시에 자리해 노동조합도 있는 〈뉴욕타임스〉 같은 언론사에 속한 기자들은 이보다 두 배 이상의 연봉을 받지만, 전체 노동 인구에 비하면 소수일 뿐이다.

많은 일이 보통 그렇듯, Op-Ed 부서에서 일할 기회 또한 예기치 못하게 찾아왔다. Op-Ed를 총괄하는 에디터였던 데이비드 시플리David Shipley가 〈블룸버그Bloomberg〉에 신설되는 오피니언 부서를 맡아 떠난다는 소식을 들었다. 당시 나는 피처 섹션의 총괄 에디터로 발행인 란에 이름을 올릴 만큼 이미 번듯한 자리에 올라 있었다. 기쁘고 감사했다. 하지만 사실 내가 꼭 있어야만 하는 자리는 아니었다. 2주간 자리를 비워도 별 문제없이 일이 돌아갔다. 나는 직원을 관리하는 것보다 글을 만지고 신문이나 사이트에 어떤 기사를 게재해야 할지 결정하는 일을 하고 싶었다. 그래서 상사인 로즌솔에게 메일을 썼다. "제가 시플리 자리에 지원해봐도 될까요?" 나 혼자 너무 큰 기대를 갖기 전에 그가 《뉴요커The New Yorker》나 《애틀랜틱Atlantic》에서 누군가를 영입할 생각인지 미리 알고 싶었다. 그가 곧장 회신을 보내왔다.

"물론이죠. 내 사무실로 올라와요."

중요한 인터뷰를 앞두고는 누구나 긴장하기 마련이다. 하지만 마음을 가라앉힐 몇 가지 방법이 있다. 상대방을 설득하고, 그 일에 적임자라는 것을 보여줄 근거를 충분히 갖춘다면 마음을 한

결 편히 먹을 수 있다.

인터뷰 며칠 전부터 그간 Op-Ed의 칼럼을 모두 살핀 후 13층, 로즌솔이 있는 곳으로 향했다. 흐트러진 머리칼에 까칠한 수염, 타깃(미국 대형 할인마트—옮긴이)에서 구매한 셔츠를 입은 그는 누가 봐도 명품이나 패션에는 전혀 관심이 없는 사람이었고, 나는 그를 대면하자마자 마음이 편안해졌다. 전망 좋은 사무실 서쪽으로 펼쳐진 뉴저지를 가리키며 로즌솔은 살기 좋은 동네라고 만족해했다. 나는 회색 소파에 앉았다. 향후 5년간 내가 가장 많은 시간을 보낸 자리기도 했다.

편안하고도 즐거운 대화가 이어졌다. 로즌솔은 명민하고 똑똑했으며 재치 넘쳤고, 나는 오랫동안 못 만났던 옛날 친구와 대화를 나누는 기분이 들었다. 다음 날 아침, 인터뷰 때 언급했던 기사 아이디어를 정리한 글과 더불어 내가 왜 적임자인지 설명하는 장문의 이메일을 보냈다. 좋은 인상을 남기고 싶은 상대방과 헤어진 후에는 시간을 내줘서 고맙다는 인사를 보내는 것이 좋고, 이때 이메일을 활용한다면 향후 대화를 계속 이어나가기가 수월하다.

마침내 로즌솔이 내게 자리를 제안했다. 기뻐해야 마땅했지만 막상 그 일이 닥치자 나는 그러지 못했다. 오히려 거절할 뻔했다. 뉴스에서 오피니언으로 보직을 변경한다는 것이 너무도 큰일처럼 느껴졌기 때문이다. 친한 친구 그리고 동료 저널리스트와 몇 시간에 걸친 대화 끝에 내가 그 일을 할 수 있고, 또 해야 한다는 생각이 들었다. 친구는 로즌솔이 바라는 역량을 내가 갖추고 있다고 했다. 바로 편안한 업무 환경을 조성하는 능력과 폭넓은 저널리즘 경험, 일반 독자를 질리게 만들 정도로 약간은 집요하고 괴짜 같은 성격까지 말이다.

어떻게 내가 이 일을 감히 할 수 있다고 생각했을까? 새로운 자리로 출근한 첫날, 엄청난 착각에 빠져 있었다는 것을 깨달았다. 내가 지금껏 해온 일과는 완전히 달랐다. 물론 나는 내 지침을 기다리는 사람들 앞에서 괜찮은 척을 했다. 이들이 전 상사를 무척이나 존경했다는 것을 잘 알고 있었다. 나는 실패자의 후임으로 온 것이 아니었다. 성공과 인기를 거머쥔 에디터의 뒤를 이은 자리였다. 적어도 긴장하고 겁먹은 모습을 보일 순 없었다. 하지만 나도 내가 여기서 뭘 하고 있는지 알 수가 없었다. 정말로 뭘 어떻게 해야 할지 가늠이 안 되었다. 고등학교 때 처음 저널리스트가 된 이후로 언제나 공정하고 공평한 입장을 취해야 한다고 믿어왔다. 그런데 갑자기 누군가의 '오피니언'을 구해야 하는 일을 맡게 되다니. 심지어 어느 한쪽으로 의견을 정해야 하는 입장이 되다니. 나는 내 의견을 밝히고 싶지도 않았고, 오피니언 사설이 어때야 하는지도 전혀 몰랐다.

〈뉴욕타임스〉 및 언론사들은 '다양한 유형의 기사'와 그래픽 그리고 영상을 활용하지만, 뉴스로 구분된 이상 그 형식에 관계없이 일어난 일을 전달하고, 기사에 필수적인 요소들을 갖추려고 한 뉴스 매체에서는 기사, 프로필, 스토리, 그래픽, 영상, 팟캐스트, 뉴스 해설 등 여러 형식으로 뉴스를 보도한다. 형식은 다르지만, 어떠한 사실에 대해 다양한 사람들의 관점을 전달한다는 본질은 같다. 예컨대 다리 붕괴로 20명이 사망한 소식을 전하며 이를 시장市長 탓으로 돌리는 사람들의 의견과 함께 이미 오래전부터 예견된 사고라고 여기는 사람들의 목소리도 전달하는 식이다.

오피니언은 뉴스 보도와 다르다. 오피니언도 진위 여부가 반드시 확인된 팩트를 포함하고 있지만, 균형 잡힌 시각이나 다양한 관점을 공평하게 전달할 필요는 없다. 다만 어떠한 결론이나 해결책을 내포한다. 이를테면 정부의 무능함으로 대교가 붕괴했고, 해결책으로는 투표로 시장을 몰아내고 사회적 생산기반을 바로잡을 새로운 단체를 설립해야 한다는 식이다.

다는 점에는 변함이 없다. 반면 오피니언은 다양한 관점을 공평하게 제시해야 한다는 부담 없이 하나의 강력한 주장을 전달한다. 나는 지금껏 오피니언 글을 쓴 적도, 훌륭한 오피니언 글이란 무엇인지 생각해본 적도 없었다.

그래도 내가 관리하는 에디터들을 보며 제법 빨리 배워나갔다. 이들 외에는 달리 배울 곳이 없었다. 한결같은 철저함으로 단어와 아이디어를 엄격하게 분석하는 훌륭한 팀원들이었다. 상사는 자신이 이끄는 팀원들에게서 얼마나 많은 것들을 배웠는지 잘 인정하지 않을 때가 많다. 내 경우, 나보다 훨씬 어린 직원들이 많았지만 그들의 관련 경력은 나보다 많았다. 내가 무사히 살아남아 성공할 수 있었던 이유는 여러 에디터의 다양한 사고방식과 에디팅 스타일을 흡수했기 때문이다. 기명 칼럼 후보 원고를 두고 매일 이메일로 주고받는 오피 디스커스^{Op Discuss}를 통해 원고의 강점을 가려내는 눈을 키웠다.

어린 어시스턴트부터 경력 높은 부편집장까지 Op-Ed 부서 내 누구나 오피 디스커스 주소로 원고를 올릴 수 있었고, 자신의 의견을 마음껏 밝힐 수 있었다. 이 원고를 실을 것인가, 말 것인가? 수정이 필요한가? 이 메일들은 내게 가치를 매길 수 없을 만큼 귀중한 자료였다. 메일에 달린 직원들의 의견을 읽으며 고등학교·대학교 때 주장을 펼치는 법에 대해 배웠던 내용이 되살아났다.

지금껏 내가 해왔던 일간 신문의 역피라미드형 전개 방식이나 느린 서사로 글을 풀어내는 피처 기사 작성법보다 버클리대학교에서 논증에 대해 배웠던 내용이 기명 칼럼에서 요하는 접근법에 가까웠다. 에디터들의 관점은 서로 다를지라도 어떤 주제의 글이든 가장 독창적인 아이디어를 찾아내려는 열망만큼은 같았다. 에디터들의 피드백은 재치 넘치고 번뜩였으며, 내게 글의 논리적 허점을 찾아내는 눈을 길러주었다. Op-Ed 지면에 싣는 전통적인

800자 논평뿐 아니라, 보다 유연한 분량의 온라인 페이지용 피처 기사를 작성할 때도 마찬가지였다.

일을 시작하고 얼마 지나지 않아, 모든 기사를 최종적으로 살폈던 에디터 카멜 맥코브리Carmel McCoubrey에게서 한 가지 중요한 가르침을 얻은 일이 있었다. 나와 에디터 한 명이 어떤 논평 기고자에게 원고를 의뢰할지 장단점을 따지며 논쟁하는 모습을 맥코프리가 목격했다. 나는 그녀가 무의미한 논쟁을 하는 우리의 모습에 실망했을 거라 생각했다. 짜증스러운 얼굴로 몸을 일으킨 그녀는 이렇게 정리했다. 놀라운 아이디어가 있거나 놀라운 사람이 써야 한다고. 둘 가운데 무엇도 충족하지 못한다면 실을 가치가 없다고 말이다. 그러고 난 뒤 자리에 앉았다. 그녀는 단 몇 마디로 Op-Ed 에디터가 무엇을 중요하게 생각해야 하는지 정리했다.

학교든, 일터든, 어디에 속해 있든 주변 사람들에게서 배워야만 한다. 사람마다 관점도 다르고 에디팅 스타일도 다르다. 무엇이든 나름의 배울 점이 있다. 당신 주변의 가장 똑똑하고 가장 창의적인 사람들을 모방해야 한다.

나는 글을 읽는 것도, 교정 교열 작업 속도도 빠른 편이다. 이런 성향이 바쁜 독자들의 입장을 이해하는 데 도움이 될 거라 생각한다. 사실 원래부터 글 읽는 속도가 무척 빠른 편이기도 했다. 초등학교 3학년 때 선생은 통지표에 내가 글을 너무 빨리 읽고, 앞으로도 계속 그 습관이 지속된다면 읽은 내용을 기억하지 못할 거라고 적었다. 그분 말씀이 맞았다! 무언가를 오래 기억하는 일이 거의 없다. 하지만 그게 내 방식이었다. 작가들에게도 피드백을 빨리하는 편이다. 어떤 문장이 앞으로 나와야 하고, 결론은 어떻게 내야 하는지, 글에서 무엇이 빠졌는지 본능적으로 파악하고 답을 준다. 교정 교열도 어찌나 빨리하는지 에디터들은 마감 5분 전에 500단어로 줄여야 할 긴 글이 있을 때는 누구보다 내가 나서서 대신 해결해주고 싶어 한다는 것을 잘 알고 있었다.

자신이 무엇을 잘하는지 파악하고 그 능력을 개발하는 동시에 단점을 개선하기 위해 노력하고 자신과 다른 사람들에게서 배워나가야 한다. 교정 교열 방식에서 나와 완전히 달랐던 사람은 애런 레티카Aaron Retica였다. 〈뉴욕타임스〉 매거진에서 팩트 체크 부서를 이끌며 기사를 교열하는 일도 했던 레티카를 우리 팀으로 데려왔다. 그는 나보다 생각이 훨씬 깊은 사람이었다. 오랫동안 신중하게 글을 만졌고, 작가에게 글의 구조, 표현 등등에 관해 장문의 질문을 했다. 글을 함부로 고치는 일은 거의 없었다. 그는 작가에게 원고를 다시 써달라고 요청했고, 만족스러운 글이 나올 때까지 여러 차례나 반복했다. 완벽하지 않은 글을 싣고 싶지 않았던 레티카는 원고를 최대한 오래 보는 편이었다. 나는 빠른 속도가 생명인 신문사에서 일을 배웠던 반면 그는 여러 잡지사에서 경력을 쌓았고, 글의 구조와 흐름을 깊이 있게 파고드는 스타일로 인정을 받아온 사람이었다.

자신과 다른 방식을 거부해선 안 된다. 그들에게서 배워야 한다. 나와 업무 스타일이 다른 사람들을 두고 실력이 없다고 무시하기 쉽지만, 그렇게 한다면 자신이 성장할 기회를 잃는 것이나 다름없다. 업무 방식뿐 아니라 배경과 관점 또한 마찬가지다. 레티카는 노동자 계급의 이탈리아인과 하층 중산 계급의 유대인 집안에서 자라 예일대학교를 나왔다. 작은 마을의 앵글로색슨계 신교도 집안 분위기가 내게 영향을 미쳤듯 그가 자란 배경 또한 그의 사고방식에 영향을 미쳤다. 당신의 모자람을 채워주고 새로운 관점을 제시해줄 사람들을 가까이해야 한다.

다양한 사람들을 수용하고 각기 다른 사람들이 어떤 글을 선호하는지 이해하는 능력은 나의 가장 큰 강점이었고, 이 능력을 점차 자신의 견해를 설득력 있게 전해야 하는 오피니언 글쓰기라는 낯선 작법에 적용해갔다. 한 번씩 오피니언의 영역을 확장해 내가 독자로 읽고 싶은 글을 싣기도 했다. 독자들을 만족시키고 싶었느냐고? 물론이다. 하지만 에디터로서 발을 내딛은 초창기부터 내게 와닿는 글을 실었다. 다른 방법은 몰랐다. 사람들이 원하는 것을 기준으로 삼아선 안 된다. 막상 결과물을 보기 전까지는 이들도 자신이 뭘 원하는지 정확히 모를 때가 많기 때문이다.

에디터가 되고 싶다면 다방면에 걸쳐 글을 읽어야 한다. 독창적인 아이디어를 한눈에 알아보는 능력을 키울 유일한 방법이다. 장점은 이것만이 아니다. 다양한 문체를 흡수하면 복화술사처럼 은밀하게 작가를 도와 그만의 스타일을 찾아가도록 이끌어줄 수 있다.

매 순간 도저히 해낼 수 없을 것 같다는 생각을 할 정도로 새로운 일을 배우는 과정은 힘겨웠지만, 종국에는 이 일을 맡길 잘했다는 생각이 들었다. 시작은 누구에게나 힘든 일이니, 새로운 업무를 맡은 첫날, 첫 주, 또는 첫 달에 성급한 결정을 내리지 않는 것이 현명하다. 내 직업에 행복을 느낀 데는 테디 베어처럼 생긴 로즌솔의 역할이 컸다. 업무 처리가 빨랐고, 유쾌했던 로즌솔은 모스크바에서의 삶, 해외에서 데스크를 이끌었던 경험, 워싱턴에서 근무하며 겪은 일들까지 다양한 이야기를 들려주었다. 직원들에게 도움이 필요할 때는 기꺼이 나서되 그렇지 않을 때는 자율에 맡기는 능력 또한 탁월했다. 그는 권력이나 일반적인 통념에 얽매이지 않았다. 로즌솔은 독창적인 사고방식과 자신만의 길을 걷는 것의 가치를 몸소 보여주었다. 타인의 개성을 존중하는 그의 태도 역시 상사가 갖추어야 할 중요한 자질이다. 예상치 못한 일을 했다고 내게 눈치를 준 적은 한 번도 없었다. 저자와 색다른 아이디어를 시도하기에 앞서 그에게 허락을 구한 적이 단 한 번도 없었다.

로즌솔에게는 또 하나 특별한 점이 있었다. 그는 진심으로 여성에게 호의적이었다. 소수 우대 정책이나 성과를 위해 다양성이 필요하다는 식의 태도와는 달랐다. 스타일 섹션같이 전형적으로 여성이 우세한 부서 외에 이토록 여성이 많이 근무하는 곳은 오피니언 부서가 처음이었다. 언젠가 내가 〈가디언^{Guardian}〉의 남성 오피니언 에디터를 영입하려고 한 적이 있었다. 그에 대해 잘 몰랐지만 로즌솔은 연봉이 너무 높다는 이유로 반대 의사를 표했다. 하지만 비단 그 이유만은 아닐 거라는 짐작이 들었다.

"앤디, 남성에 대한 혐오를 이제는 좀 떨쳐야 해요. 그 사람이 남자인 게 잘못은 아니잖아요." 그에게 이렇게 말했다.

그는 눈썹을 치켜올렸다. "남자 직원은 지금도 충분해요."

그의 말이 옳았다. 우리 부서에 여성 직원은 많았지만 어떠한 기사를 실을지 결정하는 Op-Ed 핵심 에디터 무리에는 남성이 훨씬 많았다. 인종·출신지·사회계층에 따라 각기 시각이 다르듯, 배경이 서로 다른 여성과 남성이 조직에 불러올 시각은 분명 차이가 있다. 그의 의견에 반대하는 것은 아니었다. 전혀 아니었다. 다만 여러 여성 에디터와 면접을 진행했지만 〈가디언〉 에디터만큼 괜찮은 인재를 찾지 못했다. Op-Ed 부서가 다양한 시각을 갖추길 바라는 것은 나도 마찬가지였지만 엄청난 양의 기사를 소화해야 하는 업무량을 생각하면 걱정이 앞섰다.

로즌솔에게 이렇게 말했다. "우리는 그 같은 사람이 필요해요. 경력도 많고 속도도 빠르고 똑똑하다고요. 지금 우리 부서에는 젊은 에디터가 너무 많아요. 그가 중심을 잡아줄 수 있을 거예요." 결국에는 내가 이겼지만 다른 채용 자리의 연봉을 낮게 조정하는 조건이었다. 다른 자리만큼은 로즌솔의 의견처럼 젊은 편집자를 들이겠다는 소리였다.

로즌솔과 나는 의견이 대립할 때에도 항상 유머를 잃지 않았다. 로즌솔이 내 뒤를 든든하게 받쳐준다는 믿음이 있었다. Op-Ed에 온 이후로 항상 공격을 당하는 삶이란 무엇인지 깨달았다. 혹여 잊을라치면, 창밖으로 고개를 돌려 〈뉴욕타임스〉 바로 옆에 '미국 내 중동 보도의 정확성 위원회'가 설치한 대형 광고판을 보는 것으로 충분했다. 우리 언론사가 이스라엘에 대해 편파적인 보도를 일삼는다며 비판하는 내용이 크게 걸려 있었다. 로즌솔이 내게 보여준 전폭적인 지지는 다른 상사에게서 한 번도 경험해 보지 못한 것이었고, 누구나 이렇게 힘이 되어줄 동료를 찾기 위해 노력해야 한다고 생각한다.

하지만 아무리 로즌솔이 내 뒤를 지켜준다고 해도 한계는 있었다. 만약 푸틴의 기고문이 거짓으로 밝혀진다면 신뢰를 회복할 방법이 없었다.

그날 밤 간신히 잠이 들었지만 지나친 걱정에 너무도 피곤했던 탓인지 늦잠을 자고 말았다. 아홉 시경 눈을 뜨자마자 휴대전화를 집어든 나는 무언가 잘못되었다면 지금쯤 분명해졌을 거라고 생각하며 두려운 마음으로 메일함을 열었다.

〈가우커〉에 별 다른 기사가 없었다. 분노에 찬 메일도 없었다. 아무 문제도 벌어지지 않았다.

그렇게 새로운 하루가 시작되었다.

4.

유명
인사와
함께
일한다는 것

,

유명한 사람들은 골칫거리일 때가 많다.

정치인들은 글을 쓰겠다고 약속하고는 한 마디 설명도 없이 원고를 보내지 않는다. 유명 인사들은 자신의 글을 더욱 구체적이고 명확하게 만들어주려는 우리의 노력을 거절한다.

유명 인사는 어마어마한 비용을 들여 홍보 전문가들을 두고 있으니 당연히 그들의 글이 완벽하게 완성된 상태로 언론사에 들어간다고 생각할 것이다. 하지만 그런 일은 거의 없다. 유명 인사들 역시 자신의 주장을 명확하게 밝히는 데에는 다른 사람들과 똑같은 문제점을 안고 있다. 차이점이라면? 이들의 원고는 그래도 제일 위에 올라간다. 산더미같이 쌓인 원고 속에 파묻히는 일은 없다.

유명한 사람들은 첫 소통부터 곧장 내 상사인 로즌솔이나 발행인 아서 설즈버거Arthur Sulzberger와 한다. 대부분의 경우 로즌솔과 설즈버거는 오롯이 내게 맡기겠다고 말했지만, 내 결정에 따른 책임을 두 사람이 져야 한다는 것쯤은 나도 알고 있었다. 두 사람은 내게 원치 않는 원고를 억지로 실으라는 부담을 준 적이 없었다.

언젠가 한 유명 인사의 원고를 본 에디터 한 명이 전형적인 반응을 보였다. "너무 뻔한 소리 같은데요. 그런데도 실어야 할까요? 이름 있는 사람이니까요?" 만약 당신이 뻔하디 뻔한 소리를 늘어놓았다면 그리고 유명하지 않다면, 당신의 글이 투고 원고 더미에서 살아남을 가능성은 거의 없다고 봐야 한다.

우리가 원고를 거절하면 로즌솔은 이렇게 말했다. "이 원고가 〈워싱턴포스트Washington Post〉나 〈월스트리트저널〉에 실린다면 뭐 그 비난은 내가 감수해야죠." 그다음 주면 또 다른 유명 인사가 쓴 또 하나의 뻔한 원고가 들어온다. 또다시 거절 의사를 밝히는 나를 대신해 뒤처리를 해주는 로즌솔을 보며 그가 얼마나 멋진 상사인지 다시금 깨닫고는 했다. 그는 수준 미달의 원고를 수용해야 한다는 부담감은 전혀 주지 않았다. 이런 일이 있을 때면 그는 농담 섞인 이메일을 내게 보냈다. "한숨 나네요. 이런 귀찮은 일 따위 하지 말고, 그냥 엄청나게 부자면 얼마나 좋을까요?"

몇몇 유명 인사는 우리가 글을 고치려 하면 원고를 철회하기도 했다. 자신에게 너무 많은 것을 요구하지 않는 곳, 본인이 가장 중요하게 여기는 본질을 침해하지 않는 언론사를 선호한다. 유명한 사람들은 "이 원고를 싣고 싶지만 글을 좀 고쳐야 할 것 같습니다. 아래 몇 가지 질문을 적었습니다"라는 코멘트를 받고 싶어 하지 않는다. 이런 일이 좀처럼 가능하지 않다. 이들은 대신 다른 곳에 원고를 보내는 쪽을 택한다. 물론 이 결정을 내가 비난할 수는 없다. 반드시 〈뉴욕타임스〉에 글을 내야 하는 것은 아니니까. 유명 인사들은 자신이 전해야 할 말이 있다면 소셜미디어에서라도 하면 그만이었다. 이들이 우리를 필요로 하는 것보다 우리가 이들을 필요로 하는 바가 컸다.

학생, 교수, 그 외 자신의 생각을 전하는 오피니언 글쓰기에 관심이 있는 사람들은 내가 함께 일했던 유명 인사 이야기를 듣고 싶어 했다. 사실 유명 인사와 일하는 것이 내 직업에서 가장 힘든 지점이었다. 유명한 사람들의 원고를 거절할 때가 많았고, 그때마다 이상한 기분이 들었다. 이런 일이 있을 때마다 독자를 생각해서 내린 결정이라고 스스로 다독여야만 했다. 원고의 완성도가 아니라 집필자의 유명세만을 고려해서 칼럼을 싣는다면 결국 피해는 〈뉴욕타임스〉가 보게 되었을 것이다. 피상적이거나 호기심만 자극하는 글로 독자를 실망시키고 싶지 않았다. 물론 기사 하나로 구독률이 떨어지는 일은 없지만 신문의 품질이 떨어진다면 결국 구독자들은 떠나가기 마련이다.

유명 인사들은 자신이 아무 말이나 해도 게재될 거라는 착각에 빠질 때가 많다. 참모진들이 그들의 명성이면 어디서든 받아줄 거라고 말했기 때문에 그렇게 믿는지도 모르지만, 어쨌거나 사실이 아니다. 이름이 무엇이든, 배경이 어떻든 간에 글에는 반드시 요점이 있어야 하고, 그 요점이나 주장이 새로워야 한다.

한번은 객원 오피니언 기고가로 몇 편의 시리즈 칼럼을 작성해 호평을 받았던 U2의 리드보컬 보노Bono의 원고를 거절한 일이 있었다. 9월의 어느 날, 그의 홍보 담당자가 내 상사에게 대화를 하고 싶다고 연락해왔다. 항상 그렇다. 늘 이야기 좀 하고 싶다고 말한다. 로즌솔은 그 여성을 내게 연결했고, 나도 늘 그렇듯 원고를 먼저 보내주면 에디터들과 상의해보겠다고 그녀를 타일렀다. 개인적으로 연락을 취하는 것이 낫다고 생각하는 사람들이 많지만, 에디터의 입장에서 이는 시간만 잡아먹는 일일 뿐이다. 결국 원고의 가부를 결정하는 것은 전화 통화가 아니기 때문에 받고 싶어 하지 않는다. 나는 고정 필진들만 알고 지내는 편이 좋다고 생각했고, 그나마도 좋은 원고 아이디어를 나누기 위해 커피 미팅을 하는 정도였다. 좋은 글을 써서 지면에 실리고 싶다면 인맥보다는 글이 중요하다.

보노의 원고가 들어온 후 내 의견은 밝히지 않은 채 에디터들에게 돌렸다. 항상 교양 넘치고 간결하게 자신의 의견을 밝히는 오랜 경력의 에디터 한 명이 원고의 문제를 짚어냈다. "아프리카의 절망적인 상황에 대해 가이드가 하나하나 설명해주는 느낌이

커요. 1,600단어니 이렇게 느끼는 게 당연하겠죠. 좀 더 간결하게 정리한다면, 그러니까 분량을 확 줄이면 어떨까요?"

다른 에디터들은 보노가 기명 칼럼의 가장 중요한 원칙을 어겼다고 했다. 바로 현실 불가능한 이야기는 하지 말아야 한다는 것이었다. 아프리카에 몇 조 달러나 투입해야 한다는 식의 주장은 별 의미가 없다. 또 다른 에디터는 독자들의 심기를 불편하게 할 것 같다고 밝히며 2005년 〈뉴욕타임스〉에 실린 기명 칼럼을 인용했다. "카우보이모자를 쓴 부유한 아일랜드 출신의 록스타에게서 아프리카 개발을 종용당하는 것보다 언짢은 일이야 많겠지만, 지금 당장은 이보다 불쾌한 일을 떠올릴 수가 없다."

따라서 거절이었다.

일주일 후, 이번에는 보노와 페이스북 CEO인 마크 저커버그 Mark Zuckerberg가 함께 작성한 칼럼 초고로 또 다른 홍보 담당자가 연락을 해왔다. 이 두 사람을 거절할 수 있을까? 바로 전주에 보노 원고를 퇴짜 놓았는데, 또? 이번에도 에디터들의 반응이 별로였다. 원고가 "너무 뻔하고", "읽기 괴로우며", "이기적"이라는 피드백이 달렸다. 하지만 에디터들도 이렇게 유명한 사람들이 지닌 영향력, 그리고 독자가 이들에게 관심을 보이리라는 것을 잘 알고 있었다.

나는 한번 시도해보기로 결심했다. 이 원고는 저커버그가 유엔에서 하기로 한 연설과도 관련이 있었기에 뉴스거리가 될 수 있다는 생각이었다. 원고를 어떻게 만들어볼 수 있을 것 같기도 했다. 아니면 내가 겁쟁이가 되었거나 너무 감정적으로 생각하는 걸까? 지난 원고를 거절할 때 내 안의 의지력을 모두 써버린 걸까? 홍보 담당자에게 원고를 다시 써야 하고, 독자의 흥미를 끌려면 글을 좀 더 구체적으로 풀어야 할 것 같으니 몇 가지 의견을 정리해서 전해주겠다고 회신했다. 필자들의 명성을 생각한다면 기사가 이후 여러 매체에 언급될 가능성이 높기 때문에 홍보 담당자 측에서도 두 사람의 글이 어떠한 반향을 일으킬지 심사숙고해야 했다(반드시 유명해야만 당신의 글이 뉴스거리가 되는 것은 아니다. 그레그 스미스Greg Smith가 골드만삭스를 떠나며 조직 문화를 고발한 글은 Op-Ed면에 실린 후 엄청난 주목을 받은 바 있다).

편집 과정에서 우리는 보노와 저커버그에게 누구에게나 디지털 접근성이 허락되어야 한다는 것 이상의 메시지를 전달해달라고 요청했다. 전기가 공급되지 않는 수억 명은 어떻게 해야 하는지 두 사람에게 물었다. 놀랍게도 얼마 지나지 않아 두 사람은 훨씬 좋아진 새 원고를 송부했다. 한결 간결해졌고 뜬구름 잡는 모호한 이야기가 사라졌으며 우리가 질문한 내용에 대한 구체적인 해결책도 제시되어 있었다. 우리는 기쁜 마음으로 칼럼을 실었다. 제아무리 유명하다 해도, 이런 인사들 또한 우리가 원고에서 중요하게 여기는 기준, 즉 놀랍고 구체적이며 설득력이 있는 글이어야한다는 기준에 맞춰야 했다.

무엇보다 뛰어난 작가나 소설가들의 원고를 작업하는 것이 유독 힘들었다. 우리보다 글을 잘 쓴다는 데는 이견이 없었다. 하지만 논픽션으로 베스트셀러의 반열에 올랐다고 해서, 소설로 상을 받았다고 해서 훌륭한 기명 칼럼을 쓴다는 보장은 없다. 글의 형식 자체가 완전히 다르기 때문이다.

유명 소설가의 원고를 작업한 적이 있었다. 약간만 손을 보면 충분히 실을 수 있는 원고였다. 우리 측에서 몇 가지 의견을 전달했고, 작가는 대리인을 통해 수정한 원고를 보내왔다. 수정본이 낫긴 했지만, 그래도 홍보 성격이 짙었고 광고같이 느껴져 여전히 마음에 들지 않는 부분이 있었다. 또한 본론에 이르기까지 너무 장황했다. 한 에디터는 이렇게 말했다. "확 쳐내도 된다면 전 찬성입니다."

우리의 기준에 맞추는 동시에 작가의 기분을 상하지 않게 하느라 애를 먹었다. 사실 무엇보다 우리 측에서 그녀의 글을 '싣고 싶었기' 때문에 조심스럽게 응대해야 하는 상황이었다. 그녀의 대변인에게 우리가 수정 원고를 편집한 후 지면에 맞게 분량을 조정하겠다고 알렸다. 지나친 제안이 아니라고 생각했기 때문에 며칠 후 우리에게 원고를 주지 않겠다는 소식을 들었을 때 놀랍고 실망스러웠다.

정치인들도 어렵기는 마찬가지다. 원고를 주겠다고 말하고는 막상 주지 않을 때가 많다. 한번은 힐러리 클린턴Hillary Clinton 측의 커뮤니케이션 담당자가 일요판에 실을 장문의 중요한 사설을 제공하겠다고 약속했고, 이는 곧 클린턴의 원고가 제때 들어오지 않으면 길게 남겨둔 지면의 공란을 달리 채울 방법이 없다는 뜻이기도 했다. 클린턴 측 사람들은 말을 아꼈고, 어떤 글을 준비하고 있는지 알려주지 않았지만 우리는 모험을 감행하기로 했다. "그렇게 하시죠." 우리는 기다리겠다고 말했다.

그렇게 우리는 원고를 기다렸다.

기다림은 계속되었다. 이메일을 보냈다. 곧 원고를 보내겠다는 회신이 왔다. 이후 시간이 좀 더 필요하다는 메일이 왔다. 클린턴 측 커뮤니케이션 담당자와 처음 일해보는 것이 아니었다. 클린턴의 원고를 맡은 에디터는 이번 연락을 받자마자 내부 메일에 이렇게 적었다. "세 시까지 꼭 전해달라고 확실히 해두죠. 뭐 그래도 여섯 시에도 원고는 안 들어올 거고 결국 일곱 시 45분에 엎어지는… 농담입니다."

역시 예전과 같은 일이 벌어졌다. 아무런 연락이 없었다. 쥐죽은 듯 고요했다. 심지어 원고가 왜 안 오는지에 대한 설명도, 아무것도 없었다.

왜 이런 일이 벌어지는 걸까? 한 사람의 이름을 걸고 움직이긴 하지만 그래도 집단이기 때문이다. 사람이 많을수록 문제도 많이 발생한다. 이전에 속앓이를 했던 에디터는 여전히 클린턴 측 사람들에게 기대를 버리지 않고 있었다. 그는 이렇게 적었다. "아마도 여덟 시쯤 미안하다는 말 없이 원고가 올 겁니다. 너무 늦었다는 제 말에 아마 불같이 화를 내겠죠. 어쨌든 저는 이 원고가 올 거고, 우리 마음에 들 거라는 전제하에 원고를 화요일에라도 실을 수 있다는 가능성은 열어두어야 한다고 봐요."

권력이나 명성을 지닌 사람들은 이메일에 회신하지 않을 때가 많다. 그들이 우리를 필요로 하는 것보다 우리가 그들을 필요로 하는 바가 크다는 사실을 잘 알고 있으니까. 갑자기 다른 날짜에 원고를 보내겠다는 연락이 오면 다시금 지난한 기다림이 시작된다. 또는 그 어떤 소식도 듣지 못한 채 다른 매체에서 원고 원본이 실린 것을 확인할 때도 있다. 그럴 때 한 가지 교훈을 얻는다. 감히 질문을 하거나 수정을 요청한다면 너희에게 알리지도 않고 다른 언론사에 가겠다는 교훈 말이다.

우리의 질문에 짜증을 내는 사람들의 원고를 작업하는 것이 무척이나 힘들었지만, 그래도 서로 위안이 되는 동료들이 있었다. 한번은 저명한 학자가 에디터에게 전화를 걸어 어찌나 불쾌하게 구는지, 통화를 마친 후 우리 모두 자리에서 일어나 드디어 끝났다며 환호했던 적도 있었다. 모욕적으로 나와선 안 된다. 고함을 치는 것으로 에디터가 당신의 뜻을 따르게 만들 수는 없다.

물론 모든 유명 인사들이 무례했던 것은 아니다. 페이스북의 최고 운영 책임자인 셰릴 샌드버그Sheryl Sandberg가 펜실베이니아

대학교 교수이자 〈뉴욕타임스〉 정기 기고가였던 애덤 그랜트^{Adam} ^{Grant}와 함께 일터 속 여성을 주제로 몇 편의 사설을 연재했던 적이 있다. 그랜트는 기발한 아이디어와 빠른 작업 속도로 함께 일하는 것을 즐겁게 만드는 사람이었고, 그의 친구인 샌드버그 역시 마찬가지였다.

물론 내가 사람을 완전히 잘못 오해한 적도 있었다. 바로 소설가 조너선 프랜즌^{Jonathan Franzen}에 대해서다. 일전에 그는 오프라 윈프리 쇼의 초청을 거절하며 여성 독자들을 신경 쓰지 않는 듯한 태도를 취해 한때 이슈가 된 적이 있었다. 그런 그가 내 딸이 졸업하는 케니언칼리지의 졸업 연사로 선정되었다. 2011년 봄, 졸업식에 참석하기 위해 가는 내내 나는 왜 저런 사람이 졸업 연사로 초정되었는지 내심 불만스러웠다. 이전의 소동으로 그의 소설은 일부러 읽지 않고 있었다. 여성 혐오에 빠져 있는 사람의 글로 시간을 낭비하고 싶지 않다고 생각했다. 세상이 소설이 셀 수 없이 많은데 나 같은 독자를 무시하는 작가에게 시간과 돈을 쓸 이유가 있을까?

누구나 그렇듯 나 역시 한심하고 어리석을 때가 있다. 그에 대한 내 판단은 모두 오해였다. 과학 기술과 자연에 대한 그의 연설이 얼마나 감동적이었는지 적이었던 나는 한순간에 그에게 푹 빠진 팬이 되었다. 뉴욕으로 돌아온 후 회사 메일에서 프랜즌의 이메일 주소를 찾았다. 그에게 졸업 연설이 정말 좋았다는 소감을 털어놓은 후 그의 연설을 Op-Ed에 실어도 되는지 물었다. 연설을 에세이로 게재하는 일은 좀처럼 없었지만 그가 한 이야기가 굉장했던 터라 원칙을 깨볼 만하다고 판단했다. 거들먹거림이라고는 조금도 찾아볼 수 없었던 프랜즌은 함께 일하기에도 편했고, 원고를 수정하는 데도 협조적이었다. 이 일을 계기로 나 자신을 돌아봤다. 그간 얼마나 많은 사람을 잘못 오해했을까 새삼 생각해보게 되었다.

Part 2

당신의 이야기는 무엇입니까

5.

당신의
목소리를
찾아라

,

반드시 유명하거나 영향력이 없어도 대중적 담론에 유용한 무언가를 제시할 수 있다. 약간만 노력하면 누구나 다른 사람들에게 들려줄 이야기를 찾을 수 있다. 널리 알려진 사람들의 경우 글이 게재될 가능성이 높긴 하지만 이 역시 어떤 이야기를 어떻게 전할 것인지 분명할 때만 가능하다.

 Op-Ed 에디터로 생활한 지 몇 년이 되었을 때, 우리 칼럼니스트 가운데 한 명인 닉 크리스토프Nick Kristof에게서 메일을 한 통 받았다. 친구인 미아 패로Mia Farrow의 딸 딜런 패로Dylan Farrow가 부친인 우디 앨런Woody Allen에게 성추행당한 사실을 폭로하는 글을 쓰고 싶다는 내용이었다. 크리스토프는 가장 가난하고 낙후된 지역을 돌아다니며 세계 곳곳의 고통받는 사람들에 대해 글을 쓰는 칼럼니스트였지만 그에게도 유명한 친구가 몇몇 있었다. 나는 원고를 한 번 살펴보겠다고 답했다.

딜런 패로가 제기한 혐의 대부분이 그리 새롭지는 않았지만 그녀의 글에서 절절한 고통이 느껴졌다. 그녀가 직접 경험한 이야기가 힘 있게 전달되었다. 그럼에도 나는 망설였다. 이유는 기명 칼럼에서는 본래 양측의 의견을 모두 담을 수 없기 때문이다. 앨런의 이야기는 듣지 않고 범죄 혐의를 고발하는 글을 싣는 것이 불공평하게 느껴졌다. 나는 이 원고는 그냥 패스하고 싶은 쪽이라고 말하며 상사에게 이메일로 의견을 구했다. 현재 조사 중인 사건이 아니고, 법원에서 앨런을 상대로 소송을 진행 중인 것도 아니었기 때문에 우리가 법적으로 문제가 될 수 있었다. 로즌솔은 내 의견에 동의했다. 이런 이유로 크리스토프에게 거절 의사를 밝혔고, 다시 그는 패로 측에 알렸다.

얼마 후, 크리스토프가 이 이야기를 자신의 칼럼 주제로 삼아도 되겠는지 물어왔다. 그리 문제될 것이 없어 보였다. 칼럼에서는 앨런 측의 의견도 담을 수 있었기 때문에 법적 문제가 없을 것 같았다.

칼럼과 더불어 크리스토프가 개인 블로그에 패로 가족에 대한 추가 이야기를 올리자 앨런의 홍보 담당자가 연락을 해왔다. 그녀는 앨런이 일요판 지면에 글을 기고하고 싶어 한다고 밝혔다.

게재 시기와 분량, 사실 확인 등에 관해 정중한 논의가 이어졌다. 앨런은 지금껏 어디서도 밝히지 않은 이야기가 많다고 했다. 앨런의 홍보 담당자는 딜런 패로 이야기를 다룬 크리스토프의 칼럼이 할애된 만큼의 지면을 보장해준다고 약속하면 원고를 보내겠다고 알렸다. 나는 그만한 가치가 있는 원고라면 문제없을 거라고 답했다. 이 이메일을 주고받은 이후로 한동안 연락이 없어 그녀가 다른 언론사에 연락을 취한 것은 아닌가 싶었다. 혹시 더 좋은 조건을 제시한 언론사와, 기사의 재미와 관계없이 앨런이 원하는 만큼 지면을 무조건적으로 약속해줄 곳과 이야기 중인 것은 아닐까?

앨런의 홍보 담당자에게 다시 메일을 썼다. "앨런 씨의 원고를 저희에게 보내주실 건가요? 저희는 앨런 씨가 어떤 이야기를 들려줄지 상당히 기대하고 있어요."

홍보 담당자가 우리를 버린 것은 아닐지 걱정했지만 그저 바빠서 연락을 못 한 것뿐이었다. 패로의 글이 나간 후 홍보 담당자는 수백 통의 전화를 처리하느라 시달리고 있었다. 그녀는 다음 날 오전 중으로 원고를 전달하겠다고 답했다. 원고가 오자마자 바로 확인했다. 앨런은 이 글을 마지막으로 다시는 어느 곳에서도 이 사안에 대해 언급하지 않을 거라고 적었다. 아주 상세하고도 힘 있는 글이었다. 나는 우리 측 변호사에게 검토를 요청하고, 팩트 체크 과정도 거쳐야 한다고 앨런의 홍보 담당자에게 전했다.

남의 가정사에 관여한다는 것이 이상하지만 사실 에디터가 되면 이런 상황을 놀라울 정도로 자주 겪는다. 모친과의 불화를 적은 한 아들의 에세이를 싣고 나면 잔뜩 화가 난 모친이 전화로 상당히 다른 버전의 이야기를 들려주는 식이다. 한 에디터는 신입 시절 점심 식사 내내 그가 존경해 마지않는 작가의 불행한 결혼 생활과 발기 부전 이야기를 들어야만 했다. 스카치위스키가 없었다면 버티지 못했을 거라고 덧붙였다.

앨런은 무죄일까, 유죄일까? 내가 판단할 문제는 아니었다. 나는 여전히 개인의 판단을 삼가는 뉴스룸 출신 사람이었다. 다만 그가 기소를 당한 사실이 없다는 것은 알고 있었고, 우리 측에서 그를 비난한 인물에게 지면을 할애했던 만큼 앨런에게도 이야기할 기회를 줘야 한다고 생각했다.

앨런은 자신이 어떤 이야기를 하고 싶은지를 명확히 알고 있었고, 이는 글쓰기에서 가장 중요하고도 가장 선행되어야 할 단계다. 그는 과거 지난했던 몇 번의 이혼이나 가정불화, 본인을 유명하게 만들어준 몇 편의 영화에 관해 그 어떤 언급도 하지 않았다. 앨런은 딜런 패로가 문제 삼은 일에 대해서만 자신의 의견을 전달했다.

다른 사람들은 놓치고 지나가지만 당신만이 보고, 느끼고, 관찰하는 바가 있을 것이다. 누구나 각자 나름대로 경험과 지각이 있다. 당신이 열여덟 살이든 여든 살이든, 유명하든 유명하지 않든, 글에는 당신만의 경험과 감정이 담겨 있어야 한다. 수많은 유명인이 글을 싣지 못한 이유는 자신이 어떤 이야기를 전해야 하는지에 대한 이해가 결여되었기 때문이다.

언젠가 고등학생 24명을 대상으로 글쓰기 수업을 진행한 적이 있었다. 학생들은 페미니즘, 동성애자, 정체성, 이스라엘 등 자신에게 중요한 주제를 논하고 싶어 했다. 나는 그 주제와 관련해서 자신만이 경험한 일을 찾아보라고 조언했다. 고등학생 한 명이 중동의 평화를 위해 어떻게 해야 한다고 말해봤자 아무도 관심을 보이지 않는다. 그러나 이 학생이 여름방학 동안 참가한 캠프에서 팔레스타인 및 유대인 10대 학생들과 함께 어울려 지냈다면 이 경험은 설득력 있고 출판 가능한 한 편의 에세이가 될 수 있다. 이 학생은 자신만의 이야기를 들려주는 것이고, 이 경험으로 글을 쓸 자격을 얻은 것이다.

당신이 어떠한 이야기를 하고자 할 때는 어느 정도의 전문 지식은 물론 그 이야기를 하는 이유가 분명해야 한다. 자신이 있든 없든, 권위 있는 글을 써야 한다. 자신이 이 글을 쓸 자격이 있다는 것을 보여주어야 한다. 사람들은 어떤 주제든 관련 지식이 있는 사람에게 매료된다. 박사 학위가 필요하다는 뜻은 아니다. 클리블랜드 시에서 골머리를 썩고 있는 임대인이든, 하루 동안 히잡을 벗고 생활하기로 결심한 젊은 여성이든, 글을 쓰는 주제에 관련한 경험이나 역사가 있어야 한다.

당신만의 경험을 활용해 보편적인 주제에 접근해야 한다. '이렇게 써야 한다'는 형식에 맞추는 것이 아니라 말로 전하듯 글을 쓸 때 자신만의 진정성을 드러낼 수 있다. 사실만 나열하거나 '전문가'처럼 글을 쓴다면 진정성 있게 들리지 않는다. 상자째로 퇴거 통고문을 구매했다고 적은 임대인처럼 감정을 더하고 구체적인 사례를 든다면 글에 힘이 실린다. 냉철한 과학 기술 분야 전문가처럼 써서는 글의 힘이 떨어진다. 로봇의 입에서 튀어나오는 듯한 글은 지루하다. 자신만의 목소리로 글을 쓰는 것이 무엇보다 중요하다. 이런 조언을 따르기가 쉽지 않다는 것은 잘 알고 있다. "진정해!"라는 조언과 비슷하니까. 열세 살 무렵, 이성의 관심을 받으려고 안달하는 내게 오빠가 한 충고가 글쓰기에서도 통용된다. 오빠는 이렇게 말했다. "그냥 너답게 굴어." 그 말이 맞다.

외부의 목소리를 전부 차단하고 내면의 진정한 목소리가 나오도록 해야 한다. 몇 가지 유용한 방법이 있다. 한 번씩 도무지 글이 써지지 않을 때 나는 현실을 완벽히 차단하기 위해 눈을 감은 채로 글을 쓴다. 어떤 때는 휴대전화에 대고 이야기를 하는데, 골치 아픈 일에 실마리를 찾는 데 이 음성 메모가 큰 도움이 된다. 어떤 방법을 쓰든 내면 깊은 곳에 자리한 자신의 본모습으로 글을 써야 한다. 업무용 사고 회로를 가동시키거나, 학자로서의 정체성에서 벗어나지 못해 내부인들만 알아듣는 특수 용어를 쓰면 글이 망가진다. 당신이 전하고 싶은, 당신만이 제시할 수 있는 게 무엇인지 깨달아야 어떤 이야기를 쓰고 싶은지가 분명해진다.

아래는 학자들의 연구가 대중에게 효과적으로 전달될 수 있도록 돕는 캐나다 웹사이트 EvidenceNetwork.ca에서 제공한 수정 전후의 원고다. 첫 번째 원고는 개성도 없고 로봇이 쓴 글처럼 느껴지지만, 두 번째 원고는 개성이 담겨 있고 인간적으로 느껴진다.

○ **수정 전**

캐나다 우편공사CPC, Canada Post Corporation는 새로운 사장 및 최고경영인을 찾고 있다. 해당 공기업의 대표인 디팩 초프라Deepak Chopra가 지난 1월 자리에서 물러났다.

공기업 가운데 가장 규모가 크고 중요한 우편공사를 책임지는 일은 부담이 큰 자리다. 기업이 맞닥뜨린 수많은 운영 및 구조적 문제를 해결해야 할 뿐 아니라, 정치적 문제에도 깊이 연관되어 있는 환경에서 이를 성공적으로 수행해야 한다. 우편공사가 지속가능한 미래로 나아가기 위해서 책임자는 날카로운 정치적·사업적·외교적 기술을 갖춰야 한다.

내 의견은 이렇다. 캐나다 우편공사의 핵심 목표는 민간 물류기업의 서비스가 제한된 외딴 지역과 소도시에 우편물 배달 서비스를 제공하는 데 있다. 우편공사는 우편 업무를 독점하고 있지만(보기에 따라 족쇄가 되기도 한다), 외진 곳까지 서비스를 제공하는 데서 적자가 발생한다. 우편공사는 캐나다 내 모든 지역에 서비스를 제공해야 하고 이 '보편적 공급 원칙'은 비용에 관계없이 반드시 지켜져야 한다.

○ 수정 후

일자리를 찾고 있는가? 캐나다 우편공사에서 사장 및 최고경영인을 찾고 있다. 하지만 결코 가볍게 생각해서는 안 될 자리다.

새로운 CEO에게는 디지털 시대를 맞아 우편공사가 맞닥뜨린 운영 및 재정, 관리상 허점을 해결해야 한다는 거대한 과제가 주어지고, 공개 감사는 물론 정치와도 깊이 연계된 맥락에서 이 모든 것을 수행해내야만 한다.

별일 아닌 듯 보이지만 우편 배달 서비스는 연방 정부에 정치적으로 매우 중요하다. 우편물 배달이야말로 국민들의 일상생활에 직접적으로 영향을 미치는 몇 안 되는 실질적인 서비스이기 때문이다. 우편 배달에 조금의 문제라도 일어나면 하원의원 선출에 곧바로 차질이 생긴다. 질 낮은 고객 서비스나 우편공사 측의 실수는 신문 헤드라인이 되고 만다.

~~~~~~~~~~~~~~~~~~~~~~

내가 담당했던 한 원고에서 뉴욕의 거부는 도널드 트럼프 Donald Trump 대통령의 당선을 예견하며 점차 소득 격차가 커질 것이므로 혁명이나 반란이 일어나기 전에 부유층이 이 불평등을 해소하기 위해 무언가를 해야 한다고 촉구했다. 피터 게오르게스쿠 Peter

Georgescu는 〈자본가들이여 일어나라 Capitalists Arise〉라는 제목의 기명 칼럼에 자신이 잘 알고 또 자신만이 전할 수 있는 이야기를 담았다(이후 동명의 책을 출간하기도 했다). 바로 그의 부유한 친구들이 두려워하고 있다는 이야기였다. 사실 그의 초고는 상당히 추상적이었다. 오늘날 당면한 중요한 문제를 평이하게 풀어낸 글이었다. 전화와 이메일로 소통하며 친분을 쌓아간 후 나는 그에게 그가 아는 것을 가능한 직설적으로 이야기해달라고 요청했다.

그 결과물로 나라의 특권층에 속한 한 명이 같은 특권층에 속한 사람들에게 전하는 호소문이 탄생했다. 게오르게스쿠가 루마니아의 수도, 부쿠레슈티에서 태어나 공산주의 체제를 벗어난 난민이었기 때문에 소득 불평등이 지속될 때 찾아올 변화가 아주 빠르게 그리고 처절하게 진행되리라는 것을 누구보다 잘 알고 있었다. 이 글로 얼마나 많은 사람들의 생각이 달라졌는지는 확인할 길이 없으나, 난민이자 세계에서 가장 큰 광고 회사 가운데 하나로 꼽히는 조직의 명예 이사로서 그에게는 특권층을 향해 그들의 부유함을 단순히 좋은 것으로 봐서는 안 된다고 말할 자격이 있었다. 만약 소득 수준이 중산층에 속한 사람이 썼다면 나는 아마 이 글을 싣지 않았을 것이다. 게오르게스쿠는 노동자 계급을 생각해야 한다고 고소득자들에게 호소하는 글을 쓰기에 적합한 인물이었다. 상위 1퍼센트에 속하는 사람이 부유층을 향해 목소리를 낼 때 그 주장은 강력한 힘을 얻는다.

아래는 게오르게스쿠가 처음 작성했던 원고의 일부다.

나는 중요한 여정 길에 올라 있다. 이 일의 시작은 2년 전으로 거슬러 올라간다. 그때부터 나는 미국이 대면한 문제, 현재 누리고 있는 삶의 방식을 향한 실존적 위협을 걱정하기 시작했고 심한 경우 머릿속에서 지울 수 없을 정도로 집착했다. 알 카에다[Al Qaeda]나 악랄한 이슬람 국가[ISIL] 등 중동·아프리카·아시아 지역에서 진화하고 있는 급진적 이슬람 세력을 말하는 것이 아니다. 물론 9.11 테러처럼 혹은 그 이상으로 우리에게 굉장한 피해를 줄 수 있지만 그럼에도 우리는 이겨낼 수 있다. 다시 일어설 수 있다. 이는 우리 안에 내제된 힘이고 우리 국가의 강점이다. 나의 두려움은 우리나라에서 벌어지는 내부의 위협에서 온다. 미국의 가장 큰 문제는 거대한 불사조처럼 몸집을 더욱 불리고만 있다. 이 공포의 가장 뚜렷한 징후는 어디서나 대화의 주제로 오르는 소득 불평등이다.

다음은 그가 잘 알고 있는 내용을 반영해 수정한 후 2015년 8월 7일 〈뉴욕타임스〉에 〈자본가들이여, 일어나라: 이제 소득 불평등 문제에 나서야 한다〉라는 제목으로 실린 평론이다.

나는 두렵다. 억만장자 헤지펀드 매니저인 폴 튜더 존스[Paul Tudor Jones]

도 두려움에 떨고 있다. 나의 친구이자 홈디포의 창립자인 켄 랑곤 Ken Langone도 마찬가지다. 수많은 최고 운영자들이 그렇다. 우리가 두려워하는 대상은 알카에다도, 악랄한 이슬람 국가나 그 외 중동·아프리카·아시아 등지에서 진화하는 급진 이슬람 조직도 아니다. 우리는 소득 불평등이 우리 사회를 어디로 이끌 것인가를 걱정하고 있다.

~~~~~~~~~~~~~~~~~~~~~~~~~~~~~~~~

작은 마을에서 자라 겉보기에 평범하게 살았다고 해서 전할 이야기가 없는 것은 아니다. 억압과 고통, 지독한 외로움만이 훌륭한 이야기에 필요한 소재가 되는 것은 아니다. 당신의 진짜 이야기를 전하는 것이 중요하다. 엘리자베스 스트라우트Elizabeth Strout를 봐도 알 수 있다. 그녀는 사람들의 평범한 모습에 파고들어 삶의 지혜와 통찰력을 끄집어낸 글로 베스트셀러 소설가이자 퓰리처상 수상자가 되었다. 당신 역시 삶에서 그리고 글에서 당신 앞에 놓인 것을 온전히 수용할 줄 알아야 한다.

우디 앨런에게는 다른 누구도 아닌 그만이 할 수 있는 이야기가 있었다. 다른 사람들은 그의 심경을 결코 알 수 없기 때문이다. 앨런이 글에 적은 내용이 추후 거짓으로 드러날까 봐 나는 극심한 부담감에 시달리며 그의 칼럼을 실었다. 그의 글에 전혀 문제가 없다 해도 사람들의 분노를 살 것도 알았다. 실제로 그랬다. 내부에서도 반발이 있었다. 이들은 내가 아동 학대범에게 지면을 허락했다는 사실을 믿지 못했다. 극소수의 사람들만 내가 작업 중인 원고의 존재를 알고 있었다. 앨런의 글이 실린다는 사실이 외부에 유출되지 않길 바랐다. 몇몇 젊은 직원이 상당히 불쾌해한다는 것을 알았다. 하지만 나는 유죄 판정을 받기 전까지는 무죄라는 입장을 지지할 뿐더러, 우리 측이 고발인의 이야기를 실었던 만큼 그의 이야기도 들어줄 도덕적 의무가 있다고 여겼다. 대학에서, 일터에서, 사무실에서 내가 반대하는 결정과 의견을 마주할 때가 있지만, 감수하고 넘기는 수밖에 없다. 몇몇 에디터가 속으로 어떻게 생각하는지 잘 알고 있었다. 히틀러, 스탈린, 마오쩌둥은? 이들에게도 발언할 지면을 허락할 거냐고 묻고 싶었을 것이다. 하지만 나는 이들에게도 기회를 주었을 것이다. 1970년이 되서야 〈뉴욕타임스〉에 Op-Ed가 생겼으니, 당시 에디터들이 이런 인물들에게도 기명 칼럼의 지면을 허락했을지는 모르겠지만, 나는 선을 이해하는 것만큼이나 악을 이해하는 것 또한 중요하다고 믿는 사람이다.

6
•

자신을
드러내라

9

무엇을 쓰고 싶은지, 무슨 말을 하고 싶은지, 무엇이 사람들의 관심을 끌 수 있는지, 지식과 권위를 갖춘 본인만의 주제가 무엇인지 정리를 마쳤다. 자, 그렇다면 이제 어떻게 제시해야 할까?

에세이라고 해서 반드시 사적인 이야기가 담겨야 하는 것은 아니다. 그러나 개인적인 이야기를 적는 것이 효과적일 때가 꽤 많다. 필자의 이야기가 글의 중심이 될 때 영향력과 설득력이 커지는 것이다.

앤젤리나 졸리Angelina Jolie가 바로 이에 해당하는 사례다. 그녀는 자신의 명성을 활용해 개인적인 이야기를 세상에 털어놓았다. 자신을 더욱 멋진 사람처럼 꾸미기 위해서가 아니라 타인을 돕기 위해서 말이다.

졸리의 대리인이 연락을 취해온 날 마침 나는 재택근무 중이었다. 한 번씩 혼자 집에서 글을 읽고 교정 작업을 하곤 했다. 사무실이 비좁고 답답하게 느껴질 때가 있었다. 집에서는 숨을 돌리고, 여유를 찾고, 나만의 생각에 잠길 수 있었다.

부편집장인 시웰 찬^{Sewell Chan}은 이메일로 졸리가 쓴 기명 칼럼이 들어올 예정이라고 알리며 내게 사무실로 들어와 원고를 살펴볼 생각인지 물었다. 회사까지 지하철로 15분 거리였다. 그가 왜 물었는지 이유를 짐작할 수 있었다. 그는 유명 인사와 한 번도 작업해본 적 없었다. 그런데 마침 함께 작업하게 될지도 모르는 사람이, 어떤 누구에게도 그다지 경외심을 갖지 않는 신문사 사람들마저 설레게 만드는 스타 앤젤리나 졸리였다.

찬은 내가 사무실로 복귀하지 않겠다는 답을 듣고 싶어 할 것 같았다. 그래서 그렇게 했다. 그가 원고를 맡고 싶을 거라 생각했다. 부편집장이란 자리는 업무가 무척이나 많지만 본인이 책임자로 직접 진행하는 일은 없다. 그에게 졸리의 원고는 오롯이 그의 몫이라고 전했다.

그날 오후, 졸리는 신작영화 홍보가 아니라 본인에게 유방암을 일으키는 유전자가 있다는 것을 확인한 후 유방 절제술을 받았다는 이야기를 원고로 보내왔다.

그녀의 글은 수백만 뷰를 달성했고, 일부 여성들에게는 유방암 유전자 검사를 고려하는 계기가 되었을 수도 있다. 실제로 이 글이 아니었다면 몰랐을 브라카[BRCA]1 유전자 검사를 받은 여성들도 있을 것이다. 어쩌면 몇몇 고령의 여성은 자녀들이 첫 직장을 구하고 처음으로 자신만의 집을 구해 독립하는 모습을 지켜볼 수 있게 되었을지도 모른다. 부디 그랬길 바라는 마음이다.

졸리의 글은 개인적인 이야기의 힘을 보여주는 사례였다. 만약 그녀가 단순히 여성들에게 유전자 검사를 받으라고 촉구했다면, 또는 유방암 유전자가 집안 내력이라고만 밝혔다면 이토록 호소력 짙은 글이 나오기 어려웠을 것이다. 본인의 유방 절제술 경험담을 밝히며 졸리는 자신의 이미지가 완전히 달라질지도 모르는 위험을 감수했다. 대단한 모험이었다. 본인의 생계 수단을 내건 것이나 다름없었다. 기사 이후 남성 팬들이 그녀가 유방 절제술을 했다는 사실을 떨칠 수 없어 더는 그녀에게서 관능적인 여배우라는 이미지를 떠올리지 못한다면, 졸리가 지금과 같은 위치를 유지할 수 있을까?

평범한 사람들에게도 개인사를 공개적으로 드러내는 것은 두려운 일이다. 하물며 유명한 사람들이 개인적인 이야기를 공개하기까지는 무엇을 얻고 잃을지 상당한 고민을 할 수밖에 없다. 1970년대 영부인이었던 베티 포드[Betty Ford]는 오랫동안 고통받아온 알코올과 약물 중독을 용기 있게 밝혔다. 작가인 앤드루 솔로몬[Andrew Solomon]과 윌리엄 스타이런[William Styron]은 앓고 있는 우울증을 세상에 공개했다. 이 유명인들은 개인의 프라이버시보다 다른 사람들의 건강을 더욱 중요시했다.

그로부터 약 2년이 흘러 졸리 측 사람들이 다시 연락을 해왔을 때는 사무실에 있었던 터라 내가 원고를 담당하게 되었다. 나는 영국 정치인이자 졸리의 친구인 아르민카 헬릭Arminka Helic과 소통했다. 세계에서 가장 유명한 여성 가운데 한 명인지라 나는 당연히 졸리가 시끌벅적한 홍보팀을 거느리고 있을 거라고 생각했다. 그러나 홍보 담당자는 없었다. 이런 류의 업무를 졸리는 헬릭에게 일임했다.

유명 여배우의 수술 이야기 2탄을 실어야 할지 에디터들 사이에 오랜 논의가 이어졌다. 나는 그래야 한다는 쪽이었다. 앞서 그녀는 개인적이고도 강렬한 이야기를 털어놓으며 독자들과 유대감을 형성했다. 이 글은 단순히 대중의 호기심을 자극하는 이슈가 아니라고 주장했다. 첫 번째 글만큼 충격적이지는 않겠지만 유방암과 난소암 유전자가 있는 여성들은 자신과 비슷한 처지인 사람이 이후 어떤 과정을 거쳤는지 알고 싶어 하지 않을까?

두 번째 글에서 졸리는 암을 예방하기 위해 난소와 나팔관을 제거했다고 적었다. 두 번째 이야기였으니 전보다 놀랍지는 않았지만 마찬가지로 개인적인 이야기를 솔직히 드러낸 감동적인 글이었다.

실제로 그녀의, 그리고 그녀만의 이야기였다.

가장 인기가 많았던 기명 칼럼을 떠올려 보면 대체로 지극히 사적이고 폭로적인 글이다. 삶과 죽음, 가족관계, 중독과 스트레스라는 근본적인 주제를 다룬 이야기일 때가 많았다. 작가이자 신경학자인 올리버 색스Oliver Sacks의 글도 그랬다. 그는 말기 암 진단을 받은 후 자신의 삶에 관한 몇 편의 글을 〈뉴욕타임스〉에 기고했다. 마지막 에세이는 그가 사망하기 2주 전에 나갔다. 만약 그나 졸리가 개인적인 이야기를 사람들에게 공유하기를 꺼렸다면 아마도 독자들의 기억 속에 거의 남지 않을 그렇고 그런 글이 탄생했을 것이다. 하지만 이들은 자신의 이야기를 숨기지 않았다. 얼버무리지도 않았다. 이들은 솔직했지만 지나친 감상에 빠지지 않았다.

자신을 끔찍하게 괴롭히는 여드름에 대해 글을 쓰고자 하는 청소년이든, 오랫동안 자신을 괴롭힌 남편이 죽은 후 마침내 자유와 희열을 느끼는 할머니든 지극히 사적인 내용을 더할 때 스토리가 더욱 강력해진다면 그렇게 해야 한다. 별 볼일 없는 하찮은 이야기인 것 같다는 생각이 들어도, 쑥스럽더라도, 또는 인터넷상에서 악플이 달릴 걱정이 들어도 그렇게 해야 한다. 당연히 온갖 말들이 달리겠거니 생각하고, 가능하면 댓글을 읽지 않는 게 이롭다. 개인적인 이야기에 반응하는 악랄한 사람들도 있지만 사실 사람은 모두 그렇다. 너무 재밌게 읽었다거나 너무 감동을 받아 눈물이 났다고 하는 독자들만 있는 게 아니다.

개인 정보를 드러내는 것을 두려워하는 사람들이 많다. 나약해 보일까 봐 또는 자신이 이룬 학문적·직업적 성과의 가치가 훼손될까 봐 걱정한다. 나는 기명 칼럼 작성에 도움이 필요한 고객들을 대상으로 컨설팅을 하는데, 최근 뛰어난 작가 한 명의 칼럼을 살펴볼 일이 있었다. 내가 칼럼에 자신의 색을 좀 더 드러내면 좋겠다고 하자 그녀는 단호하게 거절했다. "사적인 이야기는 하지 않아요." 정책의 문제점에 대해 글을 쓰며 그녀는 자신의 어린 시절 겪었던 관련 일화를 언급하고 싶지 않아 했다. 하지만 그녀의 어린 시절이야말로 타인과 다른 그녀만의 시각과 관점을 형성하는 데 중요한 역할을 했다. 이런 정보를 제공한다면 글이 한결 풍성해질 수 있었다.

그녀는 독자들에게 자신의 인간적인 면을 드러내고 싶지 않다는 이유로 원고의 전달력을 떨어뜨리고 있었다.

작가들에게 개인의 신상 이야기를 요청하는 것이 무례하다는 생각이 스스로 들기도 하지만, 나는 그저 이들의 글이 사람들의 기억 속에 오래 남도록 만들고 싶은 것뿐이다. 사생활을 철저히 분리하는 데 익숙한 저널리스트들은 특히나 사적인 정보를 세상에 공개하는 것이 힘들 수 있다. 작가들은 본인이 편한 쪽으로 결정해야 한다. 내가 고정 기고가들과 일할 때는 이 문제에 대해 그리 압박하지 않았다.

무언가를 말하기로, 쓰기로 했다면 어느 정도까지 개인의 이야기를 공개할 수 있을지 생각해봐야 한다.

가끔씩 나는 실을 만한 원고로 만들기 위해 작가들에게 좀 더 사적인 이야기를 추가해달라고 강요하기도 했다.

하루는 최고의 작가 에이전트 한 명이 자살에 관한 이야기를 쓰고 싶어 하는 친구가 있다며 내게 연락을 해왔다. 그가 말한 친구는 작가 에이전트로 활동하다가 정신병원에 입원한 윌 리핀코트Will Lippincott였다. 퇴원 후 자신이 결코 나아질 수 없겠다고 자각한 그는 자살을 계획했다. 자살을 하려 시골 별장으로 향했지만 마지막 순간 그는 마음을 바꿨다. 다른 시설에서 그는 변증법적 행동치료를 접한 뒤 인생이 달라졌고, 〈뉴욕타임스〉에 이 치료법을 글로 써 그의 에이전트 친구 표현처럼 "널리 알리고자" 했다.

메일을 읽고 흥미가 생긴 나는 당장이라도 에세이를 읽어보고 싶었다. 하지만 원고를 읽은 후에는 실망감을 감출 수 없었다. 리핀코트는 변증법적 행동치료에 대해 충실히 알리는 글을 썼지만 자신의 경험담에 대해서는 말을 삼갔다. 그의 실수였다. 물론 좋은 에디터라면 반드시 냉정해져야 할 때도 있지만 자살에 대한 원고를 두고 냉혈한처럼 굴고 싶지는 않았다. 하지만 글을 싣고 싶었다면 자신의 트라우마를 더욱 드러내고 치료법을 홍보하는 내용을 훨씬 줄였어야 한다.

비단 나만 그렇게 생각한 것이 아니었다. 그의 원고를 읽은 다른 에디터들 또한 비슷한 의견을 전해왔다. 다소 탐탁지 않다는 내용의 피드백이 오갔을지언정 모두가 바라는 결과물은 같았다.

최고의 이야기가 될 수 있다. 우리는 이메일로 코멘트를 계속 교환했다. 누구 하나가 실수해 필자가 보았다면 잔인하게 느꼈을 피드백을 몇 번이고 주고받았다.

대체로 중론은 이랬다. "자살 이야기가 나오는 앞부분이 뒷부분보다 훨씬 재밌고 강렬한 느낌이에요. 필자가 개인의 회고를 좀 더 첨가하고 희망찬 톤을 좀 낮추면 될 것 같기는 한데." 때문에 나는 리핀코트에게 그가 무엇을 느꼈고, 왜 목숨을 끊기로 결심했는지, 그리고 왜 실행에 옮기지 않았는지 등 본인의 이야기를 좀 더 드러냈으면 좋겠다고 전했다.

내가 한 번도 본 적 없고 아마 앞으로도 만날 일이 없을 사람에게 가족조차 모를 법한 자세한 이야기를 독자들 앞에 털어놓으라고 요청하는 것이 조금 무례하다고 여길 수도 있다. 나도 조금 민망하긴 했다. 말도 안 되는 요구였을까? 리핀코트는 출판업계에서 잘 알려진 인물이었고, 지나치게 사적인 이야기를 세상에 알리기란 그가 결코 할 수 없는 일인지도 모른다. 하지만 그는 자신의 이야기를 털어놓았다. 자신의 삶을 구제해준 치료법을 사람들에게 알려야 한다는 목표의식으로 강력한 글을 완성했다.

많은 필자가 똑같은 실수를 저지른다. 이야기를 한결 강렬하게 만들어주고 설득력을 훨씬 높여줄 세부적인 이야기보다 보편적인 이야기를 더욱 많이 하는 실수 말이다. 전직 헤지펀드 트레이더였던 샘 포크^{Sam Polk}는 돈에 중독되었던 자신의 이야기를 담은 초고를 보내왔다. 주제가 흥미로웠고 어쩌면 일요판 커버스토리로 만들 수 있겠다는 생각이 들었다.

첫 문장이 훌륭했다. "월스트리트에서 근무했던 마지막 해, 375만 달러의 보너스를 받았다. 화가 났고 분했다." 더 많은 보너스를 받아야 했다고 생각한 것이다. 그는 자신보다 더 많은 보너스를 받은 상사들을 동경했다. 알코올 중독자가 술을 원하듯 그는 더 많은 돈을 원했다고 적었다. "나는 돈에 중독되어 있었다."

하지만 그 아래부터는 글이 재미가 없어지기 시작했다. 중독에 대한 일반적인 이야기가 너무 많았고, 포크의 삶을 적은 글은 턱없이 부족했다. 나는 그가 어떤 가정사를 겪었기에 돈을 모으는 것이 그에게 이토록 중요해졌는지 알고 싶었다. 돈이면 모든 문제가 해결된다는 철학을 아버지에게 배운 것 같다는 포크의 말처럼 그의 부친에 대해 좀 더 듣고 싶었다.

포크는 점잖고 너그러웠으며, 자신의 이야기를 들려주고 싶어 했다. 본인의 경험담을 상세하게 담아 원고를 수정했고, 그의 글은 일요판 커버에서 가장 높은 조회수를 기록한 글 가운데 하나로 남았다. 과거 약물과 알코올에 중독되었던 포크는 심리상담사의 도움 덕분에 자신이 돈에도 중독되었다는 사실을 깨달았다. 다른 중독과 달리 돈 중독에는 체계적인 치료 프로그램이 마련되어 있지 않다고 적었다. 우리 문화가 돈 중독을 찬양하기 때문이라는 것이다.

개인적인 이야기에 우울증이나 중독처럼 반드시 어두운 소재가 있어야 하는 것은 아니다. 에세이 작가이자 카투니스트로 〈뉴욕타임스〉에 자주 글을 기고하는 팀 크레이더Tim Kreider는 자신이 키우는 고양이에 관한 글을 썼고, 이것은 나중에 올해의 가장 훌륭한 에세이를 모아 출간하는 책에 실리기도 했다. 유치하게 보일 수도 있는 이야기였지만 상당히 심오한 글이었다(물론 글이 훌륭했던 것도 있지만 우리 독자들은 나처럼 동물에 관심이 큰 편이다. 동물에 관련한 따뜻한 이야기는 항상 높은 트래픽을 기록한다).

크레이더는 고양이와의 관계를 확장해 인간과 자연의 관계를 설명했고, 혼자로서의 삶, 고양이와 함께하는 삶에 대해 서술했다. 그는 내내 진술하면서도 유머러스했으며, 고양이를 주제로 글을 쓰는 것을 부끄럽게 생각하지 않았다. 고양이가 얼마나 손이 많이 가는지 한시도 그의 곁을 떠나지 않으려 들어 이성이 집에 올 때면 어떻게든 두 사람 사이에 고양이가 자리를 잡는다고 적었다. 과거에 사귀던 한 애인은 그에게 고양이와 사귀는 사이가 아니냐는 말까지 했다. 무표정한 얼굴로 툭툭 재밌는 말을 하는 평소 모습처럼 그는 이렇게 적었다. "사실 무척이나 매력적인 고양이긴 했다."

어떤 글에는 사적인 이야기가 필요하다는 것을 본능적으로 아는 필자들에게는 굳이 에디터의 개입이 필요치 않다. 훌륭한 에디터라면 알아서 물러날 때를 알고 글의 본질을 그대로 지켜주어야 한다. 소설가인 모나 심슨^{Mona Simpson}의 기명 칼럼 원고를 받은 적이 있었다. 고인이 된 오빠, 스티브 잡스^{Steve Jobs}를 추모하는 글이었다. 어렸을 때 서로 다른 가정으로 입양되었고 성인이 돼서야 다시 만난 두 사람은 이후 무척 가까워졌다. 우리 쪽에서 해야 할 일은 재빠르게 팩트 체크만 한 후 온라인에 올리는 것이었다. 월급을 받았다고 해서 훌륭한 원고를 망쳐야 할 이유는 전혀 없다. 오빠의 인간적인 면을 자세하게 서술한 장문의 글은 도무지 눈을 떼기가 어려울 정도였고, 이내 그녀의 글은 잡스가 마지막으로 남긴 말로 끝을 맺었다. "오 와우^{Oh wow}. 오 와우. 오 와우."

누구에게나 들려줄 이야기가 있다. 가장 강렬한 이야기, 사람들의 기억에 남을 이야기는 고통스러울 정도로 필자의 개인적인 사연을 드러내는 것일 때가 많다. 그것이 전 지구적인 이슈거나 엄중하게 다뤄져야 할 이야기라고 할지라도 그렇다.

관심이 가는 뉴스 기사를 본다면 자신의 이야기를 어떻게 접목해 풀어낼 수 있을지 생각해보길 바란다. 당신이 사는 곳에서 낙태를 금지시켰는가? 당신의 어머니가 여러 자녀를 출산한 후 낙태를 했고, 이후 이 결정이 당신의 가정에 영향을 미쳤는가? 그 이야기를 글로 써라. 도로에 생긴 큰 구멍 때문에 열여덟 살 때 오토바이 사고를 겪었는가? 국가의 망가진 기반 시설로 입은 개인적 피해와 의료비용에 대해 글을 쓸 수 있을 것이다.

당신이 몇 살이든, 학력이 어떻든 간에 자기 자신의 이야기를 더할 때 독자들은 당신이 전하고자 하는 메시지를 기억할 것이고, 당신이 지적하는 정책 문제에 공감할 것이다.

당신이 삶에서 경험했던 자세하고도 사소한 이야기들이 글에 감동뿐 아니라 설득력까지 더해줄 수 있다.

Part 3

생각을 전달하고 타인을 설득하는 힘

7.

청중을
파악하라

,

사람들이 당신의 말을 들어주길 바란다면 먼저 당신부터 그들의 말에 귀 기울여야 한다.

상대가 어떤 감정을 느끼고, 어떤 변화에 거부감을 느끼는지 알지 못하면서 설득한다는 것은 불가능하다. 하지만 문화적으로 우리는 듣는 것을 어려워한다. 타인의 말을 듣는 법을 모를 수도 있고, 그럴 마음이 없는 것일 수도 있고, 어쩌면 둘 다일 수도 있다. 본래 자신의 머리를 가득 메운 생각과 강박관념에서 벗어나기가 어려운 일이다. 셀카와 인스타그램, 페이스북에 더불어 모든 것이 본인 위주이고 자신의 삶을 보기 좋게 만들어내는 데만 치중한 한편 타인에게는 관심이 적어진 요즘 세상에서는 더더욱 어려운 일이다.

타인의 말을 듣는 것은 어렵다. 상대방의 말에 적극적으로 집중한다고 자신 있게 말할 수 있는 사람이 있을까. 아마 없을 것이다. 사실 나는 이 점에서는 지나치게 엄격한 편이다. 저녁 식사 때 휴대전화 화면이 바닥으로 가게 엎어두고 손이 닿지 않는 곳에 밀어놓는 짜증나는 사람이 바로 나다. 내가 미팅을 주관할 때는 노트북을 사용하지 못하게 한다. 물론 미팅 내용을 기록하기 위해 필요할 수 있으니 예외를 두기도 한다. 하지만 이른바 노트북에 '기록을 한다'는 사람들 옆에 앉아봤으나 이들은 이내 회의 내용은 듣지 않고 이메일을 확인하거나 답장을 쓰기 시작했다. 노트북을 들고 오는 것은 회의 때 약물을 가져오는 것과 비슷하다. 주의를 산만하게 만든다. 감각을 예리하게 유지할 수가 없다.

이름을 알리는 데만 매몰되어 있다면 청중을 고려할 수가 없다. 단 한 명이든, 큰 집단이든 자신이 닿고자 하는 대상을 이해해야 한다. 이들이 누구이고, 어떻게 반응하며, 무슨 생각을 하는지, 이들이 지닌 두려움과 편견은 무엇인지 알아야 한다.

가끔씩 귀를 기울이는 것처럼 보이지만 알고 보면, 본인이 입을 열 타이밍을 찾는 것일 때도 있다. 자신이 말을 하기 위해 기다리는 것뿐이다. 나 또한 타인의 말을 잘 듣지 못할 때가 있기 때문에 경청이 얼마나 힘든 일인지 알고 있다. 당신은 어떤가? 상대방이 말하는 문장을 끝내도록 두는 편인가? 한번은 내가 자꾸 말을 끊는다고 몇 번이나 호되게 질책당한 적이 있었다. 나는 그가 너무 까다롭게 군다고 생각했다. 하지만 시간이 흐른 후 나 자신을 관찰하며 실제로 내가 끊임없이 상대방의 말을 중단시킨다는 것을 인정해야 했다. 사람들이 대체로 성격이 급하고 공격적이며 산만하게 대화를 주고받는 뉴욕에서 몇 년이나 살았다. 이런 분위기가 생동감 넘치고 흥미진진할 때도 있다. 하지만 좀 더 생각이 깊고 말싸움을 싫어하는 성향의 사람들이 배제되게 만들 때도 있다.

나는 달라지기로 마음을 먹었다. 고치려고 노력했다. 상대방의 말을 끊었다는 생각이 들 때마다 나 자신을 혹독하게 질책했다. 그럼에도 쉽게 고쳐지지 않았다. 강박이 생길 지경이었다. 그래도 여전히 남의 말을 가로챌 때가 있었다.

이 연습을 한 번 해보길 바란다. 상대방이 무슨 이야기를 할지 충분히 알 것 같아서 대신 말이 튀어나오려고 할 때 꾹 참는 것이다. 상대방의 말을 직접 마무리지으려 하지 않는다. 대화가 늘어질 것 같다고? 대화가 조금 지루해질 것 같다고? 처음엔 그럴 수도 있다. 하지만 타인이 어떤 말을 할지 누구도 예측할 수 없다. 상대방이 말을 마무리하게 둔다면 생각지도 못한 배움을 얻게 될지도 모른다.

머릿속에 떠오르는 대화를 지우고 실제로 타인의 말을 듣는데는 큰 노력이 필요한데, 많은 이들이 별로 노력하고 싶어 하지 않는다. 우리는 자신의 에고를 표출하려고 한다. 우리는 인내심이 없다. 우리는 과시하고 싶어 한다. 아는 것을 자랑하고 싶어 높은 경청하는 습관에 도움이 되는 몇 가지 유용한 팁이 있다.

- 상대방의 부정적인 이야기나 표현에 고개를 가로젓지 않는다.
- 괜한 충고로 대화가 중단되는 일을 삼간다.
- 상대방의 말을 중간에 자르지 않는다. 도무지 튀어나오는 말을 막을 수 없을 때는 혀를 윗니에 바짝 붙인다. 또한 불쑥 대화의 주제를 바꾸지 않는다.
- 누군가에게 말을 하며 휴대전화를 보지 않는다. 머릿속에 울리는 목소리를 멈추어야 제대로 타인의 말을 경청할 수 있다. 저녁에 무슨 요리를 할지 고민하지 않는다.
- 상대방이 하는 말에 대해 생각해본다.
- 시선을 맞추되 빤히 응시하지는 않는다.
- 당신이 귀를 기울이고 있다는 것을 보여주기 위해 적절한 코멘트나 대꾸를 하고, 상대방이 편히 말을 계속 이어나갈 수 있도록 독려하는 태도를 보인다.

곳에 올라 무릎을 말고 다이빙을 하듯 대화 중에 불쑥 끼어든다. 내가 얼마나 멋진지 보라고!

타인의 이야기를 잘 들을 줄 아는 사람은 거의 없지만, 사실

이것이야말로 의사소통의 핵심적인 기술이다.

하루는 커피숍에서 우연히 마주친 친구이자 작가인 밥 모리스Bob Morris에게 고민을 털어놨다. 그는 미소를 지었지만 어딘가 의미심장해 보였다.

"왜? 왜 그러는데?" 그에게 물었다. 그는 내가 전혀 몰랐던 이야기를 꺼냈다. 작가인 그가 분쟁 해결에 대해 공부하고 있다는 사실이었다. 그는 사람들을 화합시키는 비결은 아이디어를 제안하는 것이 아니라고 말했다. 논쟁이나 설득으로는 화합을 이끌어낼 수 없다고 했다. 계속 사람들의 말을 듣고, 듣고, 또 듣다 보면 어느새 합의점을 찾을 수 있다는 것이다!

도대체 어떻게 해야 사람들의 말을 들을 수 있을까?

멀티태스킹을 멈춰야 한다. 20년 전만 해도 멀티태스킹이란 단어를 쓰는 사람도, 고민하는 사람도 없었지만 이제는 어디서나 찾아볼 수 있는 문제가 되었다. 과거 뉴요커들은 바쁘게 발걸음을 옮기는 사람들 앞을 가로막아 서며 높이 솟은 빌딩을 구경하는 여행객들을 조롱하곤 했다. 하지만 이제는 뉴요커나 여행객들이나 가릴 것 없이 지하철 계단에서, 교차로 한가운데서, 커피 값을 지불하면서도 손에 쥔 휴대전화를 들여다본다. 멀티태스킹은 상대방을 가로막는 행위다. 대화 중에 딴짓을 하면 상대방은 당신이 자신을 중요하게 생각하지 않는다고 느낄 것이다. 최근 한 상점에서 어떤 물건을 찾고 있다고 문의하자 점원이 대충 대답하고는 휴대전화를 들여다 본 일이 있었다. 다시금 그 상점에 방문해 돈을 쓰고 싶지 않았다. 휴대전화를 보고, 전화를 받고, 문자를 보내는 행위는 타인을 개인의 잣대로 판단하고 무시하는 행동이자 지금 당신보다 훨씬 중요한 일이 있다는 메시지를 보내는 것이다.

귀 기울이고 경청하기 위해서는 온전히 그 순간에 몰입하고 개인의 주관적 판단을 미뤄야 한다. 당신이 개인적으로 호감을 느끼지 못하거나 흥미가 없는 신장, 피부색, 몸매, 연령에 속하는 사람일 경우, 특히나 상대방의 말을 듣는 것이 어렵게 느껴질 것이다. 하지만 판단하고자 하는 충동을 넘긴다면 좀 더 타인의 말에 귀를 기울일 수 있다. 이 충동을 멈출 수 없다면 적어도 얼굴을 찌푸리거나 시선을 피하는 등 당신이 무언가를 판단하고 있다는 신호는 보류해야 한다. 편견이 없는 사람으로 보여야 한다. 조용히 타인의 말을 경청하려고 노력할 때 전과 다른 새로운 이야기가 들릴 것이다. 말 속에 담긴 감정을 느끼고, 상대방에게 당신이 잘 듣고 또 이해하고 있음을 보여야 한다. 반대 의견을 주장하지 않아야 한다. 논평을 삼가아 한다. 그저 귀를 열고, 한 번씩 추임새를 넣으며 당신이 온전히 집중하고 있음을 보여줘야 한다. 상대방이 한 말을 반복하고 질문을 하면 당신이 관심을 기울이고 경청하고 있다는 인상을 전할 수 있다. 네, 아니오나 단답형으로 대답할 수밖에 없는 질문 말고 진짜 질문 말이다. 무엇을 느끼고 느끼지 말아야 할지 가르치듯 말하거나 캐묻는다면 상대방은 입을 꾹 다물 것이다. 사람들에게 본인의 아이디어와 감정을 설명할 기회를 주는 것부터 시작해야 한다. 당신이 이들의 말에 공감하고 이야기를 적극 들어줄 의사가 있는 것처럼 보이는 것이다. 사람들의 말을 자른다면 당신은 그 무엇에 대해서도 이들을 설득할 수 없다.

처음에는 타인의 이야기를 듣는 훈련이 하나의 전략처럼 느껴질 수 있다. 하지만 얼마 지나지 않아 귀를 기울일수록 실제로 점점 더 타인의 이야기에 호기심을 갖고 빠져든다는 것을 체감하게 될 것이다. 자신의 이야기를 제대로 들어주는 사람이 없다고 느끼는 이들이 많다. 때문에 트위터와 페이스북, 스냅챗과 같은 플랫폼에 사람들이 오랜 시간을 할애하는 것은 무언가를 말하고 싶은 욕구를 채우고자 하는 것인지 모른다. 기자나 심리치료사에게 자신의 이야기를 털어놓고 인터넷에 끊임없이 댓글을 다는 것 또한 마찬가지다. 이들은 누군가 자신의 이야기를 들어주길 바라고 있다.

몇 년 동안 프리랜서 저널리스트로 활동할 당시 정기적으로 하던 일 가운데 하나가 〈뉴욕타임스〉에 주 1회 부동산 관련 칼럼을 연재하는 것이었다. 집으로 찾아가 사람들을 만나고 이들이 집을 소유하게 된 사연과 소감을 인터뷰했다. 한 시간 정도면 끝낼 수 있는 취재였다. 하지만 나는 부동산과는 조금도 상관없는, 관계가 소원해진 부모와의 사연, 끔찍하게 싫었던 직업, 약물 중독에 빠진 형제자매 등 이들의 삶에 대한 이야기를 끌어내는 데 서너 시간 가까이 들였다. 나와는 생전 처음 만나는 사람들이었고, 이렇게 지극히도 사적인 이야기를 만약 내가 기사에 실으면 상당히 곤란해질 수도 있었다. 물론 부동산이라는 주제와 무관하므로 이런 이야기는 칼럼에 싣지 않았다. 하지만 사람들이 들려주는 이야기가 좋았다. 서로 친밀해진 후에는 사람들은 내가 취재 기자란 사실을 잊었다. 사람들을 편안하게 해주려고 노력했다. 나는 친구처럼 다가갔고, 그들은 나를 신뢰했다. 들어줄 사람만 있다면 누구나 자신의 이야기를 하고 싶어 한다.

가끔씩 화학 반응처럼 별다른 노력을 들이지 않고도 바로 유대감이 형성될 때도 있다. 하지만 이보다는 상대방에게 질문을 하고, 경청하고, 당신이 상대방의 말을 잘 따라가고 있다는 것을 보여주며 유대감을 쌓기 위해 노력해야 할 때가 더욱 많다.

수고로운 일이다. 부동산 칼럼으로 인터뷰를 할 때면 사람들이 자신의 이야기를 편하게 할 수 있도록 친구와 대화하는 것처럼 진행했지만 그렇다고 해서 내가 아무런 준비도 없이 간 것은 아니었다.

이들을 만나기 전, 인근 지역과 해당 건물에 대해서 최대한 조사하고, 경직된 인터뷰가 아닌 친근한 대화를 이끌어낼 만한 질문 리스트를 작성했다. "왜 이곳으로 이사하셨어요?"와 같은 간단한 질문들 말이다. "이 아파트에서 유독 마음에 들거나 또는 불편한 부분도 있나요? 왜 그렇게 느끼시죠?"처럼 좀 더 복잡한 질문

인터뷰할 때 참고하면 좋을 몇 가지 사항이 있다.

- 인터넷으로 최대한 해당 인물에 대한 자료를 찾는다.
- 인터넷으로 최대한 해당 인물의 고용주에 대한 자료를 찾는다.
- 대화를 자연스럽게 시작할 만한 몇 가지 질문을 생각해본다. "어디서 자랐나요?" 또는 "셔츠가 상당히 멋있는데 어디서 사셨어요?"와 같은 중립적인 질문이 좋다.
- 대화가 갑자기 늘어질 때 할 만한 몇 가지 질문을 생각해둔다. 도발적인 질문이나 네, 아니오식 답변보다 더 많은 말을 이끌어낼 수 있는 질문이어야 한다.
- 사적인 질문이나 상대가 부담스러워할 만한 질문은 가장 마지막에 하는 것이 좋다.

도 준비했다. 집이 자신의 삶에 어떤 영향을 미쳤고, 본인의 개성이 집에 어떻게 묻어나는지 등에 대해 사람들이 편히 이야기하길 바랐다.

타인의 말을 듣는 데 따른 사회적 가치가 연구를 통해 밝혀지기도 했다. 사람들은 자신에게 집중하고 질문을 하는 사람을 좋아한다. 하버드대학교 연구진이 2017년에 발표한 연구에서는 질문과 호감도 간의 일관된 상관관계가 있다는 것이 드러났다. 사람들은 대화할 때 더 많이 질문하는 사람에게 큰 호감을 느꼈고, 특히나 경청하고 있다는 의미로 자신이 앞서 한 이야기에 관련해 추가적인 질문을 할 때 호감도가 커졌다. 연구자들이 진행한 스피드 데이팅(여러 사람을 돌아가며 잠깐씩 만나는 데이트—옮긴이) 상황에서도 상대방에게 관심 어린 질문을 할 때 데이트 성공률이 높았다. 일대일로 만난 상황에서는 두 사람이 서로의 말을 경청할 때 상대의 정치 성향이나 관점에 좀 더 수용적인 태도를 보이는 경향이 높아진다. 개인적인 이야기에서는 정치적인 이야기가 결코 빠질 수 없다. 대화 시간이 길어진다는 것은 높은 확률로 서로가 어떤 식으로든 공통점을 찾았다는 의미인데, 바로 이때 유대감, 합의, 변화가 일어나기 시작한다.

　누군가를 만나 경청의 효과를 직접 체험하는 것은 즐겁기까지 하다. 그렇다면 단 한 사람이 아니라 좀 더 큰 규모의 청중을 대상으로 할 때는 어떻게 해야 할까? 더 까다롭긴 하지만 원칙은 같다.

　〈뉴욕타임스〉, 〈월스트리트저널〉, 〈가디언〉, 〈워싱턴포스트〉 등 특정 언론사의 독자를 타깃으로 삼는다면 각 출판물을 구독하는 사람들이 누구인지 파악해야 한다. 언제나 자신이 닿고자 하는 독자를 유념해야 한다. 각 언론사별로 어떤 유형의 글을 싣는지, 어떤 기사가 가장 인기가 높은지, 독자들의 코멘트는 어떤지 살피는 것이다. 당신이 타깃으로 한 독자를 고려하고 이들의 선입견을 파악해야 한다.

우선 상대편의 말을 들어봐야 누군가 당신에게 이의를 제기할 때 논리적으로 반박할 수 있고, 어떤 주장을 내세워야 상대를 설득하기에 가장 타당할지 판단할 수 있다. 독자의 편견을 이해하고, 이들에게 효과가 있을 만한 강렬한 주장을 펼치기 위해선 평소에 자주 접하지 않는 매체를 가까이하며 다양한 관점을 배워야 한다. 사람들은 늘 읽는 글만 읽으려 한다. 진보주의 성향의 사람들은 〈뉴욕타임스〉나 《뉴요커》를 읽는다. 보수주의자들은 〈월스트리트저널〉과 《내셔널리뷰》를 읽는 경향이 있다. 자신의 신념을 뒷받침하는 웹사이트만 찾아다니며 글을 편식해선 안 된다. 너른 시각을 제공하는 글을 읽어야 한다. 각기 다른 세계관을 비교하는 일은 굉장히 재밌고 흥미롭다. 대단한 결심이 필요한 것은 아니다. 그냥 이메일 뉴스레터를 신청하는 것만으로 충분하다. 어떠한 주제에 대해 글을 쓰고자 조사를 시작한다면 당신과 다른 의견을 주장하는 사이트에 가서 이들의 근거와 증거를 검토하길 바란다 (어쩌면 당신이 이들의 의견에 동의하게 될지도 모를 일이다!).

이제 조사한 바를 바탕으로 본인의 주장을 다시 검토해야 한다. 이 과정을 거쳐야 주장을 더욱 견고하게 만들 수 있다. 현대의 양극화된 풍조 속에서 너무 많은 이들이 자신과 의견이 다른 사람들을 두고 멍청하거나 정확한 팩트를 모른다고 치부한다. 선거 운동에서 항상 나타나는 현상이다. 하지만 이는 굉장히 잘못된 관점

진보주의자들은 아래의 매체를 읽고 접하며 자신과 다른 시각에 대해서도 배워야 한다.

월스트리트저널   드러지Drudge

내셔널리뷰The National Review   폭스뉴스Fox News

페더럴리스트The Federalist

보수주의자들은 아래의 매체를 읽고 접하며 자신과 다른 시각에 대해서도 배워야 한다.

뉴요커   폴리티코Politico

슬레이트Slate   워싱턴포스트

뉴욕타임스

이다. 똑똑하고 이성적인 사람들도 당신과 의견이 다를 수 있고, 이들이 그럴 만한 데는 타당한 이유가 있을 거라는 점을 이해해야 한다. 반대 의견을 무시한다면 상대를 결코 설득시킬 수 없다. 이 세상이 얼마나 많은 고정관념에 사로잡혀 있는지 놀라울 정도다. 작은 마을에서 태어난 사람으로서 중서부 출신이나 남부 출신 등

지방 사람들이 무식하다는 듯 폄하하는 말을 들을 때면 상당히 예민해진다. 누가 이런 말을 하면 나는 곧장 귀를 닫고 더는 상대의 말을 듣지 않는다.

당신이 보기에 터무니없는 무언가를 지지하는 사람들을 수용하기가 어려울 것이다. 트럼프가 대통령으로 선출될 당시 〈뉴욕타임스〉 내 대다수의 사람들은 큰 충격에 빠졌다. 뉴스룸에서는 여성의 생식기를 움켜쥐었다고 자랑하던 남성이 선거에서 이길 것이라고 예상한 이가 거의 없었다. 하지만 유권자 가운데 백인 여성 다수가 그에게 표를 주었다. 도저히 말도 안 되는 일이라고 치부해버린다면 상대편의 이야기를 진정으로 들을 수 없게 된다. 어쩌면 트럼프의 정책을 지지하기 때문에 여성들이 그에게 표를 행사했을 거라는 사실은 생각조차 하지 못할 것이다.

Op-Ed를 책임지는 에디터로 독자들에게 닿기 위해서 나는 우선 독자들의 편견이 무엇인지 이해해야 했다. 나는 좌우 성향을 가리지 않고 〈뉴욕타임스〉 독자들이 불편해할 만한 기사를 찾아보는 것을 좋아했지만, 어떤 성향의 기사든 누구나 읽어보고 싶도록 쓰지 않았다면 아무런 가치가 없다고 생각했다. 필자가 꼭 독자와 의견이 같을 필요는 없지만, 적어도 독자의 관점은 반드시 이해해야 한다.

사무실에서 〈뉴욕타임스〉 칼럼니스트인 프랭크 브루니[Frank Bruni]와 이런저런 대화를 나누던 중, 나는 여성으로 성전환 수술을 한 지정성별 남성들이 지나치게 여성스러운 스타일을 추구하는 것이 이해가 가지 않는다는 이야기를 꺼냈다. 여성으로 태어난 여성들이 오랫동안 벗어나려 애쓴 그 제약을 이들은 기꺼이 받아들이는 것 같았다.

"왜 그렇게 여성 패러디물로 변신하고 싶어 하는 걸까요?"

프랭크는 웃음을 터뜨렸다. "내 친구 엘리너와 대화 좀 나눠봐요. 좀 전에 통화했는데 엘리너도 똑같은 이야기를 하더라고요."

작가이자 영화 제작자로 브루니와 공저로 책을 출간하기도 한 엘리너 버킷Elinor Burkett과 이메일을 주고받자마자, 내가 한 번쯤 글로 세상에 전하고 싶었던 이야기를 그녀가 갖고 있다는 생각이 들었다. 그녀는 내 제안에 응해 칼럼을 쓰겠다고 했고, 나는 잘 진행된다면 일요판 커버로 낼 수 있겠다는 생각이 들었다.

버킷은 〈뉴욕타임스〉 독자에게 다가가는 법을 본능적으로 이해하고 있었다. 독자들에게 어떤 편견이 있는지 알고 있었다. 〈무엇이 여성을 만드는가?〉란 이름의 칼럼에서 그녀는 독자들이 공감할 만한 이야기로 서문을 열었다. "여성과 남성의 두뇌는 다를까?" 그녀는 물었다. 이 질문 후 그녀는 하버드대학교 총장이었던 로런스 서머스Lawrence Summers가 남성과 여성의 두뇌에 차이가 있다고 발언한 일을 언급했다. 그는 여성의 두뇌가 남성보다 못하다는 의미를 내포한 발언으로 성차별주의자라는 비난을 받았다. 하버드대학교 졸업생들 가운데 몇몇은 기부를 중단하기도 했다. 하지만 이후 버킷은 과거 브루스 제너^{Bruce Jenner}였던 케이틀린 제너^{Caitly} Jenner(카일리 제너^{Kylie Jenner}의 친부이자 킴 카다시안^{Kim Kardashian}의 계부로 성전환 수술을 하고 케이틀린으로 개명했다—옮긴이)가 다이앤 소여^{Diane Sawyer}와의 인터뷰에서 유사한 발언을 했던 것은 왜 문제가 되지 않았느냐고 지적했다. 제너는 인터뷰에서 "내 두뇌는 남성보다 여성에 훨씬 가까워요."라며 명백하게 남녀 차이가 있음을 시사했다.

서머스에게 비난을 퍼부었던 진보주의자들이 제너의 용기 있는 발언에는 찬사를 보냈다. 왜일까? 진보주의자들은 트랜스젠더인 제너에게는 지지를 보내는 반면, 서머스와 같은 이성애자 남성에게는 흠을 잡으려고 드는 경향이 있기 때문이었다.

버킷이 진보주의자들 사이에서 공통적으로 형성된 의견으로 이야기를 시작한 뒤 그것이 얼마나 모순된 시각인지 보여주는 사례를 제시하며 이야기를 푸는 것은 아주 명민한 방법이었다. 그간 우리 신문에서 트랜스젠더의 권리를 지지하는 사설을 많이 실었다는 점에 미루어 독자 또는 언론사의 핵심 가치가 무엇인지는 분명했다. 만약 버킷이 트랜스젠더의 여성성을 비판하는 논조로 칼럼을 시작했다면 즉시 독자를 잃었을 터였다. 그녀는 글의 구조를 명민하게 계획해 독자가 끝까지 칼럼을 읽도록 만들었다.

전형적인 접근법이다. 당신도 어떤 주제에 대한 모순되는 지점을 떠올려보면 어떨까? 모순을 지적해 독자가 어떠한 쟁점을 달리 보도록 만들 수 있다. 당신이 독자를 잘 이해하고 있다는 것을 보여주기는 생각보다 쉽다. 에세이 서문에 독자가 무엇을 우려하는지 잘 안다고, 당신도 같은 걱정을 하고 있다고 말하며 글을 시작하는 것이다. 내 컨설팅 고객 가운데 한 명인 변호사는 〈뉴욕타임스〉에 칼럼을 싣고 싶어 했다. 글을 잘 쓰는 사람이었지만 첫 문장이 너무 전문적이었고, 박학다식한 독자들이 보기에 따라 재수 없게 느껴지는 구석도 있었다. 바로 아래의 문장이었다.

이달 말, 연방 정부와 과학 기술 업체 간에 오래도록 이어진 디지털 사생활 침해 문제를 두고 미국과 마이크로소프트의 분쟁이 미국 대법원으로 이어질 전망이다.

나는 본론이 좀 더 빨리 나와야 한다고 판단했고, 디지털 보안에 관심이 많을 〈뉴욕타임스〉 독자를 사로잡기 위해선 보편적인 질문으로 글을 시작하는 것이 좋을 것 같았다. 그래서 이렇게 제안했다.

외국 서버에 저장된 개인 이메일을 미국 정부가 확인할 수 있어야 할까? 아니면 디지털 증거를 조사할 정부의 권리는 국경 내로 제한되어야 할까?

그의 원고는 크게 수정을 거치지 않고 〈뉴욕타임스〉에 무사히 실렸다. 나는 폭넓은 독자들이 관심을 가질 만한 주제로 글을 시작하는 것이 낫다고 판단했고, 문장을 크게 고치지 않은 것을 보면 그의 에디터 또한 나와 생각이 같았던 것 같다. 독자의 의견에 귀를 기울인다는 것은 사람들이 어떤 글을 읽고 싶어 하는지 이해한다는 의미다. 여러 매체에 글을 쓴다면 각 매체에서 게재한 글을 꼼꼼하게 읽어 독자와 에디터의 성향을 미리 파악해야 한다.

그 대상이 집단이든 한 개인이든, 타인의 이야기를 경청한다는 것은 어려운 일이다. 나는 참으려고 노력은 하지만 아직도 타인의 말을 가로챌 때가 많다. 하지만 이제는 적어도 내가 다른 사람들에 대해 배울 수 있는 기회를 스스로 놓치고 있다고 자각하게 되었다. 진정으로 경청한다면 어쩌면 당신의 삶을 변화시킬 만한 이야기를 듣게 될지도 모르고, 그 정도는 아니라 해도 분명 재밌고도 놀라운 정보를 얻게 될 것이다.

한번은 파티에 참석한 남편이 오렌지색 스웨터에 오렌지색 신발을 맞춰 신은 남성에게 이렇게 물었다. "패션 트렌드입니까?" 남편은 그가 패션 업계에 종사한다는 것을 알고 있었다. 하지만 알고 보니 패션과는 전혀 상관없는 복장이었다. 얼마 전 그의 집에 도둑이 들었는데, 오렌지 신발만 빼고 신발을 모두 훔쳐간 것이었다. 간단한 질문에 깜짝 놀랄 만한 답변을 들은 셈이었다.

8.

개 좋아하세요?
저도요!

,

글로든 말로든 설득에서 가장 중요한 점은 공통점을 찾고 공통적인 가치관을 형성하는 것이다. 우리는 싫어하는 사람이 아니라 호감을 느끼는 사람에게 설득당하기 쉽다. 대부분의 상황에서 나와 관점이 유사한 사람이 전해준 정보라면 그게 무엇이든 수용할 가능성이 높다.

공통점을 찾은 후 의견 불일지를 불러올 수 있는 생점에 대해 이야기를 꺼낸다면 이미 유대감이 형성된 청중은 당신의 말을 기꺼이 들어줄 용의가 커진다. 심리학자들이 진행한 연구에서 이 같은 현상은 이미 여러 차례 확인되었다. 선뜻 납득이 가지 않겠지만 청중에게 동의하는 모습을 보일 때 당신이 이들의 생각을 바꿀 가능성이 한결 높아진다.

누구나 자신과 비슷한 친구를 사귄다는 것은 언뜻 들어도 분명한 사실 같지만, UCLA와 다트머스대학교 연구진은 단순 일화적 증거를 넘어서 이를 실제로 검증하기로 했다. 연구진은 대학원생들에게 대학원에서 친구로 지내는 사람들이 누구인지 일일이 조사했다. 이 정보를 바탕으로 연구진은 각 졸업생들이 사회적 네트워크상에서 누구와 가장 가깝고 또 누구와 가장 소원한지를 가려낼 수 있었다. 이후 연구진은 참가자들에게 영상 한 편을 틀어주고 MRI 검사로 뇌의 신경 활동을 분석했다. 연구 팀은 친구인 사람들끼리는 실제 자극에 따른 신경 반응이 유사한 형태를 보인다는 점을 발견했다. 또한 영상 클립에 두뇌가 반응하는 양상으로 누가 누구와 친구인지, 더 나아가 몇 '다리를 건너 아는 관계인지'까지 알아낼 수 있었다. 즉 인간은 신경학적으로 자신의 친구와 유사할 뿐 아니라 연결되어 있다고 볼 수 있었다. 여러 연구에서 유사성이 설득으로 이어진다는 점 또한 드러났다. 우리의 생각이 친구들의 사고를 형성하고, 친구들의 생각이 우리에게 영향을 미치는 것이다.

따라서 글을 쓰든, 강의를 하든, 또는 이웃에게 토요일 아침마다 낙엽 청소 기계를 돌리지 말아달라고 부탁을 하든 우선 상대방과 관계성을 형성하는 것이 중요하다. '팩트'부터 들이밀거나 당신의 의견을 제시하는 것으로 시작해서는 안 된다. 공통점을 찾아야 한다. 그것이 뮤지션이든, 텔레비전 프로그램이든, 동물이든 말이다. "개 좋아하세요? 저도요!" 그렇게 반려견의 사진이 오가며 관계가 형성되는 것이다. 시시한 잡담처럼 보일 수 있지만 사실 그렇지 않다. 서로가 같은 집단에 속해 있고 같은 가치를 공유한다는 것을 보여주는 방법이다. 청중이 무엇을 걱정하고, 어떤 생각을 하며, 당신이 하는 말 중에 어떤 점에 공감하지 않을지 고려해야 한다. 고등학생들을 상대로 강연을 준비하는 것일 수도 있고, 잡지 《포린어페어스Foreign Affairs》(미국외교협회가 발행하는 격월간 잡지—옮긴이)에 실리길 바라며 원고를 집필하는 중일 수도 있다. 어느 쪽이든 해당 청중이 무엇을 믿고, 무엇을 사실이라 여기는지 고민해야 그들과 동일한 관점에서 시작할 수 있다.

신념에 따라 속한 집단이 다르다. 나와 같은 집단에 속해 있다면 나로서는 그 사람의 이야기에 귀를 더욱 기울이게 될 수밖에 없다. 〈뉴욕타임스〉에 근무하는 내내 우리 신문사를 비판하는 사람들을 마주해야 했다. 보통 나는 무시로 일관했다. 딸아이의 축구 경기를 참관하는 자리에서 잘 알지도 못하는 어떤 엄마가 내게 다가와 우리 언론사가 전쟁을 지지한다며 불만을 터뜨렸다. 나는 그저 어색하게 웃으며 내가 다른 곳에 있다고 상상했다. 사람들이 우리 기사를 비판해도 크게 신경 쓰지 않았다. 이런 비판이 늘 틀렸다는 것은 아니었지만 그렇다고 큰 언론사에서 보도하는 모든 기사를 내가 책임질 수 있는 것도 아니었다.

그럼에도 친구인 리자 넬슨Liza Nelson이 편협한 지역주의에 갇혀 미국의 일부만을 대변하는 〈뉴욕타임스〉에 넌더리가 난다고 평했을 때는 그 말을 경청했다. 유치원 때부터 나와 가장 친한 친구였다. 그녀를 잘 알고, 그녀의 생각을 존중하며 그녀의 판단을 신뢰한다. 〈뉴욕타임스〉에 실망감을 토로하는 그녀를 보며 나는 우리 언론사가 조지아 주의 자유민주당 지지자들에게 공감을 사고 있지 못한다면 미국 내 전 지역으로, 나아가 세계적으로 성장하고자 하는 회사의 포부가 실현되기 어려울 것이라 생각했다. 넬슨의 지적 덕분에 내가 속한 사회적 반경에서 벗어나 남부 작은 마을의 시각에서는 모든 것이 다르게 보일 수 있다는 것을 상기하게 되었고, 이는 Op-Ed에 실릴 칼럼을 고르는 기준에도 영향을 미쳤다.

글로든, 말로든 누군가와 공통점을 찾으려 할 때는 망설임 없이 자신의 사적인 이야기를 공개하고 상대방에게도 개인적인 질문을 해야 한다. 먼저 경계 태세를 늦추고 남자친구와 문제가 있다거나 상사가 마음에 들지 않아 불만이 크다는 식으로 본인 이야기를 한다면 상대방 역시 호응해올 것이다. 그렇게 관계성을 맺는 것이다. 관계가 형성되면 사람들은 한결 긴장을 풀고 다가오기 시작한다. 당신에게서 그들 자신의 모습이 얼비치도록 해야 한다. 누군가에게 당신을 고용하도록 설득하는 자리라면 더욱 그렇다. 자신을 충분히 드러내지 않아 유대감을 형성하거나 공통점을 찾는 데 실패한다면 당신은 그저 하나의 이력서로 남을 뿐이다.

누군가를 설득하기 위해선 상대방의 입장에서 생각해야 한다. 그저 해야 할 일을 빨리 해치우기 위해 낙엽 청소기를 돌리는 이웃에게 '너무 시끄럽다'는 당신의 불평은 그다지 공감을 사지 못할 것이다. 특히 마당에서 일하고 있는 상대방에게 수영장 옆 벤치에 누워서 말한다면 더욱 그렇다. 입장을 바꿔 생각하면 이웃의 행동은 지극히 합리적이고 타당하다. 하지만 토요일은 출근하지 않아 늦잠을 잘 수 있는 유일한 날이라 대화를 시작한다면 당신의 고요한 토요일 아침을 지키면서 상대의 스케줄에도 무리가 가지 않는 선에서 타협할 여지를 찾을 수 있다.

낙태와 같이 좀 더 복잡하고 양극화된 논쟁을 초래할 만한 문제에서는 어떻게 해야 할까? 가령 당신이 낙태에 찬성하는 쪽이고 당신과 의견이 다른 누군가에게 자신의 생각을 전달하고 싶다고 가정해보자. 나라면 이렇게 시작할 것 같다. "태아도 인간이라는 점에는 동의해요. 하지만 이 문제는 잠시 논외로 두도록 하죠. 낙태는 누군가의 목숨을 앗아가는 일은 맞아요." 그리고 뒤이어 이렇게 말한다. "하지만 여성의 삶이 우선이죠. 전쟁이 벌어졌을 때를 생각해보세요. 우선권을 얻는 생명이 있는 거죠." 가장 기본적인 쟁점에 동의하는 모습을 보인 뒤에 방향을 튼다면 논쟁을 계속 이어갈 확률이 높아진다. 하지만 다짜고짜 여성에게 선택할 권리가 있으므로 낙태를 합법화해야 한다는 말로 포문을 연다면 설득하려는 대상 또는 청중에게 합의할 여지가 없다는 것을 확인시켜주는 셈이다. 에이브러햄 링컨Abraham Lincoln은 토론에서 먼저 상대방에게 수긍하는 모습을 보이며 논쟁을 유리하게 이끄는 전략으로 유명했다. 이를테면 링컨은 주 정부에 권리가 있다는 것을 인정했다. 하지만 주 정부에는 시민들이 사람들을 노예로 삼는 것을 허락할 권리는 없다고 주장했다.

상대방에게 일부 동의하는 모습을 보일 때 한 보 전진할 수 있다. 직접 대면해서든, 글로 써서든 누군가를 설득하려 할 때 상대방과 같은 사회 집단에 소속된 사람들 가운데 당신과 생각이 같은 사람들의 사례를 들면 효과적이다. 이들이 당신의 의견을 지지하고 있다고 드러내는 것이다. 칼럼을 쓴다면 당신과 견해가 같은 사람들 가운데 독자의 호응을 얻을 법한 인물을 언급한 뒤 독자가 싫어할 만한 의견을 꺼내는 식이다. 일대일 상황이라면 남편과 대화할 때처럼 아주 간단하게 설득을 이끌어낼 수 있다. "〈모스 경감Inspector Morse〉 드라마 같이 보자. 존과 개리 둘 다 재밌었대." 같은 사회 집단에 속해 있고 같이 알고 지내는 친구들이 앞서 좋은 평가를 내렸다면, 상대방에게 이를 행하도록 설득하는 과정에서 지인들의 의견이 큰 영향력을 발휘한다.

소셜미디어상에서 '인플루언서'라는 이들의 영향력이 실로 얼마나 위대해졌는지 생각해보길 바란다.

유명인들의 홍보도 설득의 원칙을 바탕으로 하고 있다. 당신이 나를 좋아한다면 아마 내가 좋아하는 것들도 좋아할 것이다.

링컨이 논쟁에서 어떻게 이겼는지 토머스 슈워츠Thmas Schwartz가 편집한 《광활한 미래를 위하여For a Vast Future Also》(포드햄대학교 출판, 1999)에서 살펴볼 수 있다.

(동료 변호사였던) 레너드 스웨트Leonard Swett가 기억하는 링컨은 법적 분쟁이나 정치적 논쟁에서 그리 중요하지 않은 쟁점에서는 상대의 말을 인정하며 거짓된 자만심을 느끼게 했다. "하지만 여섯 개를 양보하고 일곱 번째 자신의 주장을 펼쳤다. …사실 가장 중요한 쟁점은 이 일곱 번째에 달려 있었다. …링컨을 단순하고 쉬운 사람으로 본 사람들은 어느샌가 시궁창에 누워 있는 자신을 발견하게 될 것이다."

누구나 자신을 신뢰하는 사람을 신뢰하기 마련이고, 자신을 좋아하는 사람을 좋아하기 마련이다. 그렇다면 설득에서 상대와 동질감을 형성하려면 어떻게 해야 할까? 상대와 나와의 공통점을 찾고, 관계성을 형성할 만한 접점을 찾아야 한다. 직접 대화하는 상황에서 상대방과 합의점을 찾고자 할 때는 미러링이 효과적이다. 가족 심리 치료사들이 채택하는 방법이기도 하다. 상대의 보디랭귀지와 화법을 모방함으로써 친밀감과 유사성을 높일 수 있다. 조금 소름 끼칠 수도 있지만, 사람들은 자신과 비슷한 사람에게 호감을 느낀다. 훌륭한 세일즈맨들이 영업하는 방식이기도 하다.

당신이 중요하게 생각하는 가치와 목표를 공유한 사이라면 당신의 말에 동의하지 않기는 무척 어렵고 긍정하기는 무척 쉬워진다. 이들과 당신이 믿고 지지하는 바가 같기 때문이다. 일대일 설득에 적용되는 원칙은 글쓰기에도 적용된다. 어떻게 해야 독자들이 당신에게 동의할 필요성을 느낄지 파악해야 한다. 공통점을 드러내는 것이 얼마나 큰 힘을 발휘하는지 이해해야 한다. 당신과 상대방 모두 개를 좋아한다는 아주 사소한 정보가 강력한 유대감을 형성하는 기틀을 마련할 수 있다.

만남을 희망하는 누군가에게 이메일을 작성할 때도 이 방법을 적용할 수 있다. 상대방과 공유하는 무언가를 강조하는 것이다. 두 사람 모두 대학 때 라크로스라는 스포츠를 했다면 이 점을 언급한다. 상대방에 대한 존중과 더불어 당신과 상대방 사이에 유사한 점을 드러내 친밀함을 형성한다면 잘 모르는 사이라도 메일 회신을 받을 확률이 높다. 그리고 난 뒤에, 반드시 그 뒤에 요청 사항을 꺼내야 한다. 누군가에게 부탁을 받으면 가능한 들어주고 싶은 것이 인간의 본성이다. 좋은 사람으로 남고 싶기도 하고, 대립을 피하고도 싶은 마음 때문이다.

꼭 부탁받을 때가 아니라도 누구나 자신에게 호감을 보이는 사람에게 마음이 동하기 마련이다. 칭찬을 싫어하는 사람은 없다. 누구나 찬사를 받고 싶고, 좋은 말을 듣고 싶으며 자신이 옳다는 펜실베이니아대학교 교수이자 《컨테이저스 전략적 입소문Contagious》과 《보이지 않는 영향력Invisible Influence》 저자이기도 한 조나 버거Jonah Berger는 누군가를 설득할 때 어떤 기술을 쓸까? 버거가 가장 선호하는 전략은 다음과 같다.

모방의 영향력은 대단하다. 버릇이나 자세는 물론 화법까지 따라한 다면 상대와의 사이에서 신뢰와 친밀감이 형성되고 설득력 또한 커지게 된다. 상대방이 이메일에서 '○○씨 안녕하세요', '○○ 씨 안녕', '○○님께'라고 인사를 건넬 때 상대방의 화법을 따라 응한다면 호감도와 소속감을 높일 수 있다. 사람들에게서 이끌어내고 싶은 행동을 시각적으로 제시해야 한다. 이 행동을 여러 사람들이 하고 있다는 것을 보여주어야 한다. 사회적 지위가 높은 사람들, 호감도 높은 인물들의 행동을 당신이 직접 보여주는 것이다. '본 대로 따라한다'는 유명한 속담도 있듯, 무엇보다 본다는 것이 핵심이다. 눈에 자꾸 띌수록 모방하기가 쉽다. 따라서 시각적으로 보여주어야 한다. 아이들이 야채를 먹길 바라는가? 당신부터 야채를 먹는 모습을 보여주어라. 민주당 투표율을 높이고 싶은가? 사람들이 닮고 싶어 하는, 또는 관계가 있는 인물들이 민주당을 지지하는 모습을 보여주면 된다.

지지를 받고 싶어 한다. 버클리대학교 교수인 제니퍼 채트먼^{Jennifer} ^{Chatman}은 진정성이 담겨 있는 한, 아첨의 말은 아무리 해도 지나치지 않다고 밝혔다. 당신이 원하는 바를 이루기 위해 이 점을 활용할 수 있다. 심지어 칭찬의 말이 상세하거나 사적이지 않아도 된다. 2010년 홍콩에서 진행한 한 연구에서는 패션 감각이 탁월하고 스타일이 좋은 사람들에게만 발송했다며 학생들에게 광고 전단을 보냈다. 딱히 본인을 특정하지 않았다는 것도 알았고, 상점에서 보내는 홍보일 뿐이라는 것도 알았지만 이 광고를 받은 학생들은 그렇지 않은 학생들에 비해 해당 상점에 호의적인 태도를 보였다. 사람들에게 적당한 칭찬의 말로 본인이 똑똑한 사람인 것 같은 기분이 들게 한다면 그와 전혀 상관없는 주제에도 당신의 말에 동의할 가능성이 높아진다. 직장에서 상대방의 넥타이를 칭찬한다면, 상대는 기업의 전략 방향성에 변화를 주고 싶다는 당신의 계획을 지지할 것이다.

다른 사람들과 마찬가지로 나 또한 칭찬을 좋아한다. Op-Ed에서 일한 지 그리 오래되지 않았을 당시, 정통파 랍비인 슈멀리 헥트^{Shmully Hecht}에게서 편지를, 이메일이 아니라 진짜 편지를 한 통받았다. 그는 만인의 화합을 꿈꾸는 예일대학교 내 샤브타이^{Shabtai}라는 이름의 유대교 단체를 공동 창립하고 고문으로 활동했다. 내게 단체에서 주최하는 저녁 만찬자리에서 연설을 해줄 수 있냐고 부탁하는 편지를 보냈다. 그가 어떤 사람인지, 어떤 단체인지 전혀 몰랐다. 업무가 손에 익은 후에는 수많은 대학과 단체에 나가 논평을 쓰는 방법과 언론사에서 어떤 글을 원하는지에 대해 강연을 했다. 하지만 헥트의 편지를 받았을 때만 해도 일을 시작한 지 얼마 되지 않아 여러모로 벅차던 상황이었다. 그래도 그에게 전화를 걸었다. 내가 20대를 보냈던 뉴헤이븐 시를 방문하고 싶은 마음에 그의 초청에 응했던 것 같다. 더욱이 헥트는 내 전임자인 데이비드 시플리가 일전에 방문해 아주 멋진 저녁 시간을 만들어주었다고 전했다. 시플리를 존경했던 나는 그가 초청에 응했다면 나 또한 그래야 할 것 같다는 생각이 들었다. 막상 뉴헤이븐 시로 가야 할 당일이 되자 괜히 약속을 잡았다고 자책했지만, 하룻밤 머무르라는 제안은 거절했으니 그리 오래 잡혀 있지는 않을 거라고 위안했다. 하지만 놀랍게도 저녁 만찬 자리는 상당히 즐거웠다. 영감을 주는 대화가 오갔고, 오길 잘했다는 생각이 들었다.

그날 일로 나는 몇 가지 교훈을 얻었다.

첫째로, 아첨의 말이 상당한 힘을 발휘한다는 점이다. 헥트는 영향력 있는 에디터들만 초청받는 자리라는 뉘앙스를 풍긴다면 나 또한 초청에 응할 확률이 높다는 것을 간파했다. 그는 내가 참석하는 것이 학생들에게 큰 도움이 될 거라고 강조했고, 내가 Op-Ed에서 성취하고자 하는 것이 무엇인지도 이해하고 있었다. 아첨은 듣는 사람에게 개인적으로 의미 있는 대상을 주제로 진정성 있게 해야 한다. 당신의 글이나 책을 에디터에게 보여주고 싶다면 우선 에디터가 전문으로 해온 분야를 파악해야 한다. 주로 정치 기사를 담당해왔던 에디터에게 권투에 관한 에세이를 들이 밀어선 안 된다.

둘째로, 누군가를 대상으로 당신이 좋아하는 '타입'인지 아닌 지 미리 속단해선 안 된다. 정통파 유대교인이자 차바드^{Chabad}(유대교의 한 종파—옮긴이) 랍비인 헥트는 처음 만났을 당시 나와 악수도 하지 않았다. 가족이 아닌 여성의 몸에 손을 대지 않는다는 유대교 전통을 준수하는 탓이었다. 그럼에도 그와 나는 친구가 되었다.

9.

감정을 건드려라

9

어느 날, 스타일 섹션 기자인 알렉스 윌리엄스^{Alex Williams}가 내게 메모를 남겼다. 동서지간인 폴 칼라니티^{Paul Kalanithi}가 암 진단을 받았고, 자신의 이야기를 글로 쓰고 싶어 한다는 내용이었다. 큰 기대는 없었지만 동료가 보내온 원고라면 항상 확인하는 편이다. 함께 일하는 동료에게는 언제나 매너 있게 대해야 한다.

　에세이를 읽은 후 거의 완벽에 가까운 글이라고 생각했다. 30대 중반의 의사였던 칼라니티가 폐에서 시작한 암이 이미 퍼져 있다는 것을 알게 되며 쓴 글이었다. 의사 수련을 받았던 그는 직접 엑스레이 사진을 판독할 수 있었고, 자신에게 그리 많은 시간이 남지 않았음을 알고 있었다. 의사로서 검사 결과를 확인하고 환자들에게 힘든 소식을 전해야만 하는 일에는 익숙했지만, 본인의 엑스레이를 직접 보고 스스로 죽어간다는 것을 확인하는 과정은 그로서도 낯선 경험이었다. 그의 글이 '정말 좋았다'고 답장을 쓰며 내 자신이 한심하게 느껴졌다. 힘든 현실을 겪고 있는 필자에게 내가 느낀 슬픔을 제대로 전달하지 못했을 뿐 아니라 작가로서 그를 향한 존경 또한 표현하지 못했다는 아쉬움 때문이었다.

원고는 아주 약간만 손을 봤다. 지나치게 감상적인 표현을 자제한 그의 에세이는 죽음이라는 보편적 두려움을 다루며 우리 모두 할 수 있을 때 충만하게 살아야 한다는 메시지를 담고 있었다. 곧 온 세상에 자신이 말기 암이라는 사실을 공표해야 할 입장에서 쉽지 않은 일이었음에도 칼라니티는 편집과 팩트 체킹 과정 내내 협조적이고 침착하게 임했다. 그의 에세이는 굉장한 사랑을 받았다. 그는 세상을 떠나기 전에 의사이자 환자로서 자신의 이야기를 담은 책을 거의 완성했다. 사망 후 그의 배우자가 마무리한《숨결이 바람 될 때When Breath Becomes Air》는 출간 후 베스트셀러가 되었다.

설득력을 얻고 싶다면 독자와 감정적으로 연결되어야 한다. 칼라니티처럼 사람들에게 충만하게 살며 의미를 찾으라고 독려하든, 서비스를 홍보하든, 세금처럼 지루한 주제에 대해 설득하든 말이다.

당신이 글을 쓰려는 주제에 대해 조사를 마쳤다고 생각해보자. 이제는 독자에 대한 이해를 바탕으로 당신의 마음을 움직인 주제에 관해 강렬히 호소하는 글을 써야 한다. 뜨거워진 지구로 인해 계속 번져만 가는 화재, 대학 입학 시 운동선수에게 주어지는 특혜의 불공정함 등 무엇이든 말이다. 이런 글은 사적인 이야기를 담은 글과는 다르다. 그럼에도 독자의 감정을 활용하고 교묘하게 조종하는 법을 알아야 한다.

냉정하게 들린다는 것도 안다. 하지만 자신의 생각을 제대로 전달하기 위한 설득은, 결국 타인의 마음을 조종하는 기술이라는 것은 누구나 아는 아주 기본적인 사실이다. 사람들이 무엇을 좋아하고, 싫어하고, 기뻐하고, 두려워하는지 이해해야 독자의 감정을 건드리고 이끌 수 있다.

뉴스 사이트에서 가장 유명하고 소셜미디어에서 가장 자주 공유되는 기사 대부분이 사람들의 감정을 건드리는 글이다. 사람들이 한 번쯤 경험해본 좌절을 다룬 기사일 때도 있고, 훈훈함과 감상을 자아내는 글일 때도 있다.

광고만 해도 그렇다. 음식 배달 앱인 심리스^{Seamless}가 내건 지하철 광고는 재밌고 유머러스할 뿐 아니라 지하철 연착과 미어터지는 승강장에 지쳐 집에 얼른 가고만 싶은 뉴요커의 심리를 정확히 포착해냈다. 심리스의 광고 문구 가운데 이런 글이 있다. "식당에 자리가 나길 기다린다고요? 횡단보도 초록불도 못 기다리잖아요", "뉴욕에는 800만 명 이상이 살고 있지만, 사람들에게 조금도 시달릴 필요 없도록 저희가 도와드리겠습니다."

안드로이드 시장을 겨냥해 구글이 내놓은 '프렌즈 퍼에버

Friends Furever(종이 다른 동물들이 함께 어울려 노는 이 영상은 안드로이드 체제의 다양성을 의미한다—옮긴이)' 광고는 노골적으로 감성을 자극해 대대적으로 바이럴되었다. 개와 코끼리, 새끼 코뿔소와 양처럼 예상치 못한 조합의 동물이 함께 어울려 노는 모습이 담겨 있다. 영상을 보고 있으면 행복해지는 동시에 살아 있는 기쁨을 느끼게 되어 기억에 깊이 남을 뿐 아니라 공유하고 싶은 마음이 들게 한다.

분노 또한 사람들의 마음에 동요를 일으키는 강렬한 정서 가운데 하나다. 킴 브룩스Kim Brooks는 잠시 가게에 들러 물건을 사느라 아이를 차에 혼자 두었다가 아이의 안전을 위협했다는 명목으로 경찰에 체포되었던 사연을 〈뉴욕타임스〉에 에세이로 기고했다. 직장 일을 하고, 자녀들을 돌보고, 집안일을 살피느라 고군분투하는 엄마들은 여성이 세 가지 일을 모두 해내야 하는 와중에 단 1분도 아이를 혼자 둘 수조차 없다는 이야기에 크게 분노했다.

독자나 시청자의 정서적 동요를 일으킬 수 있다면 당신에게 영향력이 생긴 거나 다름없다. 어떤 사람들은 무게감 있는 메시지를 전달하고 싶다는 이유로 에세이에서 감정을 모두 들어내는 실수를 저지르기도 한다. 한 독일 출신 작가는 당시 유럽연합을 위험에 빠뜨릴 정도로 재정 문제에 허덕이고 있던 그리스인들을 상대로 자국민들이 인종 차별에 가까운 행태를 보이는 상황에 대해 이야기를 한 적이 있었다. 말로 전했을 때 그의 주장에는 열정과 감정이 가득했지만, 이후 도착한 원고에서는 대부분 자취를 감췄다. 같은 나라 국민에게 그가 느끼는 감정들이 우리가 그의 주장에 귀를 기울였던 핵심이자 해당 문제를 다룬 수많은 다른 글 가운데서 단연 돋보이게 만들어주었던 터라 우리는 그에게 그 정서를 다시 복구해야 한다고 설득했다.

감정은 단순히 기사나 연설, 책에서 독자에게 감응을 일으키는 것 이상의 역할을 한다. 판단이란 결국 자신의 감정을 정당화하는 구실이라는 점에서 감정은 합리적 판단을 도출하는 근거가 된다. 인간의 의사 결정에 대한 아모스 트버스키Amos Tversky와 대니얼 카너먼Daniel Kahneman의 위대한 연구는 사람들이 완벽히 합리적으로 결정을 내린다는 믿음이 잘못되었음을 폭로했다. 재정적 선택은 물론 선거에서도 마찬가지다. 선거의 경우 사람들은 자신의 감정이 끌리는 쪽을 택한 뒤 나중에야 자신의 선택과 믿음에 합리적인 이유를 떠올린다. 대통령 후보자였던 트럼프는 대중의 감정을, 사회에 분노를 표출하고 싶은 그 욕망을 능수능란하게 이용했다. 이런 감정들로 인해 몇몇 유권자는 자신에게 전혀 이득이 되지 않을 정책을 들고 나온 후보자를 지지하기에 이르렀다. 트럼프는 "미국을 다시 위대하게Make America Great Again"를 포함해 수많은 긍정적인 메시지를 내세웠으나, 그 저변에는 다른 인종, 국가, 그리고 여성에게 자리를 빼앗기고 배제되었다고 느낀 사람들의 감정을 자극했고, 이런 부정적인 감정이 타당하다고 힘을 실어주는 전략이 깔려 있었다.

힘 있는 아버지, 강하고 결단력 있는 리더를 향한 유권자들의 갈망이 추후 본인들에게 하등 도움이 되지 않을 후보에게 표를 행사하도록 만든 것인지도 모른다. 하지만 이들을 이끈 것은 결코 이성이 아니었다. 감정이었다. 심리학자들은 이러한 정신적 단순화 과정을 휴리스틱heuristic이라고 일컫는다. 복잡한 사안마저도 신속하게 결정을 내리는 법칙을 뜻한다. 문제는, 하루를 무사히 보낼 수 있게 해주는 다양한 휴리스틱이 한 번씩 비이성적이고 비합리적인 결정을 이끈다는 것이다.

글에 목소리를 부여하는 강렬한 감정은 에디터 역시 공유하는 감정이고 이에 감동을 받았다면 게재될 확률이 높아질 수 있다. 미국 기업들이 저렴한 노동력 때문에 중국으로 옮겨간 후 버려진 미국 남부의 피해에 대해 여행 작가 폴 서로Paul Theroux가 기고한 칼럼을 받았다. 서로는 기업 이전을 직접 승인했던 부유한 최고 경영진들이 이제는 태도를 전환해 빈곤층을 '돕고' 싶어 하는 행태에 분노했다. 비슷한 주제를 건조하고 분석적으로 접근한 여러 칼럼들 사이에서 그의 원고는 단연 돋보였다. 그의 열정이 내 마음을 움직였다.

소셜미디어에서 가장 널리 공유되는 이야기가 바로 정서적 이야기다. 대중 엔터테인먼트에서 가장 중요한 것 역시 감정이다. 내가 텔레비전 프로그램에서 가장 좋아하는 장면 가운데 하나는 드라마 〈디스 이즈 어스This is Us〉 속 한 장면이다. 사람의 감정을 어떻게 이용해야 하는지 보여주는 완벽한 표본이다. 잭은 아내와 세 자녀를 위해 장만하고 싶은 차가 있으나 경제적으로 여유가 없는 상황이다. 영업사원에게 잠시 사무실에서 따로 이야기를 하자고 부탁한 잭은 이 차와 함께할 가족의 미래가 어떤 모습인지, 이 차로 인해 가족의 삶이 어떻게 달라질지 감성과 감정을 가득 더해 이야기를 지어낸다. 자동차 영업사원이 잭을 어떻게든 도와주려고 방법을 찾는 것이 이상하지 않을 정도였다. 그는 잭의 이야기에 공감하고 감응하여 도움을 주고자 했다. 일반적으로는 감정에 호소해 고객에게 자동차를 어떻게든 판매하려는 쪽은 영업사원인데 이 상황을 반전시킴으로써 재밌는 장면이 연출되었다.

　노골적으로 감정을 자극하는 단어를 쓰지 않고도 사람들의 감상을 불러일으키는 글을 수 있다. 퓰리처 수상자이자 예술 비평가인 제리 살츠Jerry Saltz는《뉴욕New York》매거진에 자신이 비평가가 아닌 예술가로서 일하던 옛 시절에 대한 에세이를 실었다. 창작 활동을 할 때 행복했지만 끝내 예술을 포기해야 했던 그의 사연은 연극, 작가, 춤, 그림 등 다양한 예술 분야에서 반드시 성공하겠다는 일념으로 뉴욕에 오는 수천 명의 청춘에게서 감정적인 공감을 얻었으리라 생각한다. 그는 예술 활동을 해야 한다는 충동에 이끌리고 사로잡혔지만 계속 이어갈 수 없었던 심경을 글로 적었다. 그는 직설적으로 표현했고, 실패에 대한 자신의 감정을 명료한 글로 전달했다.

슬픔과 고통, 불행의 감정을 자극해 사람들에게 다가갈 수 있지만 우리는 본질적으로 낙천적이라는 점을 기억할 필요가 있다. 우리는 현재의 상황을 달리 바라봐야 한다는 팩트가 주어질 때조차 상황을 낙관하는 태도를 고수한다. 유니버시티칼리지 런던의 탈리 샤롯Tali Sharot이 진행한 연구에서는 19명의 지원자에게 '알츠하이머에 걸린다', '강도를 당한다' 등 불행한 일 80가지를 제시하며 향후 이 일이 발생할 가능성이 얼마나 될 것 같은지 물었다. 실험 참가자들이 질문에 대답하는 동안 연구진은 MRI로 참가자들의 두뇌를 관찰했다. 이후 샤롯과 연구 팀은 실제로 불행한 일이 발생할 통계적 확률을 보여주었다. 그런 뒤 참가자들에게 다시 한 번 나쁜 일이 벌어질 확률을 물었다. 참가자들은 처음 자신이 예상했던 것보다 실제 확률이 낮은 사건에서는 통계가 보여주는 정보를 수용해 확률을 긍정적으로 조정했지만, 통계적으로 발생률이 높은 사건에서는 기존의 확률을 부정적으로 수정하지 않았다. 참가자들은 본인의 수명도 과대평가하는 모습을 보였다. MRI 이미지에서 이들의 두뇌가 나쁜 소식은 가볍게 무시한다는 점이 드러났다. 놀랍게도 세상에 비관적인 태도를 보였던 이들마저도 본인의 삶에서만큼은 긍정적으로 생각했다.

대다수의 사람들이 현실적이기보단 낙관적인 쪽에 가깝기 때문에 실직이나 이혼, 암에 걸릴 확률을 과소평가하는 경향이 있다. 낙관적 또는 약간의 도피적 태도는 진화적으로 이점이 있다.

이런 성향 덕분에 우리는 세계를 끊임없이 탐구하고, 모험하며 미래의 희망을 품는다(한편 이런 성향 때문에 은퇴 자금 준비나 대장 내시경 검사처럼 반갑지 않은 검진 등 우리가 해야만 하는 일에 어리석게 대응한다). 끊임없이 위험과 위협을 걱정한다면 인간은 제대로 기능하기가 어려울 것이다. 경계심을 갖되 그것에 마비되지 않는 것이 비결이다. 체호프Chekhov의 희곡《벚꽃 동산The Cherry Orchard》속 등장인물들이 현실을 마주하기를 너무도 꺼린 나머지 아무것도 하지 못하고 가족의 유산이 사라지는 것을 그저 바라만 보고 있던 모습에서 교훈을 얻을 수 있다.

자신의 생각을 전달하고 상대를 설득하는 글을 쓸 때 겁을 주면서 부정적인 이야기를 하는 방식은 인간의 본질을 거스른다는 점을 명심해야 한다. 우리는 본질적으로 낙관적이기 때문에 부정적인 메시지보다 긍정적인 메시지에 더욱 반응한다. 사람들에게 공포를 조장해서는 결코 금연을 유도할 수 없다. 금연이 하나의 트렌드가 될 때, 담배를 피우지 않는 친구들처럼 되고 싶을 때 사람들은 담배를 끊는다.

수치심과 공포는 환경에 대한 행동 변화를 유도하는 데 지나치게 자주 쓰이는 전략이다. 우울한 메시지를 전달하는 것은 별 효과가 없다. 그저 위협적으로 느껴질 따름이다. 사람들은 위협적인 메시지를 자신과 상관없는 먼 이야기처럼 무시하고 그저 일상에 집중하고자 하기 쉽다. 먼 미래를 이야기하는 것은 너무 추상적이다.《지구 온난화에 대해 생각하고 싶지 않을 때 생각하는 것 What We Think About When We Try Not to Think About Global Warming》에서 노르웨이 심리학자인 페르 에스펜 스톡네스Per Espen Stoknes는 분명한 실체가 없는 '적'을 상대할 때 사람들은 더욱 더 불행한 결말의 이야기를 듣고 싶어 하지 않는다고 적었다. 기후 변화에 대항하기 위해 사람들에게 행동을 불러일으키고 싶다면 위협과 해결책 및 개인적인 메시지 간의 균형을 적절히 유지해야 한다. 사람들은 온난화를 단계적으로 해결할 수 있는 대책을 원한다.

이런 주장에 관한 또 다른 이야기가 있다. 한 연구에서 심리학자들이 온라인으로 사람들을 모집한 후 참가자들에게 환경 친화적인 것과 환경에 유해한 것 가운데 선택하도록 했다. 이를테면, 환경을 고려해 냉장고 가운데 에너지 소비가 적은 제품을 고르는 식이었다. 참가자들이 각자 의사 결정을 내리는 동안, 몇몇 참가자의 모니터에 "스스로 자랑스러워할 만한 선택을 내릴 수 있습니다"라는 글귀가 나타났다. 다른 참가자들에게는 "본인의 선택에 죄책감을 느낄 수 있습니다"라는 글귀가 등장했다. 연구 결과 대부분의 경우 자부심에 대해 생각하거나, 자부심을 상기시키는 리마인더를 마주한 사람들은 환경에 해를 덜 끼치는 가전제품을 고르는 경향이 높았다. 사람들은 긍정적인 말을 듣고 싶어 한다. 죄책감이나 절망감을 느끼고 싶은 사람은 없다.

글을 쓰거나 말을 할 때 낙관적인 분위기를 형성한다면 사람들은 당신의 이야기에 더욱 귀 기울일 것이다. 공포는 강력하다. 하지만 희망 또한 강력하다. 자선 모금 행사에서 긍정적인 메시지의 힘이 여러 차례 드러났다. 아무리 암울하고 비극적인 상황을 돕는 모금을 조성한다고 해도 긍정적인 변화를 강조할 때 모금 성과가 높았다.

나이키는 운동을 하지 않으면 죽을 거라고 말하는 대신 팔이나 다리를 절단한 사람들이 마라톤을 뛰고, 80대 노인이 수영을 하는 등 운동으로 삶이 크게 변한 사람들의 이야기를 들려준다. 자선 단체에서도 희망을 보여줄 때 더 많은 기부금을 유치할 수 있다. 수용소를 배경으로 한 홀로코스트 책들은 판매가 저조한 한편, 《미친 별 아래 집The Zookeeper's Wife》이나 《쉰들러 리스트Schindler's List》와 같이 긍정적인 면을 보여주는 책들은 해피엔딩을 꿈꾸는 사람들의 마음을 움직인다. 어린 시절 내가 제일 좋아하던 작품 중 하나였던 안네 프랑크Anne Frank의 가슴 아픈 이야기 속에도 화자의 긍정적인 시각이 있다. 강제 수용소가 아니라 안네의 마음이라는 세계를 배경으로 이야기가 진행되었다.

따라서 글을 쓸 때는 긍정적이고 낙관적인 메시지에 반응하는 인간의 편향성을 이해해야 한다. 사람들에게 다가가기 위해서는 부정적인 글보다 긍정적인 발언을 더욱 자주 해야 한다. 사람들이 긍정적인 정보를 수용할 확률이 높기 때문이다. 설득하고 싶다면 우울한 이미지를 활용하거나 사람들에게 눈물을 떨구는 방식을 택해서는 안 된다. 사람들에게 수치심과 죄책감을 느끼게 하거나 분노를 돋우거나 조롱하는 방식은 전혀 효과적이지 않다. 우리는 모두 영감을 일깨우는 글을 원한다.

10 공감하라

롱아일랜드 고속도로에서 차 한 대가 우리 앞에 끼어들었다.

"저런 짓하는 놈들이 제일 짜증나." 남편이 말했다.

차가 막히고 있었다. 날씨도 더웠다. 저무는 태양을 마주한 탓에 눈을 가늘게 뜨고 간신히 앞을 내다보는 중이었다. 남편은 한껏 스트레스와 짜증에 시달리고 있었다. 그런데 나 또한 스트레스를 받는 남편에게 짜증이 났고, 막히는 도로 상황을 그러려니 하고 받아들이지 못하는 그의 모습에 화가 나기도 했다.

"뭐가 어떻다고 그래?" 날카롭게 받아쳤다. "왜 이렇게 한심하게 굴어. 어차피 늦지 않고 잘 도착할 거야. 차 한 대가 끼어들었다고 뭐가 달라지겠어?"

"나 좀 내버려두라고!"

이런 대화가 그리 낯설게 느껴지지 않을 것이다. 연인이나 가족 간에 흔히 벌어지는 대화다. 그렇기 때문에 내 태도가 상황을 더욱 악화시키기만 했다는 것도 눈치챘을 것이다.

남편이 진정하도록 설득하고 싶었다면 그가 느끼는 불만에 공감했어야 한다. 나도 같은 심정이라고 말했어야 한다. 분명 나는 남편의 짜증을 받아치는 대신 대화의 주제를 바꿀 수 있었다. 우리가 좋아하던 정치 관련 팟캐스트나, 그게 아니면 불만의 대상을 다른 곳으로 돌릴 만한 팟캐스트. 클래식 음악을 틀거나 남편이 좋아하는 개빈 브라이어스^{Gavin Bryars}의 노래 하나를 트는 것이다. 눈앞에 바로 닿을 듯 보이지만 도저히 닿지 않는 맨해튼을 향해 거북이 운행을 하고 있는 현실을 잊게 해줄 만한 것을 제안해야 했다.

상대를 가르치려 들거나 위협하려 하면 순응이 아닌 저항만 불러일으킨다는 것은 누구나 직관적으로 알고 있을 뿐 아니라 수년간의 심리 연구로도 밝혀진 인간의 본능이다. 강제로 당신의 의견에 동의하게 만들 수도 없고, 누군가의 사고방식을 바꿀 수도 없다. 이는 영향력으로만 가능한 일들이다. 누군가를 설득한다는 것은 명령이 아니라 은밀한 제안에 가깝다. 타당한 이유가 있지 않다면 사람들은 쉽사리 자신의 생각을 바꾸지 않는다.

살을 빼기가 힘들다고 토로하는 사람에게 그만 먹으라고 말해선 안 된다. 대신 "아내가 다이어트할 때 밀가루와 유제품을 줄이더라고요"라고 말해야 한다. 상대방에게 힘이 되어주면서도 듣는 이를 고려해 간접적으로 설득하는 화법이다. "이렇게 해야만 한다"는 식으로 말해선 안 된다.

글을 쓰든, 말을 하든, 청중이 누구인지 파악해야 한다. 연령대와 교육 수준, 이들이 지닌 가치를 파악해야 한다. 공감이란 타인의 감정을 감지하는 것이다. 청중의 정서를 이해해야 그에 맞춰 반응하는 법 또한 깨달을 수 있다.

알렉산더 포프Alexander Pope의 〈보편적 기도문The Universal Prayer〉이 자주 인용되는 이유가 있다.

타인의 아픔을 느끼고

타인의 결점에 눈 감는 법을 가르쳐주시옵고

제가 사람들에게 베푼 자비를

부디 제게도 베풀어주시옵소서

공감은 본디 나쁜 것도 좋은 것도 아니다. 하나의 수단일 뿐이다. 타인을 향한 관대함으로 또는 자신의 이익을 위한 이기심으로 사용될 수 있는 수단이다. 정신과 의사이자 웨일 코넬의과대학교 교수이자 〈뉴욕타임스〉의 고정 기고가인 리처드 프리드먼은 많은 사람들이 공감이란 개념을 잘못 이해하고 있다고 지적했다. 많은 이들이 공감을 타인과 동일시하고, 타인의 감정에 동조하고,

상대의 고통을 진심으로 느끼는 것이라 생각한다. 하지만 사실 공감은 타인의 심리적 기제를 이해하는 능력이다. 사람들의 마음을 사로잡는 기술에 가깝다. 영리한 정치인들, 선동가들, 사이코패스들은 공감에 능한 모습을 보일 때가 많다(최고의 정신과 의사들도 그러한데, 프리드먼 또한 이들 가운데 한 명이라고 생각한다). 이들은 목표로 한 타깃이 이해와 위로를 받는다는 기분이 들게끔 한다. 이들의 도덕성에 따라 공감이 긍정적으로 작용하기도 하고 파괴적인 영향을 끼치기도 한다. 어느 쪽이든, 공감은 사람들에게 당신의 의견을 납득시키는 연결고리가 된다.

프린스턴대학교를 졸업하고 경제학 박사 학위까지 받았지만 세상에 잘 적응하지 못했던 오빠 디크가 살아 있을 때 이 공감의 힘을 내가 알았더라면 얼마나 좋았을까. 어렸을 때는 오빠와 가까운 사이였다. 실제로 내가 세상에 내뱉은 '첫 문장'이 "디크한테 간다"였다. 하지만 30대가 되자 오빠는 나를 성가신 존재처럼 대했다. 어렸을 때부터 학업과 운동에 모두 뛰어났던 오빠는 점차 세상을 등졌고, 오직 아내와 자녀들하고만 함께하며 시간을 보냈다. 나를 포함해 대부분의 사람들이 그의 눈에 차지 않았던 것 같다. 내가 40대에 들어선 후 우리 둘 사이가 결정적으로 틀어진 계기가 있었다. 엄마가 돌아가신 후 유언을 처리하던 과정에서 내가 집안끼리 알고 지낸 지인에게 엄마가 타던 자동차 명의를 이전하는 일을 맡았는데, 오빠 눈에는 너무 미적거리는 것처럼 보였던 모양이다.

　그 일을 이후로 우리는 거의 대화를 나누지 않았다. 아버지는 내가 뵈러 갈 때마다 오빠에게 전화를 건 후 재빨리 수화기를 내게 들이밀었다. 아버지는 우리가 서로 연락을 하고 지내는지 직접 확인하고 싶어 했다. 바로 옆집에 살고 있었음에도 말 한마디 주고받지 않은 어머니와 외삼촌의 모습을 오랫동안 지켜봐온 아버지에게는 우리 남매 사이가 큰 걱정거리였으리라.

　내가 좀 더 일찍 공감의 힘을 알았더라면 오빠에게 이렇게 말했을 것이다. "오빠 기대에 못 미쳐서 미안해. 하지만 나도 나름 최선을 다하고 있다고. 날 용서해줘, 오빠." 오빠를 이해하려 노력했다면, 오빠에게 달리 반응했다면 예전처럼 대화하는 사이로 회복했을 수도 있다. 만약 그랬다면 오빠와 관계가 다시 좋아졌을지도 모른다. 하지만 너무도 사랑하는 오빠가 나를 거부했다는 사실에 상처를 받은 나는 그러지 못했다. 오빠의 고통은 헤아리지 않은 채 내 고통에만 매몰되었다. 반드시 진심에서 우러나는 사과를 할 필요도 없었는데, 그저 오빠에게 사과의 말을 진하고 용시를 구했다면 우리의 관계를 다시 나아질 수 있었을 것이다.

　공감하는 능력은 이제는 점차 사라져가는 미덕이 되었다. 최근 여러 연구에 의하면 어린아이들과 청소년들은 10년 전에 비해 타인에 대한 공감력이 떨어졌다고 한다. 하지만 젊은 세대를 비판하기 전에 우리의 문화가 변했다는 점을 생각해봐야 한다. 트위터와 같은 '포럼'에서 부정적인 메시지를 보내고, 서로를 비난하고, 싸우는 현상은 세상이 서로를 향한 연민이 아닌 갈등으로 가득하다는 인식을 심화시킨다. 연구에 따르면 공포가 커질 때 공감은 사라진다고 한다. 비단 이뿐 아니라, 디지털화된 삶이 공감력을 저하시키는 원인이 되었다. 타인을 관찰할 때 두뇌 속 공감을 불러일으키는 뉴런이 활성화된다. 그러나 지금 당장 주변만 둘러봐도 잘 알겠지만 사람보다 전자기기만 들여다보는 사람이 많다. 디지털에 제공하는 것들에 휩쓸릴수록 타인에게, 그리고 이들의 감정과 말에 집중하기 어려워진다. 우리의 뉴런은 그 기능이 점점 저하되고 있다. 그리하여 이제 상대를 향한 관심은 희소하고 귀중한 가치가 되었다.

당신과 생각이 다른 사람에게 공감하기 어렵다 하더라도 그들이 왜 그런 의견을 지니게 되었는지 이해하려고 노력해야 한다. 그렇게 느끼는 이유가 무엇인지 물어야 한다. 그렇게 믿는 이유를 이해해보려 해야 한다. 이때 사람들에게 편안하고 적대적이지 않은 환경을 제공하는 것이 중요하다. 조심스러워 보일 정도로 정중하고도 열린 화법으로 상대방이 거리낌 없이 발언할 수 있는 분위기를 조성해야 한다. 누구나 자신의 이야기를 들어주길 바라는 법, 당신이 존중하는 모습을 보인다면 상대도 응당 느끼고 대화를 시작할 것이다. 비즈니스 코치이자 여러 사업을 설립한 기업인 크리스틴 코마포드Christine Comaford는 "○○라면 어떨까요?", "도움이

뉴욕의 정신과 의사인 프리드먼은 공감 능력을 높이기 위해 아래와 같
은 훈련을 제안한다.

- 소통하고자 하는 대상을 신중하게 관찰하며 상대방이 한 말이나
  행동 가운데 당신이 동의하지 않는 것, 싫은 것, 이해하지 못한
  것 하나를 꼽는다.
- 왜 저 사람이 해당 발언이나 행동을 했을지 두 가지 이유를 떠올
  려본다.
- 상대방의 경험에 대해 가능한 많이 이야기해달라고 요청하되 상
  대방의 말에 긍정이든 부정이든 당신의 감정을 드러내지 않는다.
  침묵으로 무시하거나 논평을 하지 않고, 편견 없이 마음을 열어
  상대방에 대해 많은 것들을 배우는 기회로 삼는다. 상대방에 대
  한 데이터를 충분히 확보하고, 판단은 뒤로 미룬다.
- 상대방이 왜 그렇게 생각하게 되었는지, 또는 왜 그렇게 행동하
  는지 이해할 수 있게 되었는가? 아니더라도 계속 노력하다보면
  머잖아 이해하게 될 것이다.

필요해요", "○○를 한다면 도움이 될까요?" 등 찬반이나 옳고 그
름에서 벗어나 해결책에 집중한 화법을 활용한다. 이런 화법을 쓸

때 상대방은 안전과 소속감, 자신이 중요한 사람인 것 같은 기분을 느낀다.

또한 이런 화법을 쓰면 당신의 의견을 강하게 주장할 수 없기 때문에 청자가 생각을 편히 표현할 수 있는 환경이 조성된다. 동시에 당신은 타인 또는 어떤 집단의 사람들에게 서로 다른 의견 또한 타당할 수 있음을 보여줄 수 있다. 누군가의 입에서 "제 생각이 틀렸던 것 같아요"라는 실토를 듣고자 하는 것이 아니다. 자신이 지금껏 고수했던 신념이 틀렸다는 느낌을 받고 싶은 사람은 없다. 자존심이 허락지 않을 일이다.

그렇다면 소통의 질을 높이고 글솜씨를 향상시키는 데 도움을 줄, 공감 능력을 키울 수 있을까? 가능할 수도 있다. 우선 자신의 경직성을 극복하는 것부터 시작한다. 웹 스타트업에 종사하는 숀 블랜다^{Sean Blanda}는 친구들과 자신이 직접 만든 '논쟁적 의견^{Controversial Opinion}'이라는 게임을 한다. 이 게임을 시작한 후에는 언쟁은 불가하고 대신 상대방이 왜 그렇게 느끼는지 묻는 것만 가능하다. 이 연습으로 공감 능력을 연마할 수 있다. 침묵을 지키고 판단을 피하는 태도가 청중, 친구, 배우자의 감정과 두려움을 이해하는 데 도움이 된다.

의견이 다른 상대도 당신과 똑같은 사람이라는 것을 인정하고 나면 당신도 어쩌면 당신이 틀리고 다른 사람들이 옳을 수 있다는 사실 또한 이해하게 된다. 블랜다의 말처럼, 공감을 자신이 블랜다가 개발한 공감 게임 방법이다.

'논쟁적 의견' 게임을 시작한 후에는 언쟁은 불가능하고 대신 상대방이 왜 그렇게 느끼는지 묻는 것만 가능하다. 언쟁에서 이기거나 당신의 의견에 동조하도록 설득하거나, 점수를 내는 것이 목표가 아니다. 당신의 의견에 반하는 '팩트'를 들을 때면 '말도 안 되는 소리야!'라고 생각해선 안 된다. 다만 '음, 어쩌면 저 말이 맞을 수도 있겠어. 다시 생각해봐야겠군'이라는 태도를 유지해야 한다.
친한 친구들과 어울리다가 블란다는 논쟁을 불러올 만한 의견을 지닌 친구들이 부담스러운 듯 자신의 의사를 표현하지 않고 입을 다물때가 있다는 것을 깨달았다. 따라서 이 게임의 진짜 목표는 집단 안에는 의견이 동일한 사람들만 모이지 않는다는 점을 일깨우고, 서로 불편해할 만한 의견을 맞닥뜨려도 편안히 받아들이는 훈련을 하는데 있다. 그가 미디엄^{Medium} 사이트에 올린 이 글은 400만 뷰 이상을 기록했다. 블란다는 사람들이 점차 양극화될수록 타인과 소통하는 방법을 바꿀 필요가 있다고도 느끼는 것 같다고 설명했다.

원하는 것을 얻기 위해, 즉 생각이 다른 사람들을 당신 편으로 회유하는 발판을 만드는 데 필요한 기술로만 치부해서는 안 된다.

타인에게 공감하는 것은 당신의 생각이 달라질 기회를 마련하는 것이기도 하다.

친밀감 형성rapport은 테러리스트나 범죄자, 또는 대화를 거부하는 사람들에게서 정보를 얻을 때 유용한 기술이다. 이런 사람들은 말을 하는 것이 전혀 득이 되지 않지만, 어느새 본인도 모르게 입을 열 때가 많다. 카운슬러인 에밀리 앨리슨Emily Alison과 리버풀 대학교 교수인 로런스 앨리슨Laurence Alison, 이 두 명의 영국 연구자는 테러 용의자들을 심문하는 수백 시간 분량의 녹취록을 들었다. 이들은 어떤 화법이 효과가 있었는지, 심문자가 어떻게 테러리스트에게서 정보를 얻었는지 분석했다. 한 가지는 분명했다. 공격적이고 강압적이며 까다로운 태도는 효과가 없었다. 상대를 존중하고, 진심으로 궁금하다는 듯 호기심을 보이며, 상대방의 안위를 걱정하는 태도를 취할 때 용의자들에게서 대화를 이끌어낼 수 있었다.

친밀감이 형성되자 용의자는 대화를 나누고, 자신의 이야기를 들려주고, 내막을 설명하고 싶어 했다. 친밀한 관계를 형성할 때는 상대를 함부로 판단하지 않는 태도가 중요하다. 강압적으로 상대를 몰아붙이고 싶은 마음이 들어도 그 욕망을 떨치고 용의자의 파트너로서 자리하고 있다는 분위기를 만들어야 한다.

글을 쓸 때도 마찬가지다. 독자를 적으로 돌려선 안 된다. 도덕적 판단을 유예시킬 줄 알아야 한다. 일대일 대면 상황일 때는 두 연구자가 밝힌 테러 용의자에게서 대화를 이끄는 법이다.

용의자들에게서 정보를 알아내는 비결은 적대적인 태도가 아닌 친밀한 관계 형성이었다. 아래는 두 연구자가 분석한 수많은 녹음 자료 중 하나로 심문자가 용의자를 만나는 순간을 녹취한 내용이다.

심문자는 이렇게 대화를 시작했다. "체포 당시 당신이 영국 군인이나 경찰을 살해할 의도가 있다고 생각했습니다. 사건의 내막은 물론 당신이 왜 그렇게 행동했는지, 그 일로 무엇을 얻으려 했는지 저로서는 알 수 없습니다. 아마 당신만 알고 있겠죠. 당신이 말할지 여부는 오롯이 당신에게 달렸습니다. 저는 당신에게 말하라고 다그칠 수도 없고, 그러고 싶지도 않습니다. 다만 제가 이해할 수 있도록 도와주셨으면 합니다. 무슨 일이 벌어진 것인지 제게 말씀해주실 수 있겠습니까?" 심문자가 빈 노트를 펼쳐서 용의자에게 보여주었다. "보이시죠? 질문 목록조차 만들지 않았습니다."

"잘됐군요." 용의자가 말했다. "제게 배려와 존중을 보였기 때문에 말하겠습니다. 다만 이 나라에 정말로 무슨 일이 벌어지고 있는지 당신에게 제대로 알려주기 위해서입니다."

상대방이 당신보다 낮은 위치거나 함부로 해도 되는 대상이 아니라 완벽하게 동등한 입장임을 명심해야 한다. 두 연구자는 심문하는 사람이 용의자에게 말을 하지 않을 권리를 강조할 때 오히려 용의자들이 마음을 터놓는 모습을 보였다고 밝혔다.

요즘 정치적 담론에서는 공감을 찾아볼 수 없다. 이성적인 사람들이 가질 법한 정서와 감정을 바탕으로 쓴 기사를 찾아보기가 어려울 지경이다. 마틴 루서 킹Martin Luther King은 물론이고 심지어 버락 오바마Barack Obama마저도 모두를 위한 미국을 외칠 때는 구시대적인 이야기를 하는 것처럼 느껴졌다. 좌우를 떠나 공감이 결여된 정치적 부족주의tribalism는 한결 단호하고 위험해졌다.

그러니 그 물결에 합류하지 않길 바란다. 사람들을 압박해선 안 된다. 글을 쓸 때는 독자를 이해하고 이들이 느끼는 정서에 공감하는 모습을 보여야 한다. 독자의 정서가 주장의 중심이 되어야 한다.

직접 만나 대화를 나누는 자리라면 상대방에게 발언권을 주어야 한다. 공격적인 태도를 보이거나 상대방을 통제하려 한다면 반발만 사게 될 것이다. 우위를 점하려는 투쟁은 설득을 결코 이끌어낼 수 없다. 내가 비로소 깨달은 교훈이다.

이제는 차를 타고 이동할 때 더는 남편과 말싸움을 악화시키는 행동을 하지 않는다. 내 생명이 위태롭다고 느끼지 않는 한 비판적이고 불안한 모습을 억누르려 노력하고, 막히는 도로에 성을 앞서 상황에서는 다음과 같이 대화를 나누었다면 좋았을 것이다.

롱아일랜드 고속도로에서 차 한 대가 우리 앞에 끼어들었다.

"저런 짓하는 놈들이 제일 짜증나." 남편이 말했다.

"그러니까. 저런 운전자 때문에 미치겠어. 그나저나 차가 꼼짝도 안

하는데 들을 만한 거 찾아볼까?

"글쎄. 근데 우리 좀 늦을 것 같아."

"지도 한 번 확인해보자. 다행이네. 차가 이렇게 막히는데도 우리 안

늦겠어. 뭐 좀 듣자. 라디오 들을래, 팟캐스트 들을래?"

"그 코미디쇼 있으면 좋겠는데."

"그거 어디 있을걸. 기다려 봐."

내는 남편에게 반응하지 않는다. 남편의 언짢음이 사라질 때까지
이메일이나 책을 읽으며 교통 체증을 견딘다.

11.

언쟁을
삼가라

9

저녁 식사 자리에서 정치를 주제로 논쟁하는 것이 정말 싫다. 정치에 관심이 많으면서도 끝없이 이어지는 토론 자리를 끔찍이도 싫어하는 이유가 뭔지 생각해본 적도 있었다. 한번은 가장 친한 친구 두 명이 정부가 저소득층에게 제공하는 푸드 스탬프로 청량음료를 구매하는 것이 옳은 일인지 논쟁을 벌인 일이 있었다. 한 명은 뉴욕 시 보건국에 일하며 건강한 삶을 예찬하는 친구였다. 그는 정부의 지원금으로 청량음료 구매를 금지하는 것에 찬성하는 쪽이었다. 건강에도 유익하고, 음료수 외에도 선택할 만한 대안이 많다는 이유에서였다. 또 다른 친구는 전 세계적으로 빈곤에 시달리는 사람들을 돕는 비영리단체를 운영했다. 그는 무엇을 먹어야 할지까지 지정하는 것은 불공평하고 엘리트주의에 사로잡힌 사고방식이라고 주장했다.

두 사람의 선의에는 의심할 여지가 없었다. 하지만 목소리가 점차 커지고 논쟁이 계속되자 나는 주방 설거지를 핑계로 대화에서 빠져나왔다. 싱크대 쪽에서도 이들의 말소리가 들렸다. 약 15분간 계속된 논쟁이 내게는 끝도 없이 길게만 느껴졌다.

사실 두 친구 모두 대화를 했던 것뿐이고 서로의 생각을 바꾸려는 마음은 없었을 것이다. 아마도 두 사람은 논쟁을 즐겼던 것 같고, 다른 사람들은 이들의 토론을 흥미롭게 지켜봤을 수도 있다. 수십 년간의 저녁 파티와 가족 모임에서 내가 느낀 점은, 술 한두 잔의 힘을 빌려 언쟁하고, 청중을 압도하는 방식으로 원하는 것을 얻을 수 있다고 생각하는 사람들이 생각보다 많다는 것이다.

사실 그 반대다. 정면 대응은 별 효과가 없다.

대부분의 경우, 당신이 언쟁을 시작하면 주변 사람들은 짜증이 나고, 심한 공격을 받는 것처럼 느끼며, 방어적으로 변한다(최악의 경우 당신과의 대화가 지루하다고 느낄 수도 있다). 당신이 설득하려는 상대방 역시 언쟁을 시작하고 두 사람의 목소리가 높아지다가 대화는 이내 교착상태에 빠진다. 운전자들끼리 신경전을 벌이는 모습을 본 적 있는가? 그런 장면을 볼 때마다 몸싸움이 날까 두렵기까지 하다. 두 운전자 모두 조금도 물러서지 않고 버티며 어떻게든 상대를 이기려고 든다.

언쟁이 과열되고 분노가 치밀기 시작하면 우리는 종종 자신도 모르는 사이에 상대에게 어리석다거나 바보 같다거나 하는 비난의 말을 하게 된다. 이는 그 순간에 자신이 의도했던 결과는 물론이고, 향후 상황을 회복할 기회까지 날려버린다. 결코 상대를 비하하는 말을 해선 안 된다. 당연한 이야기지만, 너무 화가 치밀 때는 비난의 말을 참기가 대단히 어려워지기 마련이다. "넌 정말 멍청해." 내뱉은 순간만큼은 홀가분하겠지만 이런 말은 서로 간의 거리만 더욱 멀어지게 만들 뿐이다. 부정적인 감정은 주변 사람들을 밀어낸다. 어쩌면 당신의 분노가 상대의 격한 감정을 촉발해 결국 관계 파탄으로 초래할지도 모른다. 결코 당신이 바라는 상황이 아니다. 분노는 당신에게서 그리고 타인에게서 또 다른 분노만 일으킬 뿐이다.

견해를 주고받는 일에서 격렬한 논쟁이 전혀 있어서는 안 된다는 말은 아니다. 의견에는 상대의 화를 돋우고 파란을 일으키는 의견이 있고, 누군가를 설득하는 의견이 있다. 전자를 목표로 한다면 그 노선을 택하면 된다. 다만 이렇게 해서 누군가를 당신의 편으로 만들 수 있다는 착각은 접길 바란다. 어떤 주제에 대해 찬반 의견을 나눠야 하는 대학 토론장과 같은 상황에서는 물론 언쟁이 필요하다. 하지만 이런 상황에서마저도 시비조로 나가거나 인신공격을 해서는 안 된다. 우리가 바라는 것은 설득력 있는 주장을 펼치는 것이다.

상당히 흥미로운 여러 연구를 통해 사람들은 공격을 당해도 부모 집에 들른 어느 날, 엄마가 이렇게 말하는 상황을 생각해보자. "나는 벤 카슨^{Ben Carson}이 너무 좋더라." 엄마와 달리 당신은 신경외과 의사이자 공화당 대선 후보 경선에서 하차한 후 트럼프 내각에서 주택 도시개발부 장관을 맡고 있는 카슨이 멍청이라고 생각한다. 하지만 상 대는 엄마고, 엄마가 아무것도 모르는 한심한 사람이라고는 생각하지 않는다. 따라서 엄마에게 괜히 부정적인 말을 할 필요는 없다. 몇 가 지 아이디어를 전하며 이후 그가 화두에 오를 때 엄마가 한 번 더 고민 하도록, 지금처럼 절대적인 입장에서 한 발 물러서도록 생각할 거리를 주는 것이 좋다. 아래와 같이 대화를 하는 것이다.

"정말 훌륭한 사람인 것 같아." 엄마가 말했다.

"글쎄, 그렇게 볼 수도 있겠다. 어디가 좋은지 말해봐, 엄마."

"강인한 사람이잖아. 아프리카계 미국인으로 예일대학교에 가고, 신경 외과 의사가 됐잖니. 정말 대단해." 엄마가 이렇게 답한다.

"주택도시개발부 장관으로서 엄마 마음에 들었던 일도 있어?"

"글쎄, 잘 모르겠네. 주택도시개발부에서 뭘 했는지는 잘 몰라." 엄마 의 답변이었다.

"나쁜 사람은 아니지만 그 자리에 필요한 역량을 보여주진 못했지. 본 인조차도 뇌수술이 더 쉬웠다고 인정하기도 했고!"

엄마가 웃음을 터뜨린다.

의견을 바꾸지 않는다는 것이 드러났다. 오히려 더욱 강력하게 자신의 의견을 고수한다.

어쩌면 이 글을 읽으며 세상을 향해 논쟁적인 태도를 고수하면서도 끄떡없는 유명 칼럼니스트들이나 트럼프 대통령 같은 인물을 떠올리고는 고개를 가로저을지도 모른다. 이들은 분노를 불러일으키는 것이 강력한 힘을 발휘한다는 것을 몸소 보여준다. 분노는 당신과 청중을 하나로 연결시키는 힘이다. 분노는 글에 열정을 불어넣는다.

하지만 절대로 청중들과 싸워선 안 된다. 분노는 유대감을 강력하게 하는 기제이지, 편을 가르는 데 쓰이는 것이 아니다. 분노를 이용하는 리더나 작가들은 본인을 추종하는 사람들을 대상으로 메시지를 전달하는 것일 뿐, 반대편 사람들을 자신 쪽으로 회유하려는 데 목표를 두지 않는다. 이게 문제될 일은 아니다. 설득이 아닐 뿐이지 또 하나의 기술일 수 있다. 서로 목소리 높여가며 논쟁을 하는 프로그램을 사람들이 즐겨 보는 것 또한 비슷한 맥락이다. 꽤 많은 사람들이 시청한다. 그중 한 명이 바로 내 남편이다. 남편에게는 이런 프로그램이 무척 재밌는 스포츠 경기와 비슷하다. 분노에 휩싸인 토론이 재미없다거나 정서적으로 만족감을 주지 않는다는 말이 아니다. 다만 타인의 마음을 바꿀 수는 없다고 말하는 것이다.

언쟁이 연설이나 텔레비전에서는 어떤 모습으로 비춰지는지 모두 알고 있다. 그렇다면 글에서는 어떤 모습으로 나타날까? 나는 글에서 언쟁은 타인을 조롱하는 어조를 드러내는 것이라고 생각한다. 당신의 의견에 이미 동의하지 않는 독자들을 잃는 확실한 방법이다. 글을 쓸 때는 누군가에게 인신공격을 하거나 죄책감을 느끼게 하거나 질책해선 안 된다. 글 속 언쟁의 또 다른 형태는 독자들이 믿는 무언가가 틀렸다고 주장하기 위해 독자들의 세계관에 반하는 팩트들을 제시하는 것이다. 이런 방식은 침착한 어조라고 해도 통하지 않는다. 사회과학 연구를 통해 우리를 설득하는 것은 팩트가 아님을, 특히나 이 팩트가 논쟁의 일부로 제공될 때는 더더욱 그렇다는 것이 거듭 밝혀졌다.

반대 측 의견에도 좋은 면이 있다는 것을 항상 인정하는 모습을 보여야 한다. 우리가 원하는 바는 독자들이 우리의 말에 귀를 기울이도록 하는 것이지 이기는 것이 아니다. 청자와 독자가 자신이 믿고 있는 바와 다르다고 해도 당신의 의견에 열린 태도로 들어주길 바라는 것이다. 따라서 누군가와 직접 만나서 하는 대화든, 트윗이든, 페이스북이든, 활자로든 언쟁을 삼가야 한다. 나는 성별, 거주지, 소득으로 내가 어떤 사람일 거라 재단하는 것이 느껴지면 그 기사를 더는 읽지 않는다. 사람들을 일반화하는 것은 글쓰기에서 가장 적대시해야 한다. 글쓴이가 가난한 사람들은 모두 게으르다거나, 백인들은 모두 나쁘다거나, 남성들은 모두 포식자이며 여성들은 모두 착하고 순하다는 식의 입장을 취하면 독자는 화가 나고 언짢아진다. 내 말을 충분히 이해했을 것이다.

가장 먼저 마음을 여는 것이 선행되어야 한다. 언쟁과는 완전히 상반된 태도 말이다.

타인의 의견을 존중하는 모습을 보여야 한다. 산 정상에 올라 사람들을 내려다보는 듯이 무시와 분노를 보이는 태도는 삼간다. 논쟁을 하는 대신 합의점을 찾는 노력이 필요하다. 상대방의 생각이 옳고 현명하다는 기분이 들게 해야 한다. 자신의 의견에 확신하는 사람에게는 물론 어려운 일이겠지만, 그래도 겸손을 보여주어야 한다.

예컨대 뉴욕 시에 우버와 같은 자동차 서비스를 제한해야 한다는 글을 쓴다고 생각해보자. 맨해튼에서 떨어진 지역은 교통이 불편하기 때문에 그와 같은 서비스가 필요하다는 주장이 일부 타당하다는 점을 인정해야 한다. 당신이 모든 문제에 대한 답변을 갖고 있지 못하다는 것 또한 인정해야 한다. 그리고 난 후에 당신이 생각하는 해결책을 제시한다. 당신의 주장에 몇 가지 결점이 있음을 인정하는 것이 좋다. 100퍼센트 정확하지는 않다는 점도 밝혀야 한다. 글 속 사소한 부분에서 논쟁의 여지가 없을 거라고 안심하고 지나치다가 무너져내리는 사람들을 여럿 봤다.

수십 년간 직원들을 관리하며 매일같이 느낀 점은 "저도 확실치는 않은데, 어떻게 생각해요?"라고 말할 때 사람들이 한결 호의적으로 반응한다는 것이다. 독선적인 태도를 버려야 한다. 사람들에게 선택권을 제공할 줄 알아야 한다. "이번 일요판에는 이 기사를 커버로 하고 싶어요"라고 말하는 대신 "주의력 결핍 장애를 다룬 이 글이 괜찮네요. 커버로 삼을 수 있겠어요. 하지만 지금 당장 싣지 않아도 되는 기사니, 좀 더 괜찮은 글이 있거나 시급한 기사가 있다면 알려주길 바라요"라고 말하는 편이 낫다. 이렇게 말할 때 상대가 편히 대화에 참여할 여지를 만들어줄 수 있다. "이런 계획이 있지만 완벽한 것은 아니에요. 어떻게들 생각해요?"라고 말하는 것이다.

사람들은 우수한 지식으로 항상 짓누르려 들지 않는 사람을 좋아한다. 이런 태도는 당신의 공격성을 드러낼 뿐이다. 너무나 확신할 때는 우쭐대는 것처럼 보이기도 한다. 자신의 말에 단서를 달아 "네, ○○도 가능하겠네요"라고 말한다면 토론 자체가 불가능한 잘난 척쟁이로 보이지 않을 것이다. 대화가 계속 이어져야 '반대 측'에서 무언가 유용한 아이디어를 떠올릴 기회가 형성된다.

오만하지 않은 자신감을 보여주어야 한다. 사람들은 보통 과학자를 신뢰하기 마련이니, 차트나 그래프 등의 도구를 활용한다면 당신의 주장에 신뢰도가 좀 더 높아질 것이다. 물론 모든 사람이 똑같지는 않지만, 적어도 나는 수치와 차트에 영향을 받는 편이다. 내 콜레스테롤 수치가 조금 높다는 것은 안 지 몇 년 되었지만, 새로운 의사를 만나 16개의 주사기에 혈액을 채취한 후 차트가 담긴 몇 장의 검사 결과지를 받은 후에야 이제는 초콜릿 아이스크림을 포기해야 할 때가 왔다고 생각했다. 그 어떤 말들보다 차트상 염증 수치를 가리키는 빨간 줄이 높이 솟아 있는 것을 보는 편이 훨씬 강력했다. 초콜릿을 집을 때마다(횟수를 줄이긴 했지만 여전히 먹고 있다) 그 차트를 떠올린다. 가끔씩은 상점에 들어갔다가도 진열장을 지나쳐 그냥 나오기도 한다. 의사의 비판적인 충고는 내게 아무런 영향도 주지 못했다. 만약 이 의사가 나와 같은 상황이었더라도 마찬가지 아니었을까. 그 역시 반항심에 더 먹었을지도 모른다. 하지만 시각적 데이터만큼은 내게 무척 강렬하게 다가왔고 매우 효과적이었다.

친구 두 명이 식품 구매에 대한 정부의 간섭에 관해 논쟁을 벌였던 날, 나는 저녁을 먹으며 정부 보조금으로 구매할 수 있는 식품 항목에 제한을 두는 것은 타당하고 공정한 정책이며 설탕과 설탕이 당뇨에 끼치는 영향만큼 공공 보건 문제에 큰 위협이 되는 요인은 많지 않다고 생각했다. 저녁 식사가 끝난 후에도 내 생각은 달라지지 않았다.

어쨌거나 친구들의 언쟁 덕분에 설거지는 일찍 해치울 수 있었다.

Part 4

글쓰기에 유용한 조언들

12
스토리를
전하라

,

혼자 책을 읽을 정도로 자란 후에 나는 손전등을 내 방에 숨겨두었다. 가족이 모두 잠들면 불빛이 방문 밖으로 새어나가지 않게 이불 안에서 손전등을 켜고 새벽 서너 시까지 책을 읽었다. 다음 날 학교생활에 지장이 있겠지만 도저히 멈출 수가 없었다. 잠결에 손전등을 떨어뜨릴 때까지 책을 읽었다.

지금도 훌륭한 소설을 집어 들면 중간에 내려놓지 못한다. 이 책의 집필을 마무리해야 하는 2주 동안에는 소설책에 절대로 손도 대지 않겠다고 다짐했지만 존 밴빌John Banville의 《고대의 빛Ancient Light》과 리 차일드Lee Child의 《추적자Killing Floor》를 읽고 말았다. 두 책의 스타일이 완전히 달랐다. 무슨 일이 벌어지는지 다음 스토리가 궁금해 계속 읽었다. 맨 뒷장으로 손이 가는 것을 참느라 고생했다. 사실 내가 좋아하는 캐릭터가 큰 불행이 겪는 것은 않는지 확인하기 위해 뒷부분을 살짝 넘겨보기도 했다.

인간은 누구나 스토리를 좋아한다. 책 속 인물들에게 흠뻑 빠져들고 만다. 읽기 지루할 때도 있는 팩트와는 달리 스토리는 감정을 자극한다. 그래서 우리는 계층 간의 차이를 분석한 글은 끝까지 읽어내기 힘들어 하지만 〈다운튼 애비Downton Abbey〉와 같은 계층 간의 서로 다른 삶을 보여주는 드라마는 흥미로워하면서 비교적 끝까지 시청한다. 나는 나치 치하의 프랑스를 다룬 역사책은 읽은 적이 없지만, 역사적 사실에 허구를 더한 드라마 〈프렌치 빌리지A French Village〉 속 인물들의 이야기에 깊이 매료된 적은 있다. 드라마 속 캐릭터가 실존인물이 아닌 줄 알지만 이들이 함께 힘을 합치게 될지, 나라를 버리고 떠날지, 이혼하게 될지 끝까지 지켜볼 수밖에 없었다.

논픽션 글도 독자에게 이런 감동과 재미를 불러일으킬 수 있다. 캐릭터를 부여하고 긴장감을 더하고 만족스러운 결론으로 글을 구성할 수 있다. 한번은 자신의 인생 대부분을 감옥에서 보낸 한 남성의 글을 기명 칼럼으로 받은 적이 있었다. 존 톰슨John Thompson은 자신이 저지르지 않은 강도와 살인으로 18년 수감 생활을 했고 그 가운데 14년은 사형 선고를 받고 형 집행을 기다리며 세월을 보냈다. 톰슨은 자신의 스토리에 일부러 서스펜스를 가져올 필요가 없었다. 판결이 번복된 후 출소했다는 그의 '결말'을 모두 알고 있었다. 그래서 그는 가족을 향한 사랑을 중심으로 이야기를 풀어나가며 독자들이 몰입할 수 있는 하나의 캐릭터로 자신을 표현했다. 톰슨은 5월 20일로 예정된 사형 집행일 앞두고 1년의 시간을 어떻게 보냈는지를 썼다. 5월 20일은 그의 아들이 졸업 여행을 떠나는 날이었다. 톰슨은 자신의 아들이 마땅히 즐거워해야 할 그 날을 끔찍하게 기억하지 않길 바랐다. 사형 집행을 멈추어야 했다. 그는 변호인단에게 집행을 미뤄달라고 사정했고, 결국 그의 사형은 연기됐다. 그뿐 아니라 검사 측에서 톰슨의 결백을 밝혀줄 증거를 숨겼다는 법원의 판결도 얻어냈다. 그는 무죄를 입증했고 석방되었다.

그의 글에는 주장도 메시지도 있었다. 무엇보다 스토리로 자신의 생각을 전달했다.

〈뉴욕타임스〉에는 재소자들이 보내오는 글이 꽤 있었고, 모두 하나같이 특별한 사연을 가지고 있었다. 하지만 톰슨의 글처럼 내 마음을 울린 적은 없었다. 그는 재소자를 통계 수치가 아니라 한 명의 인간으로 느껴지게 했다. 만약 그가 부당하게 죄를 뒤집어쓰고 투옥되는 위험성에 관한 논쟁적인 글을 썼다면 아마 내 기억에 오래 남지 못했을 것이다.

몇 가지 전통적인 스토리 기법이 있다. 이것은 내가 텔레비전 각본 쓰기 수업에서 배운 가장 단순하면서도 가장 효과적인 서술 방법이다. 바로 주인공을 나무 위에 오르게 하는 것이다. 그런 뒤

30분 이내로 그를 나무에서 내려오게 만든다. 이거면 된다.

사람들은 재난 이야기, 역경을 맞닥뜨리고 난관을 극복하는 과정, 갈등과 자기 회의, 여러 어려움에도 다시 인물들이 만나게 되는 이야기에 빠져든다. 스토리를 통해 우리는 자신의 삶을 어떻게 헤쳐가야 하는지 교훈을 얻는다. 누구나 괴롭고 혼란스러운 경험이 있다. 따라서 사람들이 공감할 만한 스토리로 글을 시작한 뒤, 좀 더 큰 쟁점과 해결책에 대해 이야기를 꺼내야 한다. 선생이 말했던 것처럼 주인공을 나무 아래로 내려오게 하는 것이다. 스토리는 사람들의 관심을 사로잡고 두뇌에까지 영향을 미친다. 신경과학에서는 마음을 사로잡는 이야기를 접한 청자의 두뇌는 화자의 두뇌에 동화되고, 이때 청자와 화자의 뇌파는 유사한 패턴으로 나타난다고 밝혔다. 유사 이래 스토리는 정보를 보존하고 전달하기 위한 효과적인 방법으로 활용되었다. 우리는 리스트 형식으로 나열한 정보보다 스토리가 더해진 정보를 더욱 잘 떠올린다.

타인의 이야기에 귀를 기울이다 보면 글쓰기 소재로 훌륭한 스토리를 접할 수 있다. Op-Ed 부서는 밸런타인데이 전후로 매년 파티를 연다. 고정 칼럼니스트들과 집필진들, 에디터들, 지식인들 그리고 서류 보관 캐비닛만 가득한 지루한 인테리어를 기꺼이 감내하면서까지 우리 파티에 참석하고 싶은 유명 인사들이 모이는 자리다. 이 파티에서 만나 우연히 나누게 된 대화를 시작으로 칼럼이 탄생하는 일이 적지 않게 있었다. 톰 행크스Tom Hanks의 경우가 그랬다. 그는 잠깐 파티에 들렀다가 자신이 왜 타자기를 좋아하는지를 이야기했고 우리는 이것을 글로 써보자고 제안했다. 또 한번은 뉴스쿨대학교에서 철학과 교수를 지낸 사이먼 크리츨리Simon Critchley가 핑크 셔츠를 입고 모욕을 당했던 일을 파티에서 이야기했고, 나는 그에게 제발 글로 써달라고 사정했다. 그는 자신의 경험담을 토대로 사회 계층과 복장, 욕설의 본질에 대한 고찰을 담은 멋진 칼럼을 완성했다.

최근에는 마거릿 렌클Margaret Renkl이 주인을 향한 반려견의 무한한 사랑을 주제로 〈뉴욕타임스〉에 기고한 글에 푹 빠져 읽었다. 아주 참신한 주제라고 볼 수는 없었다. 하지만 그녀는 구체적이고도 진솔한 글로 엄마, 사별로 혼자가 된 여성, 가족에 대한 이야기를 풀어냈다. 페인트칠이 벗겨진 문을 매개로 반려견이 얼마나 심한 분리불안을 겪고 있는지 드러내는 등 상세한 사례를 들어 오래도록 기억에 남을 스토리를 완성했고, 반려견을 생동감 넘치는 캐릭터로 만들었다.

사업가에게 스토리의 힘을 활용하는 법을 가르치는 폴 스미스Paul Smith는 스토리를 전달하는 데 실패하는 사람들이 공통적으로 저지르는 실수가 있다고 언급했다. 이는 글쓰기에도 드러나는 문제다. 그는 스토리가 아닌 스토리, 즉 마음을 울리거나 감정을 자극하는 요소가 부재한 이야기를 전하는 사람들이 너무도 많다고 지적했다. 이는 그저 상품 홍보나 비즈니스적인 글일 뿐이다. 스토리는 시간과 공간, 주인공, 흥미로운 전개가 더해져야 한다(폴 스미스는 좋은 이야기를 들어도 그 진가를 알아보지 못하는 사람들이 많은 것이 더 심각한 문제라고 덧붙였다).

여기서 잠깐 스토리텔링 기법을 향상시키는 데 도움이 될 수 있는 방법 하나를 소개한다. 잠자리에 들기 전 오늘 하루 목격했거나 들었던 일을 적는 것이다. 그 일이 머릿속에 잊히지 않고 남아 있는 이유와 함께 적는다. 최근 나는 뉴욕의 8번가를 지나던 가운데 한 가족이 차에서 내려 음식점으로 향하는 모습을 봤다. 여자아이 세 명이 똑같은 꽃무늬 원피스를 입고 있었다. 그러던 가운데 휴대전화가 떨어지는 소리가 들렸다. 부서지는 소리도 들렸다. 엄마는 네 살도 채 안 되어 보이는 아이를 향해 휴대전화를 떨어뜨렸다고 소리를 지르기 시작했다. "제정신이야? 지금 도대체 뭘 한 거야?" 함께 있던 남성은 분명 실수였을 거라고 엄마를 타일렀다.

"아니야." 엄마가 고함을 질렀다. "내가 봤다고. 일부러 그랬어." 엄마가 화를 내자 어린아이가 울음을 터뜨렸다. 그 자리에 서서 지켜보는 것이 무례한 행동 같아 나는 이내 걸음을 옮겼다. 하지만 궁금했다. 도대체 왜 엄마는 어린아이에게 휴대전화를 맡긴 걸까? 왜 그렇게 화를 낼까? 처음이었을까, 아니면 10번쯤 벌어진 일이었을까? 혹시 좀 전에 남편의 잔업 때문에 또는 일자리를 구하지 못해서 부부싸움을 했던 것은 아닐까? 지금도 그 장면을 떠올리면 한 편의 이야기가 그려지곤 한다.

이런 장면들이 가상의 이야기의 출발점이 된다. 하지만 주변에 귀를 기울인다면 수많은 '진짜' 이야기를 수집할 수 있다.

스토리의 중요성은 이미 너무도 잘 알려져 있다. 스토리를 갈구하는 우리의 욕망은 유전자에 깊이 새겨져 결코 사라지지 않는다. 스토리로 누군가 세상을 보는 시점을 바꿔놓을 수도 있다. 연구자들에 따르면 많은 이들이 숫자를 엘리트 계층과 연관 짓기 때문에 통계 수치를 잘 믿으려 하지 않는다고 한다. 하지만 스토리는 진실하게 느껴져 신뢰하는 모습을 보인다. 언뜻 납득하기 어렵겠지만, 많은 사람들이 팩트보다 일화나 스토리를 믿는 경향이 있다. 영국의 싱크탱크인 브리티시 퓨처British Future는 이민자에 대한 통계 수치보다 이들 한 명 한 명의 이야기에 대중이 더욱 긍정적으로 반응한다고 밝혔다. 사람들은 숫자를 인위적이고 엘리트주의적으로 인식한다고 전했다.

스토리의 힘을 입증한 연구도 있었다. 실험 참가자들에게 영화를 보여준 뒤 영화가 이들의 의견에 영향을 미쳤는지 살피는 연구였다. 연구진은 보험에 가입하였으나 보험사의 지급 거부로 죽음을 맞이한 청년을 대리해 주인공이 법정 싸움을 벌이는 〈레인메이커The Rainmaker〉를 시청한 후 참가자들이 건강보험 정책에 좀 더 진보적으로 생각이 변한 것을 발견했다. 대통령 암살 사건에 정부가 개입했다는 음모를 바탕으로 한 영화 〈JFK〉를 본 사람들은 무력감을 토로했고, 정치 제도에 참여할 의욕이 낮아졌다고 응답했다. 마음 따뜻한 의사가 젊은 여성에게 낙태 시술을 하는 〈사이더 하우스The Cider House Rules〉를 시청한 참가자들은 낙태 합법화에 좀 더 긍정적인 입장을 취했다. 영화는 물론 텔레비전 프로그램도 우리에게 큰 영향을 끼친다.

최고의 스토리텔러 가운데 하나로 꼽히는 코미디언 역시 그 영향력이 대단히 크다. 2017년 봄 의회에서 건강보험법 개혁을 논의할 당시 코미디언 지미 키멜Jimmy Kimmel은 시청자에게 생후 10일째에 심장병으로 생사가 위태로웠던 아들에 대해 털어놓았다. 빠르게 대처한 간호사와 긴급 수술로 갓 태어난 아이의 생명을 구할 수 있었다. 키멜은 아들의 목숨을 구해준 의료 시스템을 모든 미국인이 누릴 수 있도록 해달라며 정치인들에게 호소했다.

그의 독백을 담은 영상은 수백만 회나 공유되었다. 오바마 전 대통령도 해당 영상을 트위터에 올리며 오바마 케어Obamacare를 지지해주는 그에게 갈채를 보냈다.

스토리는 비단 세상뿐 아니라 우리 개인의 삶을 이해하는 방식이기도 하다. 나이가 들수록 우리는 삶의 의미에 더 많은 서사를 부여하기 마련이다. 일자리를 잃고 캘리포니아 주로 거주지를 옮겨서 얼마나 다행인가. 그렇지 않았다면 아내를 만나지 못했을 텐데. 집이 화재로 전소되어 얼마나 다행인가. 그 일로 인해 더 멋진 집에서 다시 시작하는 원동력을 얻었으니까. 대단히 충격적이고 심지어 끔찍한 재난과도 다름없는 일들이 훗날 우리의 삶을 채우는 이야기가 된다. 우리는 통계 수치가 아니라 우리가 이뤄낸 성장으로 자신을 정의한다.

그렇다고 긴 스토리를 쓸 필요는 없다. 그저 명확하고 진정성 있는 이야기를 담으면 된다. 하지만 팩트를 버려선 안 된다. 스토리에 팩트를 녹여내야 한다. 스토리가 지닌 매력 덕분에 사람들은 당신의 글에 집중하고 아무런 부담 없이 정보를 받아들이게 된다. 유명한 테드 토크TED Talk는 대부분 스토리 중심인데, 수백만 뷰를 달성할 정도로 인기가 있다. 그 이유는 학술 저널과 달리 연사가 스토리를 들려주며 주제를 설명하기 때문이다. 무대 위에서 진행되는 대중 연설이긴 하지만 테드 토크 대다수를 글로 표현한다 해도 비슷한 효과를 내었을 것이다. 연설을 강렬하게 만들어주는 요소들이 글의 설득력을 높이는 데도 효과적이기 때문이다.

글에 스토리를 더하라

서스펜스를 부여한다. 어떤 딜레마가 있는가? 이 딜레마를 어떻게 해결할 것인가? 몇 시즌까지 계속되는 텔레비전 드라마를 계속 보게 만드는 요소가 바로 서스펜스다. 다음에 어떤 일이 일어나게 될지 독자의 호기심을 자극해 글에 긴장감을 더해라.

주인공의 변신이 있어야 한다. 글이나 영상에 사람들이 모방하고 싶은 모습으로 등장인물이 변화하는 이야기가 있을 때 독자들은 그 변신 이면에 자리한 팩트에 더욱 큰 관심을 기울이고 몰입한다.

청중이 직접 볼 수 있는 이미지를 활용한다. 키멜은 아들이 위급한 수술을 기다리던 상황을 묘사하며 이미지를 활용했다. 우리의 두뇌는 이미지에 반응하고, 두뇌가 반응할 때 이야기에 깊이 빠져들 수 있다. 이미지가 더해질 때 인물과 배경이 실제처럼 와닿아 마치 자신의 삶의 일부인 듯 느낀다.

있었던 일을 설명할 때는 논리 정연해야 한다. 논리적이지 않으면 사람들은 혼란에 빠진다. 글을 그만 읽거나 시청을 멈출 만한 빌미를 제공해선 안 된다. 사람들이 계속 이입하게 해야 한다.

결말은 독자들에게 남길 바라는 메시지에 초점을 맞춰야 한다. 사람들은 결말을 기억할 확률이 가장 높기 때문에 맥없이 끝나는 이야기가 되어선 안 된다.

13
.

그럼에도
불구하고
팩트가
중요한 이유

9

듣고 싶지 않은 팩트를 강제로 들이민다면 나는 아마도 귀를 닫고 말 것이다. 내가 지지하는 후보자가 기존의 입장에 반反하는 행보를 보인다고 누군가 내게 알려준다면 내 두뇌의 이성적인 영역을 담당하는 스위치가 꺼지고 감정이 나를 지배하게 될 것이다.

우리의 두뇌는 사실이라고 자신이 믿고 있는 것에 반하는 정보를 좋아하지 않는다. 또한 우리의 편견에 부합하는 정보만 기억하는 경향이 있다. 월스트리트를 규제하겠다는 공약을 내건 클린턴이 사실 금융업에서 수백만 달러의 선거 자금을 조달받았다는 사실을 내게 알리고 싶은가? 그래도 나는 팩트는 무시한 채 클린턴을 계속 지지할 것이다. 이민자를 대폭 줄이겠다고 약속한 트럼프가 과거 수많은 이민자를 고용했다는 사실을 내가 접한다면?

나는 그가 충분히 그럴 만한 사람이라고 생각할 것이다.

우리는 팩트와 묘한 관계를 형성하고 있다. 우리는 반박할 수 없는 사실에 기반한 이야기보다 지어낸 이야기를 소셜미디어에 더욱 적극적으로 공유한다. 메사추세츠공과대학교 연구자들이 진행한 연구에 따르면 트위터에서 진짜 뉴스보다 가짜 뉴스가 퍼지는 속도가 훨씬 빠르다고 한다. 그 이유는 가짜 뉴스를 더욱 재미있다고 여기기 때문이다. 연구진은 진짜 이야기가 1,500명에게 닿기까지는 가짜 이야기보다 약 여섯 배나 시간이 더 걸린다고 밝혔다. 이는 유명 인사들의 가십부터 과학 연구 결과까지 분야를 가리지 않고 모든 주제에 해당되었다.

인터넷 접근이 용이해진 이후로 모든 사람에게 사실이든 허구든 자신의 이야기를 전달할 확성기가 주어지게 되면서 세상은 한층 혼란해졌다. 그중에서도 충격적인 해프닝은 클린턴이 워싱턴에 있는 피자 가게에서 아동 학대 조직을 운영하고 있다는 루머였다. 대선을 앞두고 이 조직에 대한 기사가 쏟아졌고, 금세 오보임이 밝혀졌음에도 계속 퍼져나갔다. 국회의원을 사칭한 가짜 트위터 계정에서 오보라는 소식은 사실 거짓이라는 트윗이 올라오기도 했다. 클린턴이 운영하는 아동 학대 조직이 세계적인 소아성애자 조직과 연관이 있다는 가짜 기사도 났다. 노스캐롤라이나 주에서 아이를 키우는 에드거 웰치Edgar Welch는 이 이야기를 모두 사실로 믿었다. 그는 여섯 시간을 운전해 피자 가게에 가서 갇혀 있는 아이들을 구해야 한다며 돌격 소총을 발사했다. 경찰은 그를 체포했다. 안타깝게도 그가 징역 4년을 구형받았다는 소식은 가짜 뉴스가 아니었다.

이 사건은 일부 사람들이 진실이라고 믿는 것과 실제 팩트가 나란히 제시될 때, 가짜 뉴스들을 근절하는 것이 얼마나 어려운 일인지 잘 보여주는 사례다. 몇몇 사람은 체포된 남성은 사실 '주류 언론'에서 고용한 배우라고 주장하며 클린턴이 아동 학대 조직을 운영하고 있다는 이야기를 끝까지 믿었다. 주류 언론이란 표현에는 진보 성향의 신문사와 방송국을 모욕하는 의도가 있었다.

무언가 옳다는 확신을 가지게 되면 아무리 팩트가 주어져도 우리는 쉽사리 생각을 바꾸지 않는다. 물론 인터넷으로 인해 가짜 이야기들이 빠르게 확산되는 것도 있지만, 사실 거짓 뉴스 자체는 그리 새로운 것은 아니다. 신문이 성행하던 시절 대부분의 도시에는 두 종 이상의 신문이 발행되었고 뉴욕에는 종 수가 훨씬 많았다. 구독자를 두고 살벌한 경쟁을 벌여야 했던 상황에서 신문 사주들은 독자를 끌어들이고 수익을 높이기 위해 가짜 기사를 찍어내는, 이른바 황색 저널리즘에 빠졌다. 20세기 중반 들어 주 수입원이 구독자가 아닌 광고로 바뀐 후 저널리즘은 전보다 존경받을 만한 위치로 자리매김했다. 광고주들이 위험 부담이 큰 기사와 얽히고 싶어 하지 않았으니까.

팩트가 반드시 좋은 것만은 아니라는 점을 최근에야 깨달은

나 자신이 바보같이 느껴진다. 팩트를 모으고 분석하며 평생을 보낸 나는 진실의 힘을 믿어왔다. 하지만 2016년을 계기로 믿음은 완전히 부서졌다. 다른 사람들에게도 그렇겠지만 그 해는 정말 끔찍한 해였다. 영국이 투표로 유럽연합 탈퇴를 결정했고, 미국은 트럼프를 대통령으로 선출했다. 옥스퍼드 사전은 탈진실post-truth(팩트보다 신념이나 감정이 여론 형성에 큰 파급력을 행사하는 현상—옮긴이)을 올해의 단어로 선정했다. 영국과 미국에서 벌어진 선거 모두 거짓으로 가득했지만 유권자들은 그리 개의치 않았다. 때로는 팩트가 역효과를 내기도 하는데, 이 현상을 연구해온 정치과학자들과 심리학자들에게는 그리 놀랄 만한 이야기가 아니었다. 이들은 우리가 팩트를 마주할 때 예상과 달리 반응한다는 점을 알고 있었다. 또한 우리의 신념에 허점이 있다고 지적당할 때 이 정보를 차단할 뿐 아니라 오히려 더욱 믿는 바를 굳건히 고수한다는 것이 드러났다.

1970년대부터 저널리스트로서 대통령의 거짓말을 밝혀 대통령직에서 물러나게 한 밥 우드워드Bob Woodward와 칼 번스틴Carl Bernstein(신참 기자였던 두 사람은 워터게이트 스캔들을 파헤쳐 리처드 닉슨 Richard M. Nixon 대통령을 사임시켰다—옮긴이)을 우러러본 사람으로서 나는 팩트를 밝히는 데 열정적이었고, 팩트를 전달하는 데 절대로 실수를 저지르고 싶지 않았다. 한 번 저지른 실수는 결코 되돌릴 수 없었다. 작성한 기사가 인쇄되어 나가면 그걸로 끝이었다. 도서관에 합본으로 남아 사람들이 오랫동안 다시 들춰볼 수 있는 자료가 될 터였다. 시간을 되돌려 수정하는 것은 불가능했다. 또한 나는 팩트의 중요성을 강조하는 일터에 몸담았다. 〈월스트리트저널〉의 기자였던 친구들은 정정 보도를 내는 일이 벌어질까 봐 항상 걱정했다. 이런 일이 자주 벌어지면 조용하게 짐을 싸서 나가야 했기 때문이다. 〈뉴욕타임스〉는 그나마 좀 느슨한 편이었다. 정정 보도가 많다는 이유로 직원들을 정기적으로 해고하지 않았지만, 이런 보도 자체가 공개적으로 망신스러운 일이었다.

2008년, 내가 책임지던 섹션 가운데 하나에 소개된 작가가 사기꾼으로 밝혀졌다. 서평가들은 물론 출판사 사장까지 전부 그 작가의 이야기에 속아 넘어간 것이었다. 굉장한 충격을 받은 나는 상사에게 내가 회사를 나가길 바라는지 물었다. 아마도 상사는 내가 제정신이 아니라고 생각했던 것 같다. 나는 퇴사까지 고려할 정도로 명백한 사실만을 게재해야 한다는 신념이 있었다. 잘못된 소식을 전하는 두려움을 단 한순간도 잊은 적이 없었고, 마땅히 그래야 한다고 생각했다.

그런 나였음에도 타협을 해야만 했다. 디지털 저널리즘이 확산되며 종이 신문은 설 곳을 잃어가고 있다. 이런 거대한 변화 속에서 멈추지 않고 신속하게 기사를 올려야 한다. 일일이 엄격한 잣대를 적용했다가는 세상의 속도에 뒤처져 저널리즘의 생존이 위험해질 수 있다. 그리하여 과거보다 실수가 많아졌다. 주요 언론 사이트에서는 정정 보도를 하여 정확성을 위해 노력하고 있음에도 우리는 받아들여야 했다. 이제 저널리즘은 역사의 초고[first draft], 아니 초안[rough draft]에 불과하다. 진지한 저널리스트들에게 정확성은 여전히 중요한 과제이지만, 소속을 불문하고 어떤 에디터도 신속과 완벽한 정확성이라는 두 마리 토끼를 잡을 수 없다. 하나는 양보해야 한다.

디지털 과학기술이 저널리즘을 바꿔놓았듯이 문화도 바꾸었다. 누구나 소셜미디어에 자신이 옳다고 여기는 사실을 밝히고, 인스타그램에 멋지게 스타일링한 음식과 정원, 자녀 사진을 올린다는 점에서 이제는 모든 사람들이 저널리스트가 된 것이나 다름없다. 나는 흰색 다알리아 꽃을 찍어 사진을 올릴 때에도 가장 좋은 앵글을 찾고 시선을 분산시키는 배경을 피해 꽃병의 위치를 옮긴다. 우리 모두 나름의 독자들이 있고, 우리는 이들을 위해 글과 사진을 게시한다.

하지만 우리는 삶의 진실을 극히 제한적으로 드러낸다. 진실의 일부분만 보여주는 것이다. 팩트가 무용해졌다는 말이 아니다. 법을 어긴 범죄자의 형량을 결정해야 하는 배심원의 입장에서는 팩트가 물론 중요하다. 하지만 우리가 드러내는 진실은 훨씬 크고 복잡한 사회적 '진실'과 공존한다. 우리의 사회적 진실은 거짓을 엮어 만든 것이다. 이를테면 아내를 질색하는 남성이 페이스북에는 아내를 향한 애정을 드러내는 게시물을 계속 올리며 행복한 부부라는 이미지를 만들어내는 것처럼 말이다. 소셜미디어로 인해 각 개인이 생각하는 진실의 정의가 달라지며 이제는 본인이 보기에 사실인 것 같고, 사실이라고 믿고 싶으면 진위와 관계없이 사실로 받아들이는 사람들이 생겨났다.

어떤 이들은 팩트보다 감정이 더 큰 힘을 발휘하는 이상한 시대가 왔다고 한다. 하지만 이는 인간의 두뇌가 어떻게 작동하는지 잘 모르기 때문에 하는 소리다. 감정이 항상 팩트보다 중요했다. 따라서 팩트가 전보다 덜 중요해진 문제가 아니라, 이웃에게만 공유되던 과거와 달리 이제는 훨씬 많은 사람들에게 잘못된 사실을 퍼트리기가 쉬워졌다는 것이 쟁점이다. 수십 년 동안 학자들의 연구를 통해 우리가 결론을 내리는 과정에서 팩트를 완전히 묵살할 수 있다는 것이 여러 차례 밝혀졌다. 가령 이민자들이 범죄를 저지를 확률이 높다고 믿기 시작하면, 이민자 관련 범죄가 일어날 때마다 믿음이 더욱 확고해지는 식이다. 미디어와 정치인들은 이민자들이 일으킨 범죄에 지나치게 관심을 쏟고 있다. 최근 아이오와 주에서 발생한 대학생 사망 사건의 범인이 멕시코 이민자라는 뉴스가 보도됐다. 멕시코와 중앙아메리카 출신 이민자들이 유독 문제라고 믿는 사람들의 서사에 범인이 완벽하게 일치했고, 이민자 범죄율이 미국 출생자 범죄율보다 낮다고 아무리 대중들에게 알려도 달라지는 것은 없었다. 멕시코인들에게 붙은 강간범이라는 딱지는 쉽게 사라지지 않았다. 미국 내 멕시코인들의 직업과 범죄 기록을 바탕으로 정확하게 지칭하자면 이들은 농부로 불려야 한다.

사람들이 진실만 정확히 안다면 옳은 일을 할 거라는 생각은 그리 현실적이지 않다. 민주주의란 지식과 정보가 현명한 결정을 불러오며, 그 정보들을 더 많은 사람들에게 공유할 때 국가가 더 나은 방향으로 갈 수 있다는 전제를 바탕으로 하고 있다. 그럼에도 불구하고 오늘날 팩트에 반응하는 데는 교육을 받지 못한 사람들이나 학식 높은 사람들이나 다를 바 없다. 진보든 보수든 또는 그 중간 어디쯤이든, 신념에 반하는 팩트에는 귀를 막고 자신이 믿는 바를 지키기 위해 무엇이든 한다. 줄기 세포, 세제 개혁, 이라크 전쟁 등 개인이 주목하는 이슈를 주제로 한 여러 건의 연구에서 참가자들에게 정확한 정보를 제공하자 특이한 현상이 나타났다. 연구진이 참가자들의 믿음에 반하는 진짜 정보를 전달하자 사람들은 자신이 알고 있는 잘못된 정보를 더욱 신뢰하는 모습을 보인 것이다. 정보를 정정하는 것이 오히려 역효과를 낳았고, 잘못된 정보를 '바로잡는 데' 실패했다. 사람들이 자신의 신념을 해치는 정보를 거부하기 때문이었다.

사람들은 자신이 틀렸다는 것을 인정하고 싶어 하지 않는다. 방어 기제다. 잘못된 정보를 믿었음을 확인하는 것은 두려운 일이다. 때문에 기존의 신념을 더욱 고수하고 팩트를 묵살해 이 문제를 해결한다. 자신을 불편한 상황으로 몰아넣을 팩트를 외면하기 위해 상당한 노력을 기울이기까지 한다. 우리는 자신의 신념을 뒷받침하는 정보를 찾아 읽는다. 우리는 무수한 오해를 한다. 오바마의 출생증명서가 사실을 명시하고 있음에도 그가 미국 태생이 아니라고 믿는 것처럼 말이다. 오바마라는 이름의 남성이 대통령이 되는 것이 마음에 들지 않는다면 팩트를 어떻게든 무시하고, 해당 출생증명서가 위조된 서류라고 말하며, 같은 의견을 가진 수많은 사람들과 온라인에서 어울린다. 이론상으로는 무엇이든 가짜가 될 수 있고 디지털 조작으로 무엇이든 가짜처럼 보이게 만들 수 있는 만큼, 결국 각자가 믿는 나름의 진실을 계속 고수해나가는 것이다.

우리가 명백한 진실을 거부하면서도 어떻게 수렵인에서 채집인으로, 이후 컴퓨터와 로봇을 개발해내는 존재로 엄청난 진화를 거듭했을까? 과학자들은 사실의 진위여부를 따지지 않는 성향이 우리에게 이점으로 작용했고 여기에는 진화적인 목적도 있다고 말한다. 《지식의 착각The Knowledge Illusion》에서 필립 페른백Philip Fernback 과 스티븐 슬로먼Steven Sloman은 모든 사람들은, 아니 대부분의 사람들은, 개별적으로는 거의 아는 바가 없다고 지적했다. 살아가는 내내 타인의 지식에 의존한다는 것이다. 내가 기후 과학에 대해 아무것도 모른다 해도 지구가 위험한 상황이라고 깨닫는 데는 문제가 없다. 내가 신뢰하는 이들이 수집하거나 전달하는 정보를 믿기 때문이다.

이러한 정보 공유 과정은 효율적이다. 그것이 사실이든, 거짓이든, 타인의 정보를 받아들이는 것으로 내 시간을 아낄 수 있다. 이렇게 서로가 가장 자신 있는 분야를 각자 맡는다면 사회 전체가 발전해나갈 수 있다. 그뿐 아니라 우리는 천성적으로 약간은 게으르게 타고났고, 가능하면 적은 정보를 바탕으로 의사 결정을 내리고 싶어 한다. 대부분의 사람들은 파고 파헤치며 더 깊이 파고드는 것도, 여기저기 묻고 다니는 것도, 많은 양의 글을 읽는 것도 싫어한다. 우리는 이보다 훨씬 간단한 방법을 원한다. 쉬운 답을 원하고, 이 답이 왜곡된 사실을 바탕으로 얻어졌다 해도 크게 관여치 않는다.

연구의 타당성을 확인하거나, 직접 증거를 꼼꼼히 따지는 것을 거부하는 성향으로 인해 위험한 결과가 뒤따르기도 한다. 자녀에게 홍역과 같은 백신을 접종시키지 않기로 결정하는 것처럼 말이다. 병균을 몸에 주입한다는 백신의 원리는 사실 두려울 만하다. 치명적인 병균이지만 약간만 주입하니 괜찮다고? 드물지만 백신에는 부작용이 따른다. 백신 부작용에 대한 두려움은 1800년대 영국과 미국에서 처음 천연두를 예방하기 위해 우두 접종이 시작될 때로 그 기원이 거슬러 올라간다. 하지만 종두법이 아니었다면 당시 천연두는 근절되지 않았을 것이다.

가짜 통계가 뇌리에 깊이 남는 데는 우리의 생물학적 특성이 기인한 탓도 있다. 무언가를 자주 접할수록 그것이 사실일 수도 있다는 믿음 또한 커진다. 이렇게 탄생한 잘못된 믿음이 전 세계에 영향을 미치기도 한다. 테러리즘에 대한 공포 덕분에 미국은 중동에서 벌어진 전쟁에 2조 달러 이상을 쏟아부어야만 했다. 하지만 9월 11일 미국을 공격한 테러리스트 대다수의 본국인 사우디아라비아에는 아무런 조치도 취하지 않았다. 미국은 액션을 취하고 싶었던 것이었다. 정서적 위안을 위해서 말이다. 하지만 동맹국을 공격할 수 없었기 때문에 다른 곳을 공격 대상으로 삼아야 했고, 팩트 따위는 아무 상관도 없었다.

미국인들은 자동차 사고로 사망할 확률이 현저히 높음에도 자동차보다 테러리즘을 훨씬 두려워한다. 나 또한 9.11 테러 이후 큰 불안감에 시달렸다. 지하철을 탈 때도 긴장했다. 뉴욕이 또 한 번 공격당할까 봐 두려웠다. 비이성적인 공포가 아니었다. 공격을 당한 적이 있기 때문에 더 많은 테러가 발생할까 봐 두려워하는 것은 당연했다. 하지만 사회 전반에 퍼져 있는 공포로 인해 공격을 가한 대상에 대한 팩트 따위는 더는 중요치 않아졌고, 끝없이 이어지는 전쟁터에 군사를 파견시키며 준군사적인 사회로 변모했다.

이슈를 좇아 비정상적인 일들에 초점을 맞추는 정치인들과 미디어의 부채질로 인해 사람들의 그릇된 두려움이 더욱 심화된다. 그 결과 우리는 흔히 벌어지지 않을 일을 실제 위험에 비해 지나치게 우려한다. 한번 겁을 먹으면 두려운 생각이 자꾸 떠오르기 마련이다. 무서운 일을 접하고 나면 우리의 동물적이고 감정적인 두뇌는 그 일이 벌어질 가능성을 과장한다. 공포가 기억에 깊이 각인된 탓에 흔치 않은 위험이 닥칠 가능성은 과대평가하고 일상적인 위험은 과소평가한다.

어떤 일을 반복적으로 듣다 보면 뇌리에 깊이 새겨진다. 한번 각인된 생각은 쉽게 떨쳐지지 않는다. 캘리포니아대학교 버클리 캠퍼스의 언어학자인 조지 레이코프$^{George\ Lakoff}$는 무언가 반복될 때마다 같은 신경 회로가 활성화되고, 신경 회로가 활성화될수록 점점 더 강화된다고 설명했다. 공포와 반복을 결합시켜 두뇌에서 두 가지 단어가 동시에 연상되도록 만들 수 있는데 이렇게 한번 짝을 이룬 단어의 고리를 끊어내기가 쉽지 않다. '사기꾼 힐러리$^{Crooked\ Hillary}$'나 '과격 이슬람 테러리스트$^{radical\ Islamic\ terrorists}$' 같은 식으로 말이다. 몇 개의 잘못된 사실을 결합해 퍼뜨릴 생각을 한 사람은 상당히 영리한 자다. 이렇게 형성된 관점은 강력한 신경 회로를 통해 두뇌에 전달되고, 잘못된 데이터를 바탕으로 만들어졌다는 증거를 내밀어도 쉽사리 변하지 않기 때문이다.

팩트가 아무런 힘도 발휘하지 못한다는 생각에 심란해졌는가? 만약 그렇다면 조금만 기다려주길 바란다. 아마추어이든 프로든 직접 나서서 사실을 밝히고 진실의 효과를 입증하는 사례가 셀 수 없이 많다. 때로는 '진짜' 팩트가 우리의 두뇌에 깊이 새겨지고, 때로는 '진짜' 팩트가 잘못된 사실을 밀어내기도 한다. 팩트가 허구를 이긴 사례 가운데 내가 가장 좋아하는 이야기는 캔자스

주 피츠버그 시 고등학생들이 새로 부임한 교장의 학력과 이력을 파헤친 사연이다. 학생들은 교장이 석·박사를 수료한 사립대학이 알고 보니 학위를 돈으로 살 수 있는 곳이라는 사실을 밝혔다. 학생들은 이를 언론에 알렸고, 교장은 사임했다. 반박의 여지가 없는 팩트를 제시했고, 아이들의 노력이 결실을 맺었다.

인상적이고 설득력 높은 글을 쓰기 위해서는 놀라운 팩트를 찾으려는 노력을 기울여야 한다. 《패스트 컴퍼니Fast Company》(미국 경제 전문 월간지―옮긴이)가 가장 부유한 상위 1퍼센트 사람들이 전 세계 부의 절반 이상을 차지한다는 짧은 기사 하나로 화제가 되었듯이, 간단한 팩트 하나만으로도 사람들을 깜짝 놀라게 하고 많은 독자를 불러올 수 있다.

또한 팩트는 행동에 변화를 불러오기도 한다. 지난 40년간 수백만 명이 운동과 금연을 시작했다. 수백만 명이 신선한 채소를 먹기 시작했고 설탕이 첨가된 음료를 줄이기 시작했다. 많은 사람들의 설탕 섭취 주범으로 꼽혔던 청량음료가 십수 년 전부터 인기가 점차 떨어지기 시작한 것은 사람들 사이에서 정확한 정보가 제대로 퍼져 나가고 있다는 방증이다.

팩트는 사람들의 행동을 변화시키지만, 보통은 팩트 단독의 힘으로는 가능한 일이 아니다. 또래 집단의 사회적 압력, 사회적 규범, 감정적 호소가 더해져야 한다. 사람들은 무엇을 마시는지가 자신이 속한 집단을 대표하고 자신의 가치를 표현한다고 여긴다.

때문에 이제는 플라스틱 병에 담긴 콜라를 들고 다니는 대신 BPA 프리(비스페놀A가 없는 플라스틱 제품으로 환경 호르몬이 검출되지 않는다—옮긴이) 물통을 선택한다. 나는 어렸을 때 다이어트 음료를 마셨지만 이제는 생각조차 하지 않는다. 인공 감미료가 건강에 좋지 않다고 생각하기 때문이다. 나와 생각이 다른 사람들도 있겠지만, 인공 감미료가 몸에 나쁘다는 것이 내가 믿는 팩트이자, 내 행동을 변화시킨 팩트다.

놀라운 팩트는 의견을 변화시키기도 한다. 그 팩트를 접하는 사람에게 정말 놀랍고 충격적인 이야기라면 말이다. 미국 중간선거를 앞두고 이민자 권리에 대한 공방이 치열해지던 2018년, 데비 웨인가튼$^{Debbie\ Weingarten}$의 어린 자녀들이 미국 정부로부터 여권 발급을 거부당한 사연이 〈뉴욕타임스〉 기명 칼럼으로 소개되었다. 그녀는 애리조나 주의 집에서 산파를 불러 아이들을 출산했다고 전했다. 산파를 통한 출생이 멕시코 출생자들의 서류를 위조하려는 구실이라고 우려한 정부는 부부가 아이들의 시민권을 입증할 증거를 제출한 후에야 여권을 보냈다.

산파의 손에 출생한 시민에게 이런 식의 차별이 있다는 이야기를 처음 접한 나는 상당한 충격을 받았다.

멕시코 국경에 인접한 주의 경우 출생증명서에 가정에서 산파의 손에 태어났다고 기재되었다는 이유로 정부로부터 여권 발급을 거부당한 아이들이 수천 명이라고 그녀는 적었다. 아이들의 성^姓이 히스패닉계가 아니었더라도 여권 발급이 거부되었을까?

전에 이 문제를 다룬 기사가 있었을 수도 있고, 어쩌면 벌써 수십 번은 다루어졌을지도 모른다. 하지만 나는 처음 듣는 이야기였다. 이 새로운 정보가 장차 내게 어떤 영향을 미칠지는 나도 잘 모르겠다. 그러나 어떠한 팩트가 뇌리에 새겨진 후 수십 년 동안이나 행동에 영향을 미칠 때도 있다. 내 에디터 친구 가운데 한 명은 오래전 《뉴요커》에 실린 마이클 킨슬리^{Mizhael Kinsley}의 글을 아직도 기억하고 있었다. 여론 조사에 대한 그의 생각을 완전히 바꿔놓은 글이었다. 킨슬리는 미국이 대외 원조에 쓰는 비용이 너무 많은지, 너무 적은지, 적당한지 사람들을 대상으로 진행한 여론 조사에 관해 글을 썼다. 이 조사에서는 응답자들에게 정부가 대외 원조에 얼마나 지출한다고 예상하는지도 물었다. 대부분의 사람들은 실제보다 훨씬 높은 금액을 예상했다. 이 기사를 통해 친구는 지적 수준을 검증하려는 것이 아닌 이상에야 전혀 모르는 주제를 질문하는 것은 별 가치가 없다는 사실을 깨달았다. 이후부터 누가 여론 조사를 기사에 실으면 좋을 것 같다고 제안할 때마다 친구는 설문 대상자가 무지한 상태에서 응답을 해야 하는 주제는 아닐지 깊이 생각한다. 만약 그렇다는 판단이 들 때면 그는 여론 조사를 반대했다. 사람들이 전혀 모르는 주제를 도대체 왜 물어야 하는가?

조사를 통해 독자들의 입에서 "와, 흥미로운데"라는 소리가 나올 정도로 놀랄 만한 팩트를 찾아낸다면 당신의 글도 위의 사례처럼 사람들에게 영향을 미칠 수 있다. 단순히 미국의 정치인들이 본인의 행동에 책임을 졌으면 좋겠다고 적어서는 안 된다. 깊이 조사해야 한다. 대안이 될 법한 타국의 흥미로운 사례를 더하는 것이다. 이를테면 싱가포르의 정치인들은 경제적 성과에 따라 보너스 지급 여부가 결정된다는 이야기 같은 것 말이다.

　다양한 관점에 따른 팩트를 조사해야 한다. 당신의 주장과 반대되는 의견을 조사하다 보면 해당 의견을 뒷받침하는 논리에 어느새 정통해질 것이다. 그러고 나면 논리에 허점이 보일 것이다. 팩트가 중요해지는 지점이다. 반대편의 근거에서 가느다란 틈을 발견할 수 있을 것이다. 학생들이 어떻게 토론을 준비하는지 생각해보면 된다. 학생들은 특정 주제에 대해 양측의 주장을 모두 공부한 뒤 자신의 입장을 정한다. 시리아에 주둔하는 미군 병력을 증강해야 하는지에 관한 토론을 준비한다고 가정해보자. 해당 주제에 따른 찬반이 있을 테니 의견을 준비하기 위해서는 양측 입장을 모두 파악해야 한다. 하지만 반대되는 의견을 충분히 이해하고 있다고 착각해선 안 된다. 아마도 그렇지 못했을 것이다.

　양측 의견을 모두 숙지했다면, 상대에게 감정적인 영향력을 발휘하면서도 사실에 근거한 당신만의 주장을 펼친다. 근거가 훌륭하다면 자신의 의견을 주장하는 동시에 상대방에게 반박하기가 한결 쉬워진다. 상대측의 잘못된 발언을 반복하는 화법을 써서는 안 된다. 당신이 상대의 말을 반복하면 관심을 받는 것도, 청중들에게 인상을 남기는 것도 상대측이다. 따라서 다른 언어로 주장을 새롭게 표현해야 한다.

　팩트에도 한계는 있지만 그럼에도 당신의 팩트는 반드시 옳아야 한다. 트럼프를 보며 거짓말을 해도 어물쩍 '모면'할 수 있다고 생각하는 사람들이 많다. 하지만 그는 자신과 이미 뜻을 함께한 사람들만을 설득하고 있다. 그의 거짓말을 깨달은 사람들은 이후 그에게 더욱 비판적이 되고, 어떤 일에도 신뢰를 보이지 않는다. 당신이 잘못된 팩트를 제시하면 해당 주제에 대해 잘 알고 있는 독자를 잃을 수 있다. 이를테면, 미국 초등학생들 절반 이상이 학년 수준보다 낮은 글을 읽는다고 주장했는데, 교육계에 종사해 실제 수치는 절반이 아니라 3분의 1에 가깝다는 팩트를 아는 독자가 이 글을 접했다면 어쩌면 큰 영향력을 지녔을지도 모를 소중한 독자 한 명을 그 순간 바로 잃는 것이다. 이 오류 때문에 해당 독자는 앞으로 당신이 하는 말은 무엇이든 믿지 않을 것이다.

　〈뉴욕타임스〉의 Op-Ed 수장으로서 가장 중요한 업무 가운데 하나는 사실관계가 명확한지 확인하는 것이었다. 같은 팩트를 두고 양측이 다른 결론을 도출하는 모습을 볼 때마다 놀라웠다. 보수와 진보는 같은 팩트를 바탕으로 양립되는 주장을 펼쳤다. 문제가 될 것은 없다. 팩트가 달라지는 것이 아니라 팩트를 바라보는 관점이 다를 뿐이었다.

저널리즘에 몸담은 세월 동안 내가 가장 아꼈던 사람 가운데 몇몇은 바로 팩트 체커였다. 이 가운데 대부분이 소설을 쓰거나 에디터가 되었지만, 이들이 팩트 체커로 활동할 당시 정확한 팩트를 담기 위해 철저한 검증을 거쳤고 단어 하나하나를 엄격하게 검토했다. 팩트 체커들이 단어를 검사하는 관점은 조금 색다르다. 보통 이들은 문장이 어떻게 읽히는지에는 크게 신경 쓰지 않았다. 대신 의미와 정확성에 집착했다. 〈뉴욕타임스〉에서 상근 팩트 체커의 도움을 가장 많이 받는 부서는 매거진과 Op-Ed였다. 이 두 곳이 외부 집필진이 많은 부서이기 때문이다.

당신의 글쓰기에 팩트 체커들이 쓰는 방법을 활용하면 도움이 될 것이다. 글에서 정확하게 확인하고 싶은 단어나 구절에 밑줄을 긋거나 체크 표시를 한다. 그렇게 하면 나중에 놓칠 일이 없다. 인명을 기입하며 스펠링을 몇 번이나 확인했음에도 다시 보면 틀린 경우가 얼마나 많은지 깜짝 놀라게 될 것이다.

실수를 최소화해야 신뢰도를 높일 수 있다. 수많은 연구에서 사람들이 팩트를 제대로 수용하지 않는다는 것이 거듭 밝혀졌음에도 실수를 줄여야 한다는 조언이 이상하게 들리리라는 것을 잘 안다. 하지만 사람들은 어찌 되었거나 사실과 다른 잘못된 정보를 보면 무척이나 거슬려 한다.

팩트를 잘 활용하는 방법 가운데 하나는 팩트를 존중하는 것이다. 틀릴 확률이 높은 누군가의 말을 주장의 근거로 삼아선 안 된다. 구미에 맞는 근거만을 골라도 안 된다. 독자 가운데 누군가 알아챌 가능성을 항상 염두에 두어야 한다. 불분명한 출처와 거짓 말과 미심쩍은 주장들이 널리 퍼져 있는 인터넷 환경에서 팩트를 확인하기가 제법 까다로울 수도 있다. 아래의 가이드라인은 내가 Op-Ed에 몸담을 당시 팩트 체킹 에디터로 일했던 케빈 맥카시 Kevin McCarthy와 기타 다네슈주Gita Daneshjoo가 작성한 리스트와 예시 일 부를 바탕으로 만든 것이다.

조사와 팩트 체킹에 유용한 팁

항상 믿을 만한 출처를 찾는다. 누구나 비교적 확인하기가 쉬운 단 순한 허위정보에 한 번쯤 속아 넘어간 적이 있을 것이다. 위키피 디아가 자료 검색을 시작하기에 나름 괜찮은 점도 있고, 해당 페 이지의 각주를 출발점으로 활용하기에도 좋지만 〈뉴욕타임스〉에 서는 신뢰할 만한 출처로 고려조차 하지 않는다. 아래 〈뉴욕타임 스〉 기사에 실린 사소한 오류를 정정하는 보도문 가운데 재밌는 글을 실었다.

정정: 월요일 자 Op-Ed 에세이에서 대머리 독수리와 물수리를 잘

못 묘사했습니다. 두 조류는 물고기를 먹이로 삼고 변이 하얀색이지
만, 베리류는 먹이로 하지 않고 자주색 변을 배설하지 않습니다(아
메리칸 로빈, 유라시아 찌르레기, 여기여새가 이에 해당합니다).

중요한 팩트는 단 한 곳이 아닌 여러 출처를 참고한다. 여러 곳
에서 사실로 확인되었다고 해서 반드시 사실이라고 볼 수는 없지
만, 그래도 여러 곳에서 해당 정보가 확인되고 모든 출처가 비교
적 신뢰할 만하다면 사실일 확률이 무척 높다.

정정: 일요일 자 Op-Ed에 실린 애리조나 주와 이민에 대한 에세이
에서 하벌리나^{javelina}를 돼지로 잘못 전했습니다. 하벌리나는 페커리
에 속합니다.

오자, 숫자, 수학적 오류를 주의한다. 숫자가 주장에 큰 역할을
할 때 특히나 중요하다. 숫자에서 실수가 발견된다면 원고를 감수
하는 교수나 에디터가 당신을 무척이나 한심하게 여길 것이다. 한
가지 주장에 여러 사례를 뒤섞어 쓰는 것 또한 주의해야 한다. 그
렇지 않다면 〈뉴욕타임스〉에 실린 아래 기사처럼 몇 가지 오류가
동시에 나올 위험이 있다.

최근 필자가 (델타항공사의) 뉴욕에서 마이애미행 이코노미 클래스

를 타고 직접 확인한 바, 기내에서 나온 음식은 루나바(시리얼바의 일종—옮긴이)도, (제트블루 멕시코행 비행기에서 나왔던) 블루 포테이토 칩과 팝콘도 아닌 크랜베리아몬드바였습니다. 덧붙여, 승무원이 퍼스트와 비즈니스 클래스 고객에게 기내용품 키트를 나눠주던 이야기는 마이애미행 비행기가 아닌 아메리칸 에어라인의 대서양 횡단 노선 비행기 안이었습니다.

블로그를 피하고, 학술 연구자료와 객관적인 연구기관의 정부 보고서를 최대한 참고하는 것이 좋다. 검색 첫 번째 페이지에 등장하는 사이트가 아닌, 전문 기관을 찾는 것이 좋다. 저널리스트들은 보통 유료로 렉시스넥시스^{LexisNexis}(문서 검색 데이터베이스—옮긴이)를 사용하지만, 구글 학술 검색은 누구나 활용할 수 있다. 이 두 사이트에서는 일반 검색 엔진과 상당히 다른 결과를 보여준다. 구글에서 "설득과 타인의 마음을 바꾸는 가장 좋은 방법"을 입력하면, 제일 상단에 있는 검색 결과 두 개는 〈워싱턴포스트〉와《사이콜로지 투데이$^{Psychology \; Today}$》다. 유용한 자료인 것은 맞지만 구글 학술 검색은 전혀 다른 세계를 들여다보고 하워드 가드너$^{Howard \; Gardner}$의 책에서 발췌한 문장과《소비자 조사 저널$^{Journal \; of \; Consumer \; Reseach}$》 등 학술지에 실린 글을 띄운다. 구글 북스도 빼놓을 수 없는데, 여기서는 당신이 찾는 주제와 관련 있는 도서 일부를 볼 수 있다.

학술 논문에서 흥미로운 팩트를 발견했다면 요약만 읽지 말고 전문을 읽어야 한다. 또는 저자를 인터뷰하는 것도 좋다. 이렇게 해야 연구의 중요한 내용과 당신이 하고자 하는 주장의 근거를 잘못 해석하는 일을 막을 수 있다.

정정: 5월 13일 자 윤리와 자본주의에 대한 오피니언 에세이에서 조직 내 정신질환을 주제로 한 2010년 연구 결과를 잘못 전달했습니다. 위 연구에서는 203명의 직장인 표본 가운데 4퍼센트가 임상적으로 사이코패스로 분류될 수 있는 문턱값에 해당된다고 밝혔고, 월스트리트에서 일하는 10퍼센트가 임상적 진단을 받은 사이코패스라고 명시하지 않았습니다. 또한《행동 과학과 법칙Behavioral Sciences and the Law》학술지에 실린 위의 연구는 대표 표본을 대상으로 진행한 것이 아니었습니다. 논문 저자들은 4퍼센트라는 수치가 기업 매니저와 경영진 전체로 일반화될 수 없다고 밝혔습니다.

누구든 경제석 이익 관계에 놓여 있나면 의심해야 한다.

도무지 사실이 아닌 것 같다면 의심해야 한다.

당신과 다른 의견의 허점을 파헤치는 것이 아니라, 당신이 믿고 있는 팩트에 공격적이리만치 의심을 품어야 한다. 자신이 이미 동의하는 내용을 옳다고 믿을 확률이 높다. 따라서 당신과 의견이 같은 사람을 믿고자 하는 마음을 경계하고, 다양한 출처에서 팩트를 구해야 한다.

당신의 글을 생동감 넘치게 만들어줄 스토리를 활용하되, 하나의 사실을 일반화하는 실수를 저질러서는 안 된다. 예를 들자면, 병원 앞에서 시위하는 사람들 때문에 낙태 수술을 받지 못한 여성에 대한 이야기를 들었다고 해보자. 하지만 한 사람의 이야기는 그저 하나의 팩트일 뿐이다. 다수를 대상으로 진행되어 동료 평가를 거친 연구에서 데이터를 취하는 것이 가장 이상적이다. 해당 분야 전문가들의 의견에서 공통적으로 일치한 내용이 무엇인지 살핀다. 전문가 대다수의 의견이 같다면 그 팩트는 문제가 없다고 볼 수 있다.

인간은 모순적이라는 것을 명심하길 바란다. 정확성이 의심되는 이야기를 공유하길 좋아하면서도 누군가 틀렸을 때 오류를 잡아내는 것 또한 좋아한다. 그러니 자신의 주장으로 누군가를 설득하고자 한다면 헤드라인을 포함해 모든 글에 주의를 기울여야 한다. 정확성에 그리 신경을 쓰지 않는 사람들도 분명 있지만, 사실을 왜곡하고 사람들에게 교묘하게 잘못된 정보를 전달할 때 평판이 훼손되는 것만은 분명하다. 따라서 팩트를 전달하는 입장에서는 독자의 오해를 불러일으키는 헤드라인을 삼가고, 사람들의 클릭을 유도하는 문구를 쓰고 싶은 그 당연한 충동을 억눌러야 한다. 속았다는 기분을 반기는 사람은 없다. 사소한 선의의 거짓말이라도 결과적으로는 그리 실익이 없다.

팩트는 영향력이 있지만, 그 영향력이 너무 뒤늦게 힘을 발휘할 때가 많다. 사실이 아니라고 밝혀진 후에도 미국인들은 이라크가 대량 살상 무기를 보유했다고 믿었다. 이들은 자국의 대통령을 믿고 싶었다. 시간이 흐른 후 미국인들 사이에서 이라크의 무기 보유가 거짓 정보라는 의심이 생겨나기 시작했지만, 그럼에도 자국 병력을 이라크에 주둔하는 것을 정당화하는 다른 이유를 찾거나 또는 그저 무작정 전쟁을 반대하는 식이었다.

어떤 주장이 지닌 감정적 영향력이 사라지기 시작하면 비로소 사람들은 다른 관점에 조금씩 마음을 열기 시작한다. 하지만 시간이 필요한 과정이다. 어찌되었건 당신은 열정과 힘, 그리고 누구도 이의를 제기할 수 없는 팩트를 담은 글을 쓰기 위해 노력해야 한다.

14

쉽고 간결하되
구체적으로

,

로마의 웅변가이자 정치인인 키케로Cicero의 글을 읽다가 그의 글이 얼마나 아름답고 명료한지 새삼 깨달았다. 예시를 들자면 많지만, 통찰력이 가득해 읽고 또 읽어도 시간이 아깝지 않은 한 구절만 발췌해 아래 실었다.

인류가 세기를 거듭하며 반복하는 여섯 가지 실수가 있다. 타인을 짓밟는 것으로 자신의 이득을 취할 수 있다는 믿음, 변할 수도 고칠 수도 없는 일을 걱정하는 태도, 성취할 수 없으므로 어떤 일이 불가능하다는 주장, 사소한 일에 기우는 마음을 다잡지 않는 것, 정신을 발전시키고 개선하지 않는 것, 자신이 믿는 바와 사는 방식을 타인에게 강요하는 것이다.

이해하기 어려운 복잡한 문장으로 글을 쓰는 것은 옛날 사람들이 아니라 사실 요즘 사람들이다. 키케로가 한 문단에 담아낸 이야기를 100페이지에 걸쳐 글로 쓴 철학자들도 있다. 간결한 문장은 단순해 보인다. 쉬워 보인다. 요즘 사람들은 아는 것이 너무나도 많고, 독자들에게 자신의 지식을 과시하려 든다는 생각을 할 때가 있다. 하지만 이런 식의 글쓰기는 독자의 관심을 끌기보다는 외면당하기 일쑤다.

사람들이 짧은 문장을 피하는 이유가 여기에 있는지도 모른다. 문장이 간단하면 열심히 노력하지 않은 것처럼 보일까 봐 또는 생각이 깊어 보이지 않을까 봐 우려되는 것이다. 하지만 잘못된 생각이다. 간소한 문장을 만들어내는 것은 어려운 일이다. 아이디어가 명확해야만 가능한 일이다. 복잡한 문장은 곧 필자가 설명을 제대로 할 만큼 이해하지 못했다는 방증이기도 하다. 또는 긴 단어들로 구성된 문장을 써야 자신이 똑똑해 보인다고 믿는 것일 수도 있다. 대니얼 오펜하이머Daniel Oppenheimer 교수는 〈불필요하게 박식한 언어 사용이 초래하는 결과Consequences of Erudite Vernacular Utilized Irrespective of Necessity〉라는 글에서 어려운 문장을 쓰는 것이 얼마나 잘못된 일인지 지적했다.

대부분의 글이 너무도 장황하다. 대부분의 기사가 너무도 길다. 사람들이 어느 정도 분량의 글을 읽으려 하는지, 얼마나 집중력을 발휘할 수 있는지 우리 같은 언론 기관에서 정확한 답을 찾아래는 장황한 글의 예시다(뉴욕에 본사를 둔 디지털 마케팅 기업 롱넥 & 썬 더풋에 투고했으나 미출판된 프리랜서 작가의 원고다).

캘리포니아 주 북부에서 시작한 작은 불씨가 예측할 수 없는 방향으로 번지며 거대한 화마가 되었다. 큰 번개가 친 후 벌어진 끔찍한 참사로 구호 물품 전달에 큰 혼란이 초래되었지만 ○○과 같은 기업이 앞장서서 복구에 나서 현장의 효율적인 지휘 계통을 확보하는 데 힘쓰고 있다. 화물선과 트럭, 수송기로 재난 지역에 음식과 물을 수송하는 한편, 혼란을 진정시키고 물품을 둘러싼 불화가 발생하지 않도록 배급소가 차려졌다. 이에 그치지 않고 ○○기업은 화재 피해를 입은 각 개인의 요구에 따라 필요한 것을 파악하고 가족들에게 의료 물품을 제공했다.

아래는 간략하게 줄인 원고다.

작은 불길이 순식간에 번져 통제 불능 상황에 휩싸인 캘리포니아 주에는 현재 사람들이 필요한 때 필요한 곳에서 필요한 도움을 받기가 어려운 처지다. ○○ 소프트웨어는 효율적인 커뮤니케이션 시스템을 확립해 필요한 도움이 제때 전해질 수 있도록 힘쓰고 있다.

아내지 못한 채 하나같이 헤매고 있는 탓이다. 〈뉴욕타임스〉에서는 이에 관한 대화가 수십 년 동안 지속되었다. 기사의 분량을 어떻게 정해야 할지에 관해 커다란 문제가 하나 있다. 바로 기사에 따라 그때그때 다르다는 것이다. 과연 독자를 얼마나 잡아둘 수 있을까? 독자가 지루함을 느끼기 전까지다. 독자는 때로는 첫 문장이 끝나기도 전에 지루해하기도 한다. 어쩔 때는 3,000단어를 읽고도 더 읽고 싶어 하기도 한다. 독자를 얼마나 사로잡는지가 관건이다. 사랑, 전쟁, 섹스, 갈등, 비극처럼 사람들의 관심을 사로잡는 전형적인 요소를 내포한 스토리를 전달하는 것이 아니라면 글은 짧고 간결하게 쓰는 것이 좋다. 문장에 필요하고, 아이디어를 진행시키는 역할을 수행하는 단어들로만 채워야 한다.

교정 교열을 볼 때 원고에서 흔히 발견하는 네 가지 실수가 있다.

- 짧은 글 안에서 너무 많은 이야기를 하려다 보니 너무 일반적이고 광범위한 글이 탄생한다. 너무 포괄적인 나머지 정작 텅 빈 글이 되고 만다. 따라서 한두 가지 중요한 주제에 집중하고 요점을 빨리 꺼내는 것이 좋다.
- 일반론적인 수준의 글로 독자를 멍하게 만든다. 구체적으로 명시하는 것이 좋다. 상세한 이야기나 사례를 더해야 한다.
- 따라가기 어려운 복잡한 문장으로 글을 쓰거나 지지부진하게

계속 늘어지는 글을 쓴다. 불필요한 내용을 가지치기하듯 쳐 낸다!

- 마지막으로, 관련 업계 사람들이 아니고서야 알아듣기 어려운 전문 용어를 남발한다. 아무리 복잡한 아이디어라도 일반 독자들에게 명확하고 이해 가능한 수준으로 전달되어야 한다. 따라서 전문 용어를 들어내라.

독자의 주의 집중 시간은 짧은 편이다. 우리는 동시에 여러 개의 주제를 받아들일 수 없다. 하나씩 생각해볼 시간이나 여유 없이 많은 정보가 주어진다면 소화하는 데 어려움을 겪는다. 기명 칼럼에서는 하나 또는 두 개의 이야기를 파고드는 것이 좋다. 무척 중요하게 생각하고 있는 주제라면, 가령 재생 에너지의 수익성을 높이는 법에 대해서라면, 폭넓은 지식을 모두 담으려는 욕심에 지나치게 포괄적인 글이 탄생할 수 있다. 하지만 누군가를 설득하고자 한다면, 캘리포니아 주에서는 에너지의 30퍼센트를 이미 재생 에너지로 충당하고 있다는 사례처럼 독자가 새로워할 만한 한 가지 이야기에만 집중하는 편이 효과적이다. 다른 지역의 비슷한 사례를 덧붙일 수도 있고, 아니면 다른 주에서는 행해지지 않고 캘리포니아 주가 독보적이라는 결론으로 글을 마무리하는 것이다.

지식은 핵심 요점 몇 가지를 뒷받침하는 토대로만 활용하는 것이 좋다. 얼마 전 국내 유력 언론사에 원고를 싣고자 했던 한 고객의 기명 칼럼을 수정한 일이 있었다. 내 눈에는 필자가 첫 번째 문단에 지나치게 많은 생각을 담는 바람에 그의 번뜩이는 주장에 이르기까지 너무 오래 걸리는 것처럼 느껴졌다. 바로 '구식' 미디어 기업들이 기업 간 담합으로 시장의 불공정을 가져오는 결과를 초래하지 않으면서도 함께 힘을 합쳐 소셜미디어 플랫폼에 정당한 요구를 해야 한다는 놀라운 주장이었다.

나는 그에게 본론을 빨리 꺼내는 편이 좋겠다고 충고했다. 첫 문단을 소셜미디어가 뉴스 콘텐츠로 광고 수익을 얻지만 막상 뉴스 콘텐츠를 제작하는 데 드는 비용은 감당하지 않는다는 점을 언급하는 것으로 수정하자 그가 말하고자 하는 핵심에 빨리 도달할 수 있었다.

다음으로, 구체적으로 글을 쓰는 것이 얼마나 중요한지 깨달아야 한다. 명확하고, 기억에 남을 이미지를 제시하는 것이 핵심이다. 세부 묘사와 상세한 이야기를 더할 때 독자들은 당신의 글을 체험할 수 있다. 버클리대학교를 다니며 미국연합통신에서 신참 비상근 통신원으로 일할 당시 뉴스를 취재하기 바빴다. 공중전화 부스로 달려가 어떤 일이 벌어지고 있는지 알리느라 정신이 없었고, 주로 경찰, 학생, 최루 가스에 대한 소식일 때가 많았다. 그러던 가운데 미국연합통신에서 버클리 시의회 소속 의원으로 갓 선임된 급진적인 인물 다미 베일리D'Army Bailey에 대한 피처 기사를 쓸 일이 있었다. 원고를 본 에디터는 내게 컬러를 좀 더 집어넣으라고 말했다. 뉴스 취재 일을 주로 했던 나는 에디터의 말이 무슨 의미인지 선뜻 이해가 가지 않았다. 그래서 리드 문장을 이렇게 수정했다. "버클리의 황록색 사무실에서…"에디터의 조언을 문자 그대로 이해하고 컬러를 넣었다. 형편없는 아이디어라고 볼 수는 없지만 아마도 에디터가 기대했던 방향은 아니었을 것이다.

트럼프의 백악관을 주제로 한 밥 우드워드의 신간을 읽고 〈뉴욕타임스〉의 비평가 드와이트 가너Dwight Garner가 쓴 리뷰는 상세한 묘사로 깊은 인상을 남겼다.

상황이 좋지 않다는 것은 이미 모두가 알고 있었다. 새벽 세 시에 유감스러운 소식을 전하려 집 현관문을 두드리는 경찰관처럼 우드워드가 우리 눈앞에 등장했다.

가너의 리뷰에 언급된 경찰관의 모습은 누구나 정서적으로 공감할 만한 경험을 불러일으키며 시각적으로 생생한 이미지를 생성했다.

2016년, 스물두 살의 나피사 로지Nafisa Rawji의 트윗은 간단한 문장에 디테일이 더해질 때 얼마나 큰 힘을 발휘하는지를 여실히 보여주며 큰 화제를 불러일으켰다. 그녀는 성관계와 합의에 대한 문제를 누구나 공감할 수 있는 개념에 빗대어 설명했다. 바로 돈과 도둑질이었다.

그녀의 트윗 몇 개를 아래 소개한다.

내게 5달러를 빌리고 싶을 때 내가 제대로 된 의사표현을 하기 어려울 정도로 취해 있다면 내 지갑에서 5달러를 꺼내가서는 안 됩니다.

내가 '당신'한테 5달러를 빌려주었다고 해서 '당신 친구'가 내 지갑에서 5달러를 꺼내가도 된다는 뜻은 아닙니다. "걔도 줬으면서 나는 왜 안 줘?"라고 해선 안 됩니다.

내 5달러를 훔쳤지만 내가 법정에서 입증할 수 없다고 해서 당신이 내 돈을 훔쳐가지 '않은 것은 아닙니다.' 또한 내가 5달러를 준 적이 있다고 해서 다음에도 5달러를 줄 거라는 뜻은 아닙니다.

"그 여자가 그 남자 무릎에 앉았고, 그의 집에도 직접 갔잖아"라고 생각한다면, 좋아요, 내가 당신에게 내 지갑을 들고 있으라고 해서 당신이 내 돈을 가져가도 된다는 소리로 들리나요?

로지는 지갑과 돈을 비유해 독자들에게 합의에 대한 문제를 새롭게 보도록 이끌었다. 만약 그녀가 합의하지 않은 성관계는 강간이라고 적었다면 그 글은 수많은 트윗 가운데 하나로 묻히고 말았을 것이다. 해당 상황을 구체적으로 묘사할 방법을 떠올린 덕분에 사람들의 이목을 사로잡았고, 적어도 몇몇은 합의에 대한 이슈를 달리 보도록 설득하는 데 성공했을 것이다.

또한 그녀는 단 몇 마디로 자신의 생각을 분명히 전달했다. 주제와 무관한 단어를 찾아볼 수 없다. 트위터의 글자 수 제한 때문이기도 하지만, 그녀는 필요 이상으로 긴 글을 적지 않았다.

어떤 포럼의 장이든 적당한 분량으로 글을 써야 한다. 미국으로 온 그리스 이주민의 역사에 대해 10쪽짜리 글을 써오라고 했다면 10쪽에 맞춰 써야 한다. 에디터가 브렉시트 이후 일어날 상황을 800단어 이하로 쓰라는 제안에 4,000단어짜리 글을 내밀며 "조금 길긴 하지만 적당히 편집해주시면 좋을 것 같아서요"라고 말해선 안 된다. 실제로 이런 일이 여러 차례 있었고, 누가 이렇게 부탁하며 원고를 보내면 나는 뭘 지우는지도 생각지 않고 가차 없이 '딜리트 키'를 눌러댄다. 누구나 정해진 분량에 맞춰 글을 써야 한다. 다시 말해 불필요한 부분을 가지치기해야 한다는 뜻이다. 사정없이 쳐내야 한다. 아무 쓸모없는 글을 읽으며 시간을 낭비하고 싶은 사람은 없다.

오해를 피하는 가장 좋은 방법은 대화체로 글을 쓰는 것이다. 독자를 한정시키는 전문 용어는 삼가야 한다. 사실 누구나 전문 용어를 쓴다. 다만 자신이 속한 집단이 쓰는 언어인지라 스스로 전문 용어를 쓰고 있다는 사실을 깨닫지 못하는 사람이 대부분이다. 상

아래는 불필요한 내용을 덜어내야 할 글의 예시다.

어제 열린 발표에서 기업은 과자 사업을 확장해 수익을 극대화하고
자 직원 100명을 해고할 예정이라고 밝혔다. 기업은 과거에 비해
수익성이 낮아진 음료 사업 분야를 축소해나가고 있다.

교정 후의 글이다

기업은 수익성이 낮은 음료 사업보다 과자 사업에 주력하고자 직원
100명을 해고할 것으로 밝혔다.

대방의 얼굴에 어리둥절한 표정이 떠오른 것을 본 후에야 자신이
업계 내부에서만 통용되는 표현을 썼다는 것을 깨닫게 된다.
〈월스트리트저널〉을 떠나 〈뉴욕타임스〉에서 푸드 섹션 기자
로 일할 당시 새롭게 접하는 몇몇 용어에 얼떨떨해하며 같은 업계
여도 회사마다 이렇게 다르다는 것에 좀 놀라기도 했다. 〈뉴욕타
임스〉 본사가 있는 웨스트 43번가에 입성하던 첫날, 스타일 부서
가 있는 4층 책상으로 안내받은 나는 지금은 사라진 리빙 섹션에
실릴 그 주의 커버스토리 아이디어를 생각해보라는 지시와 함께

법률 서류에도 쉬운 언어를 쓰자는 움직임이 있었음에도 여전히 장벽이 높다. 대다수의 사람들은 보증서나 보험 증서는 물론 중요한 법률 서류도 읽어볼 엄두도 못 내고 던져놓는다. 우리 집 가스레인지 보증서를 보고 기계가 아니라 사람에게 전화를 걸어 도대체 무엇을 보증해준다는 말인지 물어봐야 하는 것은 아닌지 판단해주길 바란다.

이 보증서는 사용자의 부주의나 재해, 잘못된 사용법, 관리, 설치, 서비스나 수리로 인한 손상에 따른 부속품 교체 비용이나 인건비를 보증하지 않습니다. 일부 주에서는 부수적 손해나 간접 손해 등 보증서 약관에 따른 제한을 허용하지 않기 때문에 상기의 제한 또는 제외가 사용자에게 적용되지 않을 수 있습니다. 이 보증서를 통해 사용자는 특정한 법적 권한을 갖게 되고 주마다 다르게 적용되는 기타 권한 또한 보장받을 수 있습니다.

백필더backfielder(교정 교열보다 콘텐츠를 중점적으로 보는 에디터로, 기사의 게재 여부를 판단한다. 1950년대 〈뉴욕타임스〉의 국내·해외·도시 데스크, 최종 교열 데스크가 편집용 데스크를 라인으로 미식축구 포메이션의 백필드처럼 자리한 데서 유래했다―옮긴이)가 내 기사를 봐줄 거라는 이야기를 들었다.

백필더가 뭘까?

물어볼 수가 없었다. 멍청한 사람처럼 보이고 싶지 않은 탓이었다(멍청해 보일까 봐 두려운 마음 때문에 우리는 알아야 할 것을 배울 기회를 놓치는 일이 많다).

요즘 〈뉴욕타임스〉의 신입 기자들은 '백필더'라는 말 대신 '스트롱 에디터strong editor'란 용어를 듣는다. 이 단어를 듣자마자 이상하다는 생각과 함께 의아해지기 마련이다. 그럼 위크 에디터weak editor도 있는 걸까?

어느 업계나, 어느 기업이나, 어느 동네나, 심지어 가족들마다도 저마다 통용되는 화법과 의사소통을 간단하게 하는 줄임말이 있기 마련이다. 남편이 전화를 받아 "헤도Heddo(Hello의 속어─옮긴이)"라고 할 때는 분명 남편의 형제자매 가운데 하나와 통화하는 것이다. 사촌 한 명의 '헬로우' 발음을 놀리기 시작한 것이 이젠 동기간에서만 쓰는 은어로 자리 잡았다. 전문 용어와 줄임말은 대화에 재미를 더해주고, 집단의 정체성을 형성하는 역할을 한다. 같은 언어를 이해하는 사람들에게는 이런 용이를 사용하는 것이 문제가 되지 않는다.

〈월스트리트저널〉 기자였던 친구는 원자재 분야를 맡았을 때 얼마나 고생했는지 한 번씩 이야기한다. 전혀 모르는 새로운 업무를 맡아 뭘 준비할 새도 없이 애널리스트들에게 전화를 돌리며 의견을 구해야 했다. 애널리스트에게 코코아 시장이 '리미트 업limit ᵁᴾ'된 이유가 뭔지 묻자, 그는 "전부 다 숏커버링ᶜᵒᵛᵉʳⁱⁿᵍ ᵗʰᵉⁱʳ ˢʰᵒʳᵗˢ 중이니까요!"라고 답했다. 친구는 이내 흰색 사각 팬티를 입은 남자들이 앞다투어 속옷을 가리는 장면을 떠올렸다. 애널리스트가 무슨 이야기를 하는지 도통 알아들을 수가 없었다. 초보자가 '숏 커버링'이란 용어를 이해하기까지 수많은 질문이 오가야 했다.

비즈니스 세계를 잠식한 전문 용어는 너무도 활발하게 쓰이는 나머지 상투적인 표현이 되어버렸다. 실제로 회의 중에 한 남성 직원이 이렇게 말했다.

생각을 좀 정리한 다음 입장을 정하고 싶군요. 저희 쪽도 스킨 인 더 게임ˢᵏⁱⁿ ⁱⁿ ᵗʰᵉ ᵍᵃᵐᵉ(재정적으로 직접적인 영향 및 이해관계에 놓여 있다는 의미―옮긴이)인 상황이니까요.

와우.

업계 내부에서야 전문 용어가 효율적이지만 그곳을 벗어나 더 큰 세상에서는 혼란을 가중시킬 뿐이다. 이런 전문 용어를 쓰면 사람이 아니라 기계가 하는 말처럼 들린다. 쓰는 사람 입장에서는 자연스러운 말처럼 느껴질 것이다. 하지만 전혀 그렇지 않다. 과학 용어든, 금융 또는 마케팅 용어든 일상생활에서 쓰는 말이 아니다.

해석하기 너무 어려운 단어로 된 글을 애써가며 끝까지 읽을 이유가 없다. 금융계, 의료계, 정부에서는 의도적으로 불분명한 용어를 쓰는 듯 보인다. 은행 계좌, 대출 내역서, 주택 매도 서류, 보험 증권, 건강 보험 약관 등 이것들도 모두 어렵게 쓰여 있다. 서류 업무 처리가 복잡하고 혼란스러운 이유는 그래야만 하기 때문이 아니라, 변호사들을 위해서 또는 사악하게도 사람들이 본인의 권리와 의무를 쉽게 이해하지 못하도록 만들기 위해서다.

법률 용어 때문에 사람들은 집을 매수하거나 유언장을 작성하는 데 필요한 간단한 계약서 양식마저 변호사에게 의존하는 상황에 처한다. 사용자의 개인 정보 조항에 관해서 테크 기업들은 일사불란하게 서로를 따라 하기 시작했다. 당신의 개인 정보가 미처 예상하지 못한 곳에 사용되었다면 그건 아마도 개인 정보 동의서가 너무 난해한 탓에 벌어진 일일 것이다.

투고받은 오피니언 원고를 교열하면서 전문 용어를 너무 남발한 나머지 해당 업계 사람들만 이해할 만한 글을 자주 접했다. Op-Ed 에디터들은 서로 지식을 공유해 이런 용어를 해석하고, 해딩 원고를 넘겨둘 필요가 있을지 판단한다. 한 원고에 내해 어떤 에디터는 다음과 같은 피드백을 남겼다.

쉽게 고쳐 쓴 걸 봐야 판단할 수 있겠어요. "한편 세금 속성의 이전을 금지하는 세법에 따라 부동산 개발업자들은 배분받은 세금감면액을 매도할 수 없게 되었다" 같은 문장이요.

학술적인 글은 어려운 전문 용어에 시달릴 때가 많다. 아래 예시는 심리 치료사이자 시인으로 모방에 탁월한 재능을 보이는 앤드루 쿤$^{Andrew Kuhn}$의 작품이다. 해석을 하자면 아마도, 서로 다른 분야의 학자들 간 소통이 어렵다는 이야기 같다.

불평등의 문화적 영향을 분석하는 문제에 관해 특정 이미지와 비유전적 문화 요소에 대한 역사적 분포부터 수학, 기호학적 결합까지 얽혀 논쟁만 가속되고 있다. 한 가지 사례만 꼽자면, 프랑스에서 데칼라주^{decalage}라고 하는 지위와 재정적 안정성의 격차에 대한 집단의 민감도가 통계상 드러나는 격차와 반드시 일치하지 않는다. '팩트'의 사실성이 문제가 되고 있다. 같은 맥락에서 학자들은 근거의 영역을 서로 다른 렌즈 또는 시각으로 바라보고, 전문가들에게 내려진 바벨탑의 저주처럼 서로 다른 이야기를 하거나, 서로의 목소리가 닿지 않을 정도로 멀찍이 떨어지고, 서로 다른 컨퍼런스를 참여하고, 다른 학술지를 읽고, 다른 파티에 참석한다. 심지어 이른바 고등교육 기관이라고 불리는 곳에서 같이 수학을 한 학자들마저도 마찬가지다! 누가, 누구를 위해, 누구에게 이야기를 해야 하는가? 문화 유용과 맨스플레인, 어디서나 찾아볼 수 있는 실제적 또는 지각적 미묘한 차별은 다양한 관점의 유익한 공유를 더욱 저해한다. 이렇게 중요한 문제 또는 문제들에 대한 담론을 어떻게 시작할 것인가부터 문제가 되고 있다.

다음은 전문 용어를 사용하는 것에 관한 또 다른 예시다. 연방 정부에서는 쉬운 언어로 정보를 제공하는 유용한 사이트를 운영하고 있다. 아래는 정부의 장황한 언어를 수정하기 '전' 글이다.

> 주 정부에서 개인의 잘못이나 사칭으로 지급받을 권한이 없는 돈을 받은 사실을 포착한 경우, 개인은 지급 권한이 없는 돈의 전액을 주 정부에 반환할 의무를 지닙니다.

다음은 쉬운 언어로 수정한 '후'의 글이다.

> 권한을 주장할 수 없는 돈을 받은 정황을 국가 기관에서 포착한다면 전액 반환해야 합니다.

~~~~~~

사람들은 왜 이런 언어를 쓰는 걸까? 같은 업계 사람들과 대화할 때 효율적이고, 짧고 편한 구어적 표현에 익숙하기 때문이다. 문제는 집단 외부의 사람들에게 내부 언어를 사용할 때다. 이런 용어는 반드시 외면당한다.

결국 이 원고를 싣지 않았기 때문에 어떻게 수정했는지 보여줄 수는 없지만, 조금만 손을 봐도 다음과 같은 문장으로 탈바꿈

아래는 지어낸 글이지만, 보도 자료라는 이름으로 접했던 기사와 유사하게 느껴질 것이다.

기업들은 주주들과 소통하기 위해 점점 더 과학 기술의 사용을 늘려가고 있다. 데이터를 기반으로 한 통찰과 멀티미디어 전략으로 혁신을 거듭하는 가운데 활자 매체, 전자 미디어, 소셜미디어를 핵심 도구로 적극 활용하고 있다.

경제경영 에디터는 아래와 같이 수정할 것이다.

낡은 방식의 지루한 연례 보고서의 시대는 끝났다. 이제 기업은 고객 및 주주와 소통하기 위해 소셜미디어를 활용한다.

시킬 수 있다.

세금감면액을 달리 활용할 수 없는 부동산업자에게 세제 혜택은 무용지물이다.

약간만 만져도 이해하기가 한결 쉬워진다.

주로 금융 관련 원고는 해독하기가 어려워 Op-Ed 에디터들을 혼란스럽게 만든다. 유명한 경제학자가 보내온 글을 본 후 에디터 한 명은 이런 코멘트를 남겼다.

꼬르륵, 꼬르륵. 이해하신 분 저한테 좀 알려줄래요? 이 원고 괜찮은가요, 아니면 도저히 답이 없나요?

투고 원고 가운데 내부 업계 용어가 가득하다 해도 글에 담긴 아이디어가 공유할 가치가 있다고 판단될 경우, 원고를 살려서 게재했다. 이런 글은 에디팅 과정이 보통 쉬운 편이다. 조금만 다듬으면 된다. 내가 교정 교열을 좋아하는 이유가 여기에 있다. 모호하고 약간 혼란스러운 무언가에 형태를 잡아 다듬는 것을 좋아한다.

이론적으로는 이런 전문 용어들도 점차 사라질 것이다. 사람들이 시각적으로 그리고 문자로 소통하는 시대이기 때문이다. 우리가 주고받는 문자는 글쓰기가 아니다. 말하기에 가깝다. 시간이 지나고 나면 문자가 글쓰기의 낡은 관습 일부를 대체할지도 모른다. 대화는 글쓰기보다 의사소통에 더욱 자연스러운 방식이고, 훨씬 먼저 생겨난 개념이기 때문이다.

설득을 하고자 한다면 단어의 흐름이 논리정연하고, A가 반드시 B를 이끌고 B가 C를 도출한다는 것을 명확히 해야 한다. 감동적인데다 개인적으로 무척 안타깝게 느껴졌던 이야기라 긍정적으로 검토를 했던 원고가 있었다. 어린이집에서 갓난아이가 사망한 일이 벌어진 후, 이 여성은 육아 휴직 기간을 늘려야 한다고 주장했다. 그녀는 휴직 기간이 좀 더 주어졌다면 아이를 그렇게 떠나보내지 않았을 거라고 생각했다. 하지만 에디터 가운데 한 명이 엄마가 집에 있었더라도 아이가 사망하는 일이 벌어졌을 수 있다며 필자의 주장에 숨은 논리적 결함을 발견했다.

출산 휴가를 연장해야 한다는 주장은 납득이 가능했으나, 글에서 두 가지 내용이 논리적으로 연결되지 않았다. "그녀가 출근한 사이 아이가 사망했지만 그녀가 출근했기 때문에 그런 일이 벌어진 것은 아니었다." 거절하고 싶지 않은 원고였지만 논리가 부족했다.

간결하고, 이해하기 쉽고, 구체적이면서도 어려운 전문 용어가 없는 글을 쓰고 싶다면 자신의 글과 거리를 둘 줄 알아야 한다. 가장 좋은 방법은 무엇일까? 다음 날 아침에 일어나자마자, 머릿속에 다른 글이나 생각이 밀고 들어오기 전에, 전날 쓴 글을 다시 들여다보면 새롭게 보인다. 글이 잘 풀리지 않거나, 순서가 잘못되었거나, 어딘가 문제가 있다는 생각이 드는 글도 다음 날에 보면 어디를 손봐야 할지 명확해졌다. 왜 어제는 떠올리지 못했을까 매번 놀란다.

두뇌에 휴식 시간을 주고 나면 스스로의 에디터가 될 수 있다.

15.

아이디어를 구하라

,

글쓰기에서 가장 어려운 일은 참신한 아이디어를 찾는 것이다. 이미 본 적 있는 아이디어나 이야기는 외면을 받는 만큼 독창성이 무엇보다 중요하다.

창의적이고 상상력 풍부한 아이디어를 떠올리는 일은 사실 쉽지 않다. 우리는 무언가를 자유롭게 떠올릴 상황 또는 기회가 충분히 갖지 못했다. 때문에 스스로 창의적이지 않다고 지레 포기하는 일도 많다. 영재 및 창의력 분야의 세계적인 권위자 김경희는 아이들을 통제하고 잦은 단체 활동과 시험에 집중하는 미국의 교육 때문에 지난 25년간 어린이들의 창의성이 꾸준히 낮아졌다고 지적했다.

아이디어를 구현하는 것은 에디터와 교수진, 글쓰기 코치들의 도움으로 가능할 수 있다. 하지만 아이디어의 창의성만큼은 오로지 글을 쓰는 자신에게 달려 있다. 아무리 똑똑하고 충분한 교육을 받았다고 하더라도 널리 형성된 담론을 새로운 시각으로 바라보는 아이디어를 떠올리는 것이 어려울 수 있다.

〈뉴욕타임스〉에서 일하는 사람들 모두 글의 성공이 아이디어의 질에 좌우된다는 것을 잘 알고 있었다. 새로운 뉴스와 그에 대한 우리의 방향성을 논의하기 위해 정기적으로 회의를 가졌다. 일주일에 한 번, 한 시간 정도 회의를 했다. 나는 에디터들에게 함께 나눌 아이디어를 생각해오라고 요청했다.

어떤 에디터는 출판사 카탈로그를 분석하는 등 체계적으로 아이디어를 구하려 했고, 나는 관심 분야 전문가들의 웹사이트나 글을 읽으며 아이디어를 얻으려 했다.

대다수의 사람들은 집단 환경에서 창의력을 발휘하기가 어렵다고 생각한다. 그러나 데드라인 안에 아이디어를 반드시 생각해내야 하는 압박이 가해질 때 사람들은 본인의 창의성을 자극할 만한 일을 한다. 샤워를 하거나 산책하는 중에 번뜩이는 아이디어가 찾아오기도 하지만, 의도적으로 노력해 훌륭한 아이디어를 찾아내는 것 또한 가능하다.

주간 회의를 할 때는 주의를 산만하게 하는 방해 요인을 없애기 위해서 직원들에게 휴대전화를 끄고 노트북을 닫아달라고 요청했다. 이런 부탁이 황당하게 느껴졌겠지만, 나는 직원들이 가능한 온전히 그 시간에 집중하길 바랐다(자꾸 미루는 습관을 고쳐보려고 생산성에 관한 기사나 책을 많이 접하는데, 하나같이 이메일이나 SNS를 확인하지 않도록 휴대전화를 멀리 떨어진 곳에 두어야 한다고 권했다. 상당히 유용한 방법이다. 나도 휴대전화가 가까이 있을 때는 믿을 수 없을 정도로 자주 들여다본다).

직원들에게 차례대로 아이디어를 묻는 것으로 회의를 시작했다. 누군가 아이디어를 제안하면 에디터들끼리 의견을 나누며 다양한 시각을 논하고 작가에게 전달할 기획 방향도 정했다. 항상 독창적이고 창의적인 생각을 요하는 일이 생계 수단일 때는 스트레스가 크다. 아이디어란 호스에서 물이 뿜어져 나오듯 끝없이 넘쳐 나오는 게 아니다. 어떤 때는 기다란 책상을 따라 직원들을 죽 훑어보지만 기발한 아이디어가 없어 하나같이 눈앞의 종이만 들여다보거나 내 시선을 피했다. 에디터들은 이미 작가에게 전달하기로 결정된 제안을 마치 아이디어를 발표하듯 괜스레 다시 언급하는 경우도 있었다. 굳이 회의 자리에서 말하지 않아도 되는 내용들이었다. 이들도 공백을 메우려는 것뿐이었다. 한번은 회의 내내 침묵만 맴돌던 적도 있었다.

결국 에디터 가운데 한 명인 피터 카타파노Peter Catapano가 입을 뗐다. "오늘 아침 재활용에 대해 생각했어요."

그는 사소한 간섭이나 지시를 싫어하는 성향이었다. 그래서 상사로 갓 부임해 처음 카타파노를 만났을 때 그와 같이 일하기가 쉽지 않겠다고 생각했다. 시간이 지나자 그가 독창적인 사고를 지닌 사람이라는 것을 깨달았다. 그는 색다른 아이디어를 떠올렸고, 작가들이 그와 일하는 것을 좋아했다. 본인이 맡은 일을 잘해내기만 한다면 내가 그를 통제하거나 일정에 간섭하는 일은 벌어지지 않을 것이라 깨닫고는 그도 나를 상사로 인정했다. 내가 한 번도 들어보지 못한 신선한 아이디어를 가져온다면 나는 에디터들이 커피숍에 있든 사무실에 있든 별 신경을 쓰지 않았다. 카타파노에게 재활용에 대해 어떤 생각을 했는지 좀 더 자세히 설명해달라고 했다.

"피넛버터 통을 재활용하려고 뜨거운 물로 5분 정도 씻었거든요. 그러다 보니 내가 자연에 더 큰 해를 끼치는 게 아닌가 싶었어요."

드디어 흥미로운 아이디어가 나왔다. 재활용 효과에 대한 의견이 분분하지만 연구도 있지만 재활용은 좋다는 것이 진보주의자들의 신념이었다. 독자들이 일반적으로 믿고 있는 통설에 의문을 제기하는 소재는 좋은 기사거리가 된다. 우리는 함께 이 아이디어를 토론했고, 카타파노는 프리랜서 칼럼니스트이자 저자로 일전에 〈뉴욕타임스〉에서 재활용에 대한 기사를 썼던 존 티어니John Tierney에게 연락해보겠다고 알렸다. 티어니의 글을 오랫동안 동경한 사람으로서 반가운 소식이었다. 항상 놀라운 글을 쓰는 작가였다.

이렇게 정리가 됐고.

다른 아이디어는 없나요?

주제를 벗어난 이야기들이 조금 오갔다. 아주 흥미로운 이야기는 없었다. 하지만 괜찮았다.

일요판 커버스토리가 나온 것만으로도 회의는 충분히 가치 있는 시간이었다. 1년에 나가는 52개의 커버스토리가 우리에게 가장 중요한 기사였다.

아이디어는 다양한 곳에서 얻을 수 있다. 정치 광고에 비교적 투명한 플랫폼으로 알려진 구글이 정당별 선거 광고 구매 이력을 일부 공개한 후, 세일즈포스의 전 마케팅 임원 켄들 콜린스Kendall Collins는 민주당이 디지털 광고 활용에 실패했다는 내용의 기명 칼럼을 〈뉴욕타임스〉에 실었다. 그는 디지털 광고라는 도구를 활용하는 데는 공화당이 앞서 있다고 지적했다. 세계적인 기업의 전직 마케팅 임원으로서 그는 디지털 광고가 상당한 효과를 발휘할 수 있다는 점을 잘 알고 있었다. 민주당이 비非 대선 캠페인에 들이는 비용 가운데 평균 10~15퍼센트만 디지털 채널에 투자하고 나머지는 텔레비전과 이메일에 쏟아붓는다는 것을 알았을 때 그는 적지 않은 충격을 받았다. 사람들이 하루 평균 인터넷을 사용하는 시간이 평균적으로 5.9시간에 달하는데 고작 15퍼센트란 말인가. 그는 작은 씨앗으로 대단히 놀라운 글을 탄생시켰다.

누군가 무심코 한 이야기에서도 아이디어를 얻을 수 있다. 최근 한 도서 출간 파티에 참여했다가 아프리카가 앞으로 수십 년간 세계 인구 증가분의 절반을 차지할 거라는 이야기를 들었다. 진짜일까? 지난 몇 년간 중국의 인구 문제를 걱정하지 않았던가? 호기심이 일었다. 일반적인 사실에 반하는 이 이야기를 주제로 상당히 괜찮은 기사가 나올 거라는 생각이 들었다.

살다 보면 의사나 반려견 미용사, 렌터카 직원 등 다양한 사람에게서 글의 소재가 될 만한 이야깃거리를 듣게 될 것이다. 제발 휴대전화를 내려놓고 대화를 나누라는 말은 몇 번이나 해도 부족하지 않다. 사람들은 대화를 나누는 것이 너무 쑥스러워서 또는 심심해서 휴대전화에 의존한다. 글쓰기와는 아무런 관련이 없는 일을 하든, 글쓰기를 커리어로 삼고 싶든 우선은 화면에서 시선을 떼고 고개를 들어야 한다.

〈뉴욕타임스〉에 자주 글을 쓰는 칼럼니스트이자 인터뷰 전문가인 케이트 머피Kate Murphy는 사람들이 입에 올리고 있는 주제에 따라 글을 쓰고 싶지 않다는 이유로 소셜미디어를 멀리한다. 대신 그녀는 어디를 가든 누군가를 만나 대화를 시작한다. 이 책을 쓰면서 내가 그녀에게 아이디어를 발전시키는 과정에 대해 이야기를 나누고 싶다고 알리자, 그녀는 우리가 나눈 메일함을 보면 자신이 어떻게 참신한 기삿거리를 찾았는지 전부 적혀 있을 거라고 답했다. 나는 〈뉴욕타임스〉에서 나와 메일을 볼 수 없다고 말했다. 그녀는 분개했다. 도대체 그 메일들이 어디로 갔을지, 다른 사람이 봤을지, 어떻게 처리되었는지 궁금해했다. 그녀는 내게 조만간 기업이 퇴사자의 메일을 어떻게 관리하는지에 대한 기사를 하나 보게 될 거라고 알려왔다. 그녀의 기사는 가장 많은 독자 메일을 받은, 또는 가장 많이 본 글로 오를 때가 많은데, 아마도 사람들이 생각해본 적이 없는 주제에 대해 이야기하기 때문일 거라고 생각한다. 그녀는 기자 회견이나 홍보 담당자들의 말을 옮겨서 기사를 쓰지 않는다. 그녀에게는 정부 관리직이나 저널리스트들이 아니라 일상에서 마주하는 평범한 사람들이 영감의 원천이었다. 연구와 조사만 더해진다면 당신 주변 사람들 역시 훌륭한 글감이 될 수 있다.

아이디어 한 조각이 떠올랐다면 독창적인 글을 쓰기 위해 좀 더 깊이 파헤쳐야 한다. 또한 독창적인 글을 쓰기 위해서는 우선 해당 주제에 대해 무엇이 알려져 있는지 조사해야 한다. 이미 다뤄진 범위가 어디까지인지 파악해야 한다. '거대 테크 회사에 규제를 가할 때'라는 주제를 이미 누군가 글로 쓰고 있을 것 같다면 시작해서는 안 된다. 현재의 담론에서 부재한 무언가를, 기발하고 새로운 무언가를 떠올려야 한다. 널리 알려진 이야기가 무엇인지 파악한 뒤 자신만의 색다른 관점을 제시하는 것이다. 찬반 어느 쪽이든 이미 알려진 주장을 단순히 반복한다면 당신의 아이디어는 관심을 얻지 못한다. 현재 어떤 담론이 형성되어 있는지 모른

~~~~~~~~~~

머피가 '당신의 친구는 정말 당신을 좋아하는가'를 주제로 작성한 〈뉴욕타임스〉 칼럼 아이디어는 이렇게 탄생했다.

수많은 이야기의 가닥들이 한 주제를 가리키고 있었다. 그리고 이 이야기 가닥의 대부분은 대화 속에서 얻었다. 친구들이 점심이나 저녁, 또는 영화 초대에 기꺼이 화답하지 않는다고 투덜대는 사람들의 말을 들은 적이 있다. 한쪽만 일방적으로 좋아하는 사이처럼 느껴진 것이다. 상대방은 관계의 끈을 놓지 않기 위해 노력을 들이지 않을 것이므로 이들이 더는 전화를 걸지 않으면 '우정'은 바로 끝나는 것이었다.

물론 페이스북에 수천 명의 친구가 있지만, 이 가운데 누구도 생일 파티에 함께하지 않는다. 내 지인에게도 있었던 일이다. 생일을 맞은 친구와 그의 애인, 우리 부부가 유일한 참석자였다. 또 다른 지인은 '친구'가 정말 많았지만 항상 저녁 식사나 술을 사고 자신의 별장에 초대했기 때문에 유지되는 인맥일 뿐이었다. 그리고 누군가 이런 이야기를 하는 것도 자주 들었다. "아, 케이트 머피, 응, 나랑 친한 친구야." 글쎄… 내 생각은 좀 다른데. 나와 전혀 친한 사이가 아니었다. 한두 번 본 적이 있을 뿐이고 그나마도 내가 전혀 좋아하지 않는 사람들이었다. 내가 아는 사람들은 많지만 이 가운데 친구라고 부를 만한 사람은 극소수다.

'친구'라고 칭할 때 어떤 의미를 담고 있는지 궁금해졌다. 진짜로, 진정으로 당신이 친구라고 생각하는 사람들은 누구인가? 친구란 개념에 대해 고민하고 있을 당시 《플로스 원PLoS One》(온라인 과학 학술지—옮긴이)에 개제된 한 연구를 접하고는 대부분의 사람들은 오히려 자신의 친구가 누군지 잘 모른다고 보는 것이 타당하다는 결론을 얻었다. 사람들이 친구라고 생각했든 상대방은 이들을 친구라고 생각하지 않고 있었다. 이 연구에서 정말 불편했던 지점은 친구란 모호한 개념을 기업들이 잘 활용하면 직원이나 고객의 심리를 교묘하게 조종하는 데 도움이 된다는 연구진의 말이었다. 대단하다는 생각밖에 안 들었다. 자, 이 연구진들과 친구가 되고 싶은 사람은 손을 들어보길 바란다. 아무도 없는가?

~~~~~~

채로는 논쟁을 할 수 없다. 당신과 의견이 다른 반대 측 입장과 널리 공유되고 있는 이야기를 고려하지 않은 아이디어를 제시했다가는 묵살당하기 쉽다. 반대 주장의 핵심 근거를 무시한다면 사람들은 당신의 이야기를 들을 가치가 없다고 여길 것이다.

　도무지 새로운 아이디어를 찾을 수 없는가? 너무 애쓸 것 없다. 미디어 업계에서 이른바 에버그린evergreen(유통기한이 짧은 한철 콘텐츠가 아니라, 시간이 지나도 오래도록 소비되는 양질의 콘텐츠—옮긴이)이라고 일컫는, 오래도록 회자되고 언제 봐도 새로운 글을 쓰는 뛰어난 작가가 아니고서야 쉽지 않은 일이다.

이에 대해서는 고양이에 대한 글로 언급되었던 작가 크레이더가 아주 탁월한 능력을 보인다. 내가 Op-Ed에서 일할 당시 가장 유명했던 칼럼 중 하나가 바로 〈바쁜 삶의 함정〉이라는 그의 글이었다. 감당하지 못할 정도로 '바빠진' 삶에 디지털미디어가 큰 원인으로 작용했다는 것은 독자 대다수가 이미 알고 있는 사실이었다. 크레이더는 사람들이 갑자기 할 일이 많아졌다고 생각하는 현상을 비틀어 신선한 글을 썼다. 그는 무례하지 않은 선에서 항상 바쁘다는 말을 입에 달고 사는 사람들을 희화했다. 이런 사람들은 자신이 얼마나 중요한 역할을 하는지 자랑하는 거라고 지적했다. 크레이더는 사람들이 그의 표현처럼 "외로움에 대한 대비책"으로 쉴 틈 없이 바쁜 상태를 직접 선택한 것이라고 적으며 누구나 알고 있는 주제를 새로운 시각으로 보게 만들었다.

아름다운 언어와 철학적 통찰력으로 설득시키기 어렵다면 당신의 글을 읽을 독자를 깜짝 놀라게 할 만한 무언가를 찾아야 한다. 예컨대 최저 임금을 주제로 한다고 생각해보자. 당신은 연방 정부가 최저 임금을 인상하는 데 반대하는 입장으로, 각 주가 연방 정부와 같은 노선을 취한다면 결국 경기가 악화되는 결과로 이어질 거라고 생각한다. 최저 임금이 올라가면 일자리가 줄어들 것이고, 일자리가 줄어들면 정부의 도움이 필요한 사람들이 늘어난다고 생각하기 때문이다. 독자들이 최저 임금 인상에 찬성하는 쪽이라면 당신의 주장을 읽고는 의아해질 것이다. "내 생각이 틀린 걸까? 물가도 같이 상승하게 될까?" 독자에게 생각할 거리를 준 셈이다.

최근 〈뉴욕타임스〉에 실린 한 기명 칼럼은 〈납세자들은 자신이 기업에 수백 억 달러를 지원했다는 것을 알고 있는가?〉라는 헤드라인으로 내 시선을 사로잡았다. 오래전부터 도시나 주에서 기업 유치를 위해 인센티브를 지급했다는 사실은 알았지만, 무려 800억 달러나 되는 큰 금액이라는 것도, 지원금의 존재를 납세자들에게 비밀로 했다는 것도 몰랐다. 전혀 몰랐던 정보가 담겨 있어 끝까지 칼럼을 정독했다.

삶을 들여다보고 경험을 뉴스에 결부시킬 방법을 생각해본다면 자신의 아이디어를 매체에 실을 기회를 만들 수도 있다. 하루는 기자 한 명이 내게 메일을 보냈다. 친구 아버지가 가톨릭 신부인데, 사제 독신제를 두고 교황이 재고하고 있다는 뉴스와 관련해 사제인 아버지를 둔 친구의 시각이 괜찮은 글감이 될 수 있을 것 같다고 적었다. 에디터와 인맥이 있는 사람들이라면 자신의 친구를 대신해, 홍보 담당자들은 고객을 대신해 에디터에게 원고를 제안하는 일이 많을 것이다. 이런 연락 덕분에 원고가 좀 더 눈에 띄는 경우도 있다. 하지만 대부분의 경우, 주제에 대한 간단한 설명이면 원고가 필요한 만큼의 관심을 얻기에 충분하다. 얼마 후 기자의 친구인 베네딕타 치폴라^{Benedicta Cipolla}가 글을 보내왔다. 부모가 결혼한 지 벌써 45년째였지만 부친은 결혼 후 사제의 길을 걷기 시작한 덕분에 정당한 자격의 신부가 될 수 있었다고 밝혔다. 그녀는 사제 독신제를 선택으로 남겨둔다면 결혼의 가능성이 열려 있는 이상 사제의 길을 선택하는 젊은이들이 늘어날 것이고, 이로써 사제 부족 현상을 해결할지 모른다고 적었다.

　나는 "교황 뉴스에 대한 짧은 기사인데, 가능성이 있어 보여요"라는 코멘트와 함께 에디터들에게 원고를 돌렸다. 한 에디터는 중반부에 약간 손을 봐야 할 것 같다며 교구민 한 명도 섭외할 수는 없냐고 건조하게 덧붙였다. "결혼한 신부에게 누군가 잊지 못할 말 한마디는 했을 법한데 말이죠."

　아이디어가 떠올랐다면 깊이 파고들어야 한다. 개인적으로도 이야기의 표면 아래로 깊게 파고들지 않은 탓에 빤한 소리만 할 뻔한 일이 있었다. 추웠던 겨울의 어느 주말, 친구 레이첼이 우리 집에 방문했다. 우리는 언론에 성범죄로 낙인찍힌 아지즈 안사리^Aziz Ansari 이야기에 열을 올렸다. 누가 봐도 여성이 먼저 제안했고, 합의하에 성관계를 가졌으나 이후 생각을 바꾼 여성이 익명으로 여론에 알린 것이었다. 우리는 이 사태가 부당하고 짜증스러울 뿐 아니라 정당한 법 절차에 위배되어 '유죄로 판명되기 전에는 무죄'라는 원칙에 반한다고 생각했다. 레이첼과 나는 카레를 만드는 동안 울분을 터뜨리며 대화를 나누었고, 그녀는 내게 이 일을 기사로 써야 한다고 말했다. 레이첼이 집에 돌아간 후 나는 500자

정도 분량으로 글을 완성했다. 다음 날 글을 다시 손볼 생각이었지만《애틀랜틱》에 실린 케이틀린 플래내건^{Caitlin Flanagan}의 멋진 글을 읽은 뒤 생각을 바꿨다.

내 글에서 부재한 무언가가 그녀의 글에 담겨 있었다. 그녀는 깊이 들어갔다. 내가 미처 생각지 못한 것까지 고려했다. 머릿속에 즉흥적으로 떠오른 생각을 쓴 것이 아니었다. 즉흥적으로 쓸 때는 사람들을 진정으로 설득시킬 만큼 놀라운 글이 탄생하기 어려울 것이다. 앞서 내가 강조했던 글쓰기 원칙들을 위배해서가 아니라, 독자들을 새로운 시각으로 이끌지 못하기 때문이다.

나와는 달리 플래내건은 어린 여성이 안사리의 아파트에서 바로 나오지 못했던 이유를 이해하려고 노력했다. 그녀는 그 자리에서 남성에게 바로 자신의 의견을 밝히지 못하는 것은 젊은 여성들이 자라온 환경 때문이라고 지적했다. 젊은 세대는 남성에게서 가장 신사적인 모습을 기대하도록 가르침을 받았다고 그녀는 주장했다.

나와 생각이 비슷한 지점도 많았지만 플래내건은 내가 생각지 못한 중요한 두 가지를 더했다. 바로 유머감각과 공감이었다.

나는 안사리 일을 상당히 중요한 이슈를 둘러싸고 벌어진 끔찍한 사건으로 접근한 반면, 그녀는 현재의 담론에 '한 가지 시각'을 더한다고 밝히며 독자를 자신의 글로 부드럽게 이끌었다.

세상에 새로운 아이디어란 없다고 섣불리 단정 짓지 않길 바란다. 기존에 있던 아이디어에 새로운 접근법을 더해 재밌게 비틀수 있다. 에세이 작가인 슬론 크로슬리^{Sloane Crosley}가 '여성은 어쩌다 늘 사과만 하는 입장이 되었는가'를 주제로 글을 보내온 적이 있다. 그녀는 지하철 내에서 불쾌한 행동을 삼가달라는 새 공익 광고와 연결 지어 새로운 시각을 담았다.

커피숍이나 도서관을 가거나, 축구 경기를 시청할 때 사람들을 관찰하길 바란다. 이들이 어떤 대화를 나누는지 귀를 기울여라. 당신이 지금껏 미처 보지 못했던 새로운 무언가가 눈에 들어오지 않는지 생각해보길 바란다. 아이와 교감을 나누는 엄마의 모습을 관찰한다고 생각해보자. 혹시 아이를 보는 엄마의 손에 휴대전화가 들려 있지 않은가? 20년 전에도 엄마들이 전화 통화를 하며 아이를 얼렀을까? 어쩌면 이야기 하나가 탄생할 수도 있다. 아이디어는 어느 곳에나 있다. 주변 사람들이 무엇을 하는지 관심 있게 지켜본다면 무언가 당신에게 떠오를 것이다.

아니면, 그저 경청하는 것이다. 1980년대 중반, 플로리다 주 세인트 피츠버그의 돈 세사르 호텔에서 증권 분석 전문가를 대상으로 열린 지루하기 그지없는 컨퍼런스에 참석했을 때 우연히 얻은 아이디어가 이후 내가 쓴 최고의 기사 가운데 하나로 이어졌다. 당시 나는 식품 기업이 금융 전문가를 앞에 두고 진행하는 프레젠테이션을 가만히 듣고 있었다. 멍하니 앉아 지루함에 몸서리치고 있었던 것 같다. 휴대전화가 없던 시절이었다. 만약 휴대전화가 있었다면 화면을 들여다보다가 그 중요한 순간을 놓치지 않았을까? 발표 중에 한 기업의 임원이 최근 고객들이 '그레이징 grazing(초식동물이 이곳저곳 돌아다니며 풀을 뜯는 모습에 비유해 수시로 음식을 섭취하는 현상—옮긴이)'하는 경향을 발견했고, 자사가 이 시장의 수요를 만족시키길 바란다고 설명하는 목소리가 순간 귀에 꽂혔다. 그레이징이라니! 마음에 꼭 들었다. 소와 같은 동물이 먹이를 먹는 모습에 사람을 비유하는 것은 한 번도 들어본 적 없는 표현이었다. 푸드 분야에 오랫동안 몸담은 내가 처음 듣는 말이라면 분명 〈월스트리트저널〉 독자들도 들어본 적이 없을 거라 판단했다. 뉴욕으로 돌아오자마자 사람들을 인터뷰하기 시작했고, 그렇게 내가 가장 좋아하는 기사 하나가 탄생되었다. 〈월스트리트저널〉 독자들에게 그레이징이라는 단어를 소개하는 것이 즐거웠고, 이내 이 용어는 널리 쓰이는 신조어로 자리 잡았다.

그러니 경청하고 주변을 관찰하라. 당신이 그 순간을 놓치지 않는다면, 글쓰기가 새삼 얼마나 만족스러운 일인지 알려줄 참신한 아이디어를 분명 얻게 될 것이다.

16.

에디터를 만족시키는 법

,

인생의 대부분을 에디터로 살아온 만큼 에디터가 원하는 바를 잘 안다고 생각한다. 글을 싣고 싶다면, 거의 모든 에디터들이 바라는 다음 세 가지 가운데 하나를 충족시켜야 한다. 바로 사람들을 놀라게 할 무언가가 있을 것, 오래된 주제를 새롭게 바라볼 것, 독자에게 읽는 즐거움을 주고 깊은 인상을 남길 만한 글쓰기 실력을 갖출 것.

이 외에도 에디터들은 같이 일하기 편한 사람을 좋아한다. 메일 회신이 빠르고 에디터들의 문의에 하던 일을 멈추고 곧장 답을 해주며, 편집에 지나치게 불평하지 않는 사람 말이다. 보통 에디터들은 너무나도 바쁘기 때문에 작가 쪽에서 일을 좀 더 해줄수록 좋다. 에디터가 정리해주기로 한 내용을 깜빡하고 아무런 연락이 없다면? 당신이 알려주면 된다. 수정본에서 에디터의 실수를 발견했다면? 비난의 말을 삼가고 대신 바로잡아주면 좋다. 에디터의 부담을 덜어줄수록 향후 기회를 얻을 가능성 또한 높아진다. 그렇다고 해서 짜증나고, 까다롭고, 손이 많이 가고, 자기중심적인 작가들이 글을 싣지 못한다는 뜻은 아니다. 놓치기 아까울 정도로 훌륭한 글을 쓴다면 충분히 가능하다. 하지만 한 번씩 기고하는 작가로서 이후에 또 청탁을 받고 싶다면 협력이란 무엇인지 적극 보여주는 사람이 되어야 한다. 당신 외에도 글을 쓰고 싶어하는 사람들은 많다.

분량이 너무 길거나, 교정 교열 작업이 너무 많이 필요하거나, 어떤 에디터에게서도 자신의 시간을 투자해 훌륭한 원고를 만들어보겠다는 의지를 불러일으키지 못하는 원고는 거절당한다. 너무 화려하게 수식한 문체를 쓰면 정작 하고자 하는 말이 가려진다. 저명한 작가의 글에 달린 의견 가운데 가장 마음에 와닿았던 코멘트는 "와우, 세상에나, 여기서 제가 유일하게 알아들은 말은 '혼란스러운'이라는 단어뿐이었어요"였다.

어떤 유형의 오피니언 글쓰기이든 명확한 논리적 주장과 결론이 있어야 한다. 이 조건을 충족하지 못한다면, 다른 가능성과 선택지가 가득한 에디터들은 고민할 것 없이 다른 원고를 집어 들 것이다. 한 원고를 거절하며 에디터가 남긴 짧지만 날카로운 코멘트가 기억에 남는다. "별로요. 괜찮긴 한데 뭐 굳이."

반드시 필요한 존재가 되어야 한다. 수고가 별로 필요하지 않은 글을 써야 한다. 늦은 밤 수업 준비를 위해 교수가 읽든, 화면상으로 에디터가 읽든 상대를 수고롭게 하지 않는 글이어야 한다. 너무 난해한 글로 독자를 혹사시키지 않아야 하는 것처럼 말이다.

당신의 원고를 거절하는 에디터 때문에 낙담하기 전, 평가 의견은 주관적이라는 점을 명심해야 한다. 에디터들마다 다르다. 물론 원고가 너무 형편없어 거의 모든 에디터가 가망이 없다고 판단할 때도 있다. 이런 원고가 아닌 이상에야 에디터 개인의 취향과 선호의 문제다. 〈뉴욕타임스〉의 친구와 이메일을 주고받던 날에도 다시 한 번 이 점을 분명히 느꼈다. 친구가 담당하던 원고에 빌 게이츠Bill Gates에 대한 흥미로운 이야기가 실려 있었는데, 그가 영국인 트랜스젠더 코미디언을 가장 좋아한다는 내용이었다. 게이츠 덕에 그런 사람을 알게 되리라고는 전혀 예상하지 못했다. 친구 말로는 책임 편집자는 원고 분량이 너무 길다며 코미디언 이야기가 등장하는 부분 바로 윗부분을 잘랐다고 했다.

작가 입장에서는 누가 자신의 글을 읽느냐에 따라 출간 여부가 결정된다는 것이 불만스러울 수도 있다. 원고를 거절당한 후 자신의 글을 좋아했을 만한, 그래서 원고를 살리기 위해 끝까지 싸워줬을 만한 에디터가 마침 병가로 자리를 비웠다는 사실을 안다면 안타까운 마음이 들 것이다.

작가가 없는 곳에서 원고를 두고 에디터들 사이에서 제법 잔인하게 느껴지는 말들이 오가기도 한다. 〈뉴욕타임스〉 Op-Ed 부서 직원들은 공용 메일함에 들어온 원고를 함께 공유하며 의견을 나눴다. 원활하게 소통하기 위해 우리는 작가를 몇 개의 범주로 분류했다. 한 원고를 보고 어떤 에디터가 "기본적으로 엄마 이야기"라고 말하자 다른 에디터는 기본적으로 "우울한 남성 이야기"라고 피드백을 했다. 북한에서의 참혹한 삶을 견딘 작가의 글은 공감을 이끌어내기 어려운 지점이 있었다. 에디터들은 마음이 불편했지만 그래도 현실적으로 봐야 했다. 한 에디터는 이런 글을 적었다. "강렬한 부분도 있지만 다 읽고 나니 밀도가 낮은 느낌이에요. 이렇게 힘들게 산 사람에게 적절한 말은 아니지만요. 제가 잘못 생각한 건가요?"

에디터들이 무자비한 사람들은 아니지만, 남들에게 거절의 말을 전해야 할 때가 많다. 이 경우 어떤 정서적 친밀감이 생기기 전에 빨리 해버리는 편이 낫다. 또한 설명은 되도록 삼가는 편이 좋다. 누군가 원고를 거절한 이유를 물어도 나는 절대 말하지 않았다. 이성적인 사고로 우선순위를 선정해야 했다. 모든 작가에게 일일이 사유를 설명하다간 Op-Ed를 찍어내지 못할 터였다. 그러니 원고를 보낸 뒤 대답을 못 들었다고 해서 자신의 글이 아무런 가망도, 가치도 없다고 넘겨짚어선 안 된다. 다만 그날 자신이 찾고 있는 특정한 무언가가 원고에 담겨 있지 않다는 설명을 하지 못할 정도로 에디터가 무척 바쁠 뿐이다.

어떤 에디터들은 기억력이 무척 좋아서 구글 검색을 하지 않아도 되지만, 대다수는 누가 흥미로운 기사를 쓰기에 적합한지 찾아내기 위해 취재의 기본 능력을 적극 활용했다. 2011년 3월 11일 일본에 대지진과 쓰나미가 닥쳤던 날, 부편집장인 찬은 원고 작성이 가능한 일본에 있는 작가 및 소설가에게 연락을 취하느라 사무실에서 밤을 새우다시피 했다. 며칠 지나지 않아 그는 소설가인 가즈미 사에키^{Kazumi Saeki}에게서 자연재해에 대한 생생한 경험담을 담은 원고를 받았다. 끈기 있는 기자인 찬은 중국 이민자 가정 출신의 열정적인 아들로 하버드대학교와 옥스퍼드대학교 두 곳에서 학위를 받았다. 대부분의 소통을 메일로 처리하는 나와 달리 찬은 장시간 작가들과 통화하고 이들의 아이디어에 맞장구를 치며 호응했고, 더 나은 결과물을 위해 작가를 몰아붙였다. 그는 작가들의, 그리고 이들의 이야기 속에 담긴 고통을 함께 느꼈다. 나는 개인적인 일로 눈물을 보이거나 내 솔직한 감정을 드러내지 않는 편이었지만, 찬은 힘든 날이면 내 사무실로 와서 대화를 나누었다. 우리 직원 중 한 명 때문에 마음이 상했거나 세계 어디선가 가슴 아픈 비극이 벌어지면 그의 두 눈에는 눈물이 차올랐다. 나와 가장 성향이 비슷한 사람은 오피니언 원고를 분석하는 법에 대해 너무나 많은 가르침을 준, 재능이 뛰어난 에디터 오너 존스^{Honor Jones}였다. 수십 년의 나이 차이에도 살아온 배경이나 에디팅 스타일, 소설 취향, 투고 원고에 대한 반응까지 거의 똑같다고 볼 수 있을 정도였다.

에디터들의 성격이 각기 다른 점이 너무 좋았다. 'Op-Ed' 부서가 즐거운 이유 중 하나가 바로 이 때문이라고 생각했다. '사설 맞은 편opposit editorial'이라는 뜻의 'Op-Ed'란 단어는 1970년 〈뉴욕 타임스〉가 해당 페이지를 처음 시작하면서 생겨났다. 하지만 오늘날 Op-Ed는 짧은 형식의 설득하는 글을 지칭하는 용어로 널리 쓰인다. 대학생부터 최고 경영인, 노벨 수상자들까지 누구나 통달하고 싶어 하는 글쓰기 형식이다. 내가 Op-Ed에 있을 당시 조셉 스티글리츠Joseph Stiglitz, 데스몬드 투투Desmond Tutu, 아마르티아 센Amartya Sen 등 여덟 명의 노벨상 수상자가 글을 기고했다.

보통 Op-Ed 부서는 열 시 반, 아이디어와 뉴스에 대해 의견을 나누는 회의로 업무를 시작했다. 이론상으로는 에디터들이 열 시에 도착해 뉴스를 확인하고 오피니언 칼럼 소재로 쓸 만한 기사를 살핀다. 하지만 이는 옛날, 인터넷이 없던 시절에 해당하는 이야기다. 오전 열 시까지 기다려 뉴스를 확인하는 사람은 없었다. 에디터들 대다수는 새로운 기사가 온라인에 올라오기 시작하기 전날 저녁에 뉴스를 확인했다. 다른 에디터들에게 오전 일곱 시, 심지어 그 이전에 메일을 보내 아이디어를 공유하는 사람들도 있었다. 내게는 책임자 자리가 아닌 일반 에디터들에게 이렇게 이른 시간부터 업무를 시작하라는 지시를 내릴 권한이 없었다. 그러나 에디터들이 자발적으로 할 때는 굳이 말리지 않았다. 일찍 업무를 시작하는 것이 오후에 자리를 비우고 나가 자녀를 데리고 치과에 간다는 의미라도 별로 개의치 않았다. 24시간 내내 오피니언 부서에서 매여 있어야 했던 것은 아니지만 실제로는 온종일 일에 묶여 있었다.

오전 회의는 보통 내가 아이디어를 제안하면 다른 에디터들이 의견을 더하는 식이었다. 아직 세상에 소개되지 않은 시각은 무엇인지, 작가는 누가 좋을지 고민했다. 출간한 글은 우리가 청탁한 원고와 청탁하지 않은 원고가 뒤섞여 있었다. 아이디어를 떠올리고 이 아이디어를 바탕으로 글을 쓰는 것이 가능한 작가를 찾는 것이 미팅에서 가장 중요한 업무였다. 뉴스룸의 시각과 다른 관점을 찾아야 했고, 우리가 출간할 글이 완성되고 편집을 거칠 시기까지 고려해 학자나 전문가의 눈에 이미 한물간 아이디어처럼 보이지 않도록 몇 수를 앞서 생각해야 했다. 패멀라 드러커맨 Pamela Druckerman, 제니퍼 와이너 Jennifer Weiner, 스티븐 래트너 Steven Rattner 등 정기 기고가들 가운데 해당 뉴스에 어울리는 작가에게 글을 의뢰했다. 20~30분가량 여러 아이디어를 논의한 후 각자 책상으로 돌아가 작가들에게 연락을 돌렸다.

온종일 우리가 청탁한, 그리고 우리에게 투고된 원고를 읽었다. 최종적으로 모두가 동의하는 원고 한 편을 정하기 위해 내부 이메일 그룹인 오피 디스커스에서 의견을 주고받을 때면 우리는 약어를 사용했다. NMR은 "독자 없음no more readers"의 줄임말로, '원고가 별로고, 독자를 찾을 수 없다'는 뜻이었다. 직원들이 찬성을 보내고 나 또한 좋다는 생각이 들 때면 나는 "스케줄 잡읍시다"라고 적었다.

타인의 글을 분석하는 과정에서 상당히 많은 것을 배울 수 있다. 글쓰기 실력을 기르고 싶다면 관심이 가는 글을 찾아 그 글의 구조가 당신의 무의식에 우회적으로 영향을 끼칠 정도로 깊이 빠져들어야 한다. 유명한 글을 읽고, 이 글이 성공적으로 꼽히는 이유를 찾기 위해 노력해야 한다. 스피치 원고를 작성해야 한다면 훌륭한 스피치를 찾아본다.

매체에 자신의 글을 제안하는 법

이미 어떤 이야기가 소개되었는지 살피고 새로운 시각을 찾아라. 에디터의 관심을 사로잡는 비법 가운데 하나는 다른 시각을 제시하는 것이다. 천식 약이 비싼 이유에 대해 쓰고 싶었는데, 이미 누군가 다뤘던 주제라면? 의료 업계의 반발을 산 의사의 관점으로 접근을 달리해 약값에 대한 논쟁을 이야기해볼 수 있다. 충분히 다른 시각이기 때문에 기회를 찾을 수 있을 것이다.

자신의 주장을 하고 해결책을 제시하라. 국가가 연주될 때 미식 축구 선수들이 무릎을 꿇는 행위를 멈춰야 한다는 글을 쓴다고 가정해보자. 이 행위를 금지하는 것이 왜 표현의 자유에 어긋나지 않는지 밝히고, 감독 및 코치진이 어떤 태도를 취해야 하는지 적어야 한다. 문제 분석이나 누군가 제안한 해결책을 칭찬하는 것이 아니라 당신의 의견을 제시해야 한다. 당신의 의견은 명확해야 하고, 이미 독자들이 동의하는 바를 재확인시키는 것 이상을 담고 있어야 한다. 한 최고 경영인 단체에서는 테크 인재의 부족을 안타까워하며 컴퓨터 과학 교육을 늘리고 있는 도시의 정책을 칭찬하는 내용의 칼럼을 보내왔다. 설득력 있는 글로 보기 어려웠다. 새로운 이야기도 아니고 뉴스 이상의 무언가를 제시하지도 못했다. '다양성', '이니셔티브', '협력' 등 이론적인 용어들이 가득해 독자가 지루해할 만한 글이었다. 진짜 사람들에 대한 스토리가 없었다.

주제에 집중하라. 글에는 핵심 요점이 있어야 하고, 선명하게 제시되어야 한다. 헤드라인 작성은 에디터의 몫이지만, 당신의 원고가 밀도 있고 간결하게 완성되었는지 확인하고 싶다면 헤드라인을 직접 써보는 것이 도움이 된다. 만약 어렵게 느껴진다면, 짧게 설명이 가능한 만큼 핵심에 충실한 글이 아니라는 의미다. 따라서 만족할 만한 헤드라인이 나올 때까지 글을 계속 다듬어야 한다.

본론을 빨리 꺼내라. 오래전 〈월스트리트저널〉에 있을 당시, 〈데일리 캘리포니언〉에서부터 알고 지낸 친구 존 엠시윌러^{John} ^{Emshwiller}는 내게 기사 작성법에 관한 최고의 충고를 전해주었다. 그는 대학을 졸업한 후 〈월스트리트저널〉에 취직했고, 이후 내가 그곳에 일자리를 얻도록 도와주기도 했다. 그때 나는 몇 주간 취재했던 사건을 한 페이지짜리 기사로 작성하고 있었다. 상당한 분량의 취재 내용을 간단하고 매끄러우면서도 흥미롭게 정리하는 일이 너무도 힘들었다. 몇 날 며칠 밤을 새며 고생했다. 결국 엠시윌러에게 자문을 구했다. 그는 이렇게 말했다. "파티에서 만난 사람에게 말해주듯 시작해봐. 가장 재밌는 내용이 뭐였어?" 상당히 충격적인 이 조언 덕분에 당시 기사의 구조를 새롭게 고친 것은 물론 이후 내가 작성한 수많은 기사에도 영향을 미쳤다. Op-Ed에서 똑똑한 사람들이 기사의 첫 시작부터 재밌는 아이디어를 제시해서는 안 될 것 같다는 생각에 가장 흥미로운 아이디어를 글 속에 파묻는 것을 볼 때마다 엠시윌러와, 그가 내게 한 말이 유독 많이 생각났다.

시의성이 중요한 주제라면 서둘러라. 미적거리다가는 금방 시기를 놓치고 만다. 원고를 완성했다면 미루지 말고 곧장 에디터에게 보내 당신의 글이 실릴 수 있도록 설득하는 편이 좋다. 완벽함을 추구하려 이리저리 손대지 않는다. 빨리 완성해서 바로 보내야 한다. 그날 공개된 사이버 테크놀로지 기술 개발을 주제로 한 원고를 세 번째로 보내는 사람이 되고 싶지 않을 것이다. 아마도 에디터는 가장 먼저 들어온 원고로 마음을 굳혔을 테니까. 기념일이나 특정 사건에 관한 내용이라면 최소 2주 전에는 원고를 보내는 것이 좋다. 이렇게 하면 에디터의 부담을 줄일 수 있고, 나흘 전까지 기다렸다가 원고를 송부하는 다른 작가들보다 몇 발 앞서 나갈 수 있다.

글의 순서를 고려하라. 에디터들은 기사를 다시 살피고 짜임을 새롭게 고치는 데 오랜 시간을 들인다. 글을 쓴 작가의 입장에서는 자신이 무엇을 잘 알고, 독자들에게 어떤 점이 가장 호소력 있게 다가갈지 정확히 판단하기 어려운 부분이 있다. Op-Ed에서 나누는 온라인 대화는 보통 '순서'에 대한 것일 때가 많다. 우리가 봤을 때 핵심이라 여겨지는 대목인데, 저자가 너무 성급하게 혹은 너무 늦게 제시하는 것은 아닌가? 고객이나 친구가 보내온 기명 칼럼 초안을 읽다 보면 주제도 좋고 글도 마음에 들지만 글의 순서가 맞지 않는다고 느껴질 때가 있는데, 이때는 제자리를 찾아갔다는 판단이 설 때까지 문단 배치를 이리저리 바꿔본다. 나는 원고에 거리를 두고 읽는 입장이라 수정하기가 쉽다. 글의 가장 좋은 전개 순서는 직접 만난 누군가에게 이야기를 들려줄 때처럼 풀어나가는 것이다.

진부한 표현과 전문 용어가 글을 망친다. 앞서 말했든 어떤 유형이든 설득하는 글을 쓸 때는 진부한 표현과 전문 용어를 반드시 피해야 한다. Op-Ed 에디터에게 제출할 원고라면 더더욱 유념해야 할 사항이다. 온종일 글을 읽는 에디터들은 아무래도 일반 독자들보다 상투적인 문구에 더욱 민감할 수밖에 없다. 다재다능한 운동선수가 식상한 단어들로 가득한 원고를 보내온 적이 있었다. 글을 다 읽은 후 에디터 한 명이 이렇게 말했다. "110마일짜리 클리셰 작품집에 물살을 가르며 수영을 마친 기분이군요."

너무 뻔한 이야기는 피하라. 한 유명 소설가는 금서 지정을 지지하는 내용의 원고로 출판을 거절당했다. 금서 지정을 반대하는 진보 독자들의 클릭을 유도할 수 없는 주제였다. 한 에디터는 이런 반응을 보였다. "'금서를 향한 항변'이라는 칼럼은 금서의 주 Banned Book Week를 맞아 누구나 생각할 수 있는 가장 쉽고도 맥 빠지는 주제 아닌가요?" 이 원고는 공포의 NMR로 분류되었다. 원고에 이 글자가 새겨질 때마다 작가들에게 미안한 마음이 들었다.

뻔뻔할 정도로 자신을 홍보하는 글을 쓰지 않는다. 우회적으로 당신의 비즈니스에 도움이 되거나 전문 지식을 드러내는 글을 쓸 수 있지만 관계만은 명확히 밝혀야 한다. 이를 테면, 〈뉴욕타임스〉의 헬스 케어에 자주 글을 기고하는 이지키얼 이매뉴얼Ezekiel

Emanuel은 오바바 케어로 알려진 건강보험개혁법에 관련한 내용을 조금이라도 언급할 때는 해당 법안을 만드는 데 참여했다고 항상 밝힌다. 이런 것은 전혀 문제 될 것이 없다. 하지만 새로 창업한 온라인 의류 사업에서 제공하는 엄청난 혜택을 주제로 기명 칼럼을 작성해서는 안 된다. 사업체가 오프라인 매장에서는 선택권이 별로 없는 과체중 여성을 위한 의류를 판매하는 등 특정 사회적 혜택을 제공한다 하더라도 브랜드 홍보용 광고처럼 읽힌다.

에디터나 선생에게 보내도 되는 수준의 글인지 어떻게 판단할 수 있을까? 짧은 글이라면 기본에 충실한지 확인하면 된다. 하나 또는 두 개의 요점에만 충실히 집중한 글인가? 독자들에게서 "이거 두 문단 전에 이미 나왔던 내용 같은데?"라는 질문이 나오지 않도록 논리적인 흐름을 갖추었는지 살핀다. 자신이 이미 알고 있거나 전문 분야를 주제로 썼고, 독창적인 아이디어를 담고 있는가? 독자가 잘 따라올 수 있는 글인가? 독자에게서 "다시 읽어야겠는데. 잘 이해가 안 되네"라는 반응이 나오는 것을 원치 않을 것이다. 독자들은 이내 딴생각하며 좀 더 보상이 큰 무언가를 찾아나서기 마련이다.

독자를 만족시키기 위해 모든 노력을 다했다면 당신의 글을 세상에 내보내줄 에디터가 반드시 나타날 것이다.

Part 5

설득의 심리학

17.

사람들은 자신이 믿는 것을 믿는다

,

누구나 생각과 신념을 고수하기 때문에 타인의 의견을 바꾸기란 쉽지 않다. 누구나 자신이 똑똑하고 많이 안다고 생각하고, 자신의 의견에 자신만만하다. 우리가 멍청하고 편협해서 타인의 의견을 거부하는 것이 아니라, 자신의 입장을 고수해야 하는 심리적인 이유가 있기 때문이다.

보수든, 진보든 자신의 의견이 반박당하는 것을 원치 않는다. 누군가 의견을 반박할 때 우리는 불편함을 느끼고, 위협으로 인식한다. 자신의 약점은 잘 보지 못하면서도 타인의 주장에서 오류는 쉽게 찾아낸다. 심리학자들은 개인의 신념을 뒷받침하는 증거에 더욱 관심을 기울이고, 신념에 반하는 증거는 무시하는 성향, 즉 확증 편향에 대해 밝혔다. 기존의 믿음이 사실임을 드러내는 정보만 좇으므로 우리의 의견은 시간이 지날수록 더욱 확고해진다.

현실과 온라인에서 우리가 커뮤니티를 찾아다니는 것 또한 확증 편향을 강화시킨다. 〈뉴욕타임스〉에서 인기가 상당히 높은 칼럼니스트이자 노벨 경제학상 수상자인 폴 크루그먼Paul Krugman은 댓글을 적극적으로 남기는 열정적인 독자층을 거느리고 있다. 이들 대다수가 물론 그의 의견에 동의하기 때문이기도 하지만 대부분의 경우 독자들은 뜻을 함께하는 커뮤니티의 일원으로 동참하고 싶은 마음에 댓글을 쓴다.

자신의 신념을 지지하는 정보를 얻고 싶은 것도 있지만, 감정적으로 불편하게 하는 의견에 반박하기 위해 우리는 이성적인 수준 이상으로 지나친 노력을 쏟아붓는다. 기존의 신념이 공격을 당할 때 우리는 이 신념을 더욱 강건하게 옹호한다.

지성적으로 내게 위협을 가하는 것은 무조건 밀어내려는 부족주의는 세상을 살아가는 데 비합리적인 방식처럼 보이지만, 전혀 그렇지 않다. 집단으로서 공동의 의견을 공유할 때 생존할 확률이 높아지므로 확증 편향은 사실 진화적 이점을 제공했다고 볼수 있다. 한 집단의 일원이라는 자신의 정체성을 지키기 위해 의견을 고수하는 것이다. 결과적으로 신념은 정체성을 규명하고, 외부인에게서 지켜주는 역할을 하므로 우리를 보호하고 도와준다고 볼 수 있다.

대다수의 경우 집안 분위기를 따라 정치적 성향이 정해지고,

이는 잘 변하지 않는다. 그래서 종종 동료 대다수와는 다른 가치관을 가지게 되기도 한다. 이러한 점이 구성원으로 남아야 하는 소속 집단에서 문제가 된다면 진짜 신념을 숨길 때도 있다. 기후 변화 데이터에 관한 기사를 읽을 만큼 개방적인 사고를 지닌 내 친구는 공화당 지지자가 점령한 작은 도시의 한 컨트리 클럽에 속해 있다. 경기 후 음료를 마시며 멤버들과 대화를 나누는 동안 누군가 해수면 상승으로 호들갑을 떠는 사람들을 비웃는 이야기를 한다고 해도 내 친구는 가만히 듣고만 있을 것이다. 그가 속한 집단의 사람들은 어쩌면 기후 변화가 시급한 문제라고 생각지 않을 수도 있다. 그가 별 말 없이 조용히 있다면 본인에게 이득이면 이득이지 잃을 것이 없다. 더욱 중요한 점은 그가 침묵한다고 해서 기후 변화에 대처하기 위해 들이는 노력을 조금도 훼손하는 것이 아니다. 하지만 만약 지인의 말에 반대하고 나선다면 본인의 입지는 훼손될 것이다.

오늘날 자신만의 성에 갇혀 사는 사람들의 모습을 비판하는 이들이 많지만, 중요한 쟁점에서 자신과 의견이 유사한 사람들끼리 어울리는 데는 도저히 반박할 수 없는 이유가 있다. 다수에 속해야 편하기 때문인데, 이는 심리적인 심지어 때로는 신체적인 원인이 작용한다(일터에서 집단에 어울리지 못한다고 느낀다면, 또는 가족에게서마저도 이질감을 느낀다면 자신과 좀 더 어울릴 만한 사람들을 찾아나설 확률이 높다).

공통분모가 형성되면 해당 커뮤니티를 구성하는 사람들의 아이디어를 수용하게 된다. 집단에서 느낀 동질감을 더욱 확장시키려는 노력이 더해지면 해당 집단이 사회의 지배 집단으로 자리 잡을 가능성이 커진다. 친구를 선택한다는 것은 의견을 선택하는 것과 유사하다 볼 수 있다. 결국 우리는 주변 사람들이 조금씩 섞여 만들어지는 결과물이기 때문이다. 친구들이 어떤 정책을 지지한다면, 가령 기업 감세가 결과적으로는 노동자들에게 이득이 된다고 생각한다면 당신 또한 그에 동의할 확률이 높다. 만약 자신과 성향이 다른 사람들과 교류할 기회가 있다면 해당 정책을 좀 더 미심쩍게 바라보게 될 것이다.

본인은 다르다고 생각하겠지만, 사실 대다수의 사람들이 전문가들의 연구 결과를 자기 의견의 근거로 삼지 않는다. 우리의 신념은 어떤 주제에 대해 논리적으로 철저히 검증하는 과정을 거쳐 형성되지 않는다. 이보다 훨씬 감정적인 영역의 일이다. 심리학자 조너선 하이트Jonathan Haidt는 우리는 감정으로 믿음을 정하고 난 뒤 합당한 근거를 찾는다고 전했다.

《바른 마음The Righteous Mind》의 저자인 하이트는 친밀함이 분열을 완화할 수 있다는 것을 보여주었다. 학생들은 기숙사 방이 네 개 떨어진 곳에 사는 사람들보다 한 개 떨어져 있는 사람들과 친구가 될 확률이 높았다. 이는 좀 더 크고 사회적인 맥락에서도 통용된다. 하이트의 연구에 따르면 타 정당을 지지하는 친구가 한 명이라도 있을 때 해당 정당 지지자들을 혐오하는 경향이 줄어드는 것으로 드러났다. 익숙해질수록 호감도가 높아지는 성향이 있다. 새로 들인 소파가 시간이 갈수록, 보면 볼수록 점점 더 좋아지는 현상은 모든 것에 적용된다. 처음에는 강아지가 그리 예뻐 보이지 않았을 수도 있다. 조금씩 친해질수록 애착이 생기고, 이제는 개의 사진을 잔뜩 찍으며 뒷다리를 희한하게 꼬고 앉는 모습마저 사랑스럽게 보이는 지경에 이른다. 우리는 생리학적으로 남들을 따르도록 설계되었다. 우리 모두가 제각각 독립적인 인간이라고 생각하고 싶겠지만, 의사 결정을 내릴 때에는 그렇지 않다. 내가 속한 부족 사람들의 행동과 사고를 따르고 싶어 한다. 괴짜처럼 보이지 않기 위해서 말이다. 타인의 행동이 상황에 맞는 옳은 처신이라고 짐작한다. 그것이 우리가 배운, 예의를 차리는 법 가운데 하나다.

남이 하는 행동을 보면 그 행동에 동참할 마음이 커진다. 전혀 모르는 사람들이라 하더라도 말이다. 손님이 적은 곳이 아닌 줄이 길게 늘어선 식당을 고르는 것도, 유명 인사의 홍보가 그토록 강력한 영향력을 끼치는 이유도 여기에 있다. 노아 골드스타인Noah Goldstein, 로버트 치알디니Robert Cialdini, 블라다스 그리스케비시우스Vladas Griskevicius의 연구에서는 호텔 투숙객에게 다른 고객 대부분이 동참한다고 알렸을 때 수건을 매일 교체해달라는 요청을 하지 않고 재사용하는 행동을 더욱 많이 이끌어낼 수 있었다. 집단 영향은 강력하다. 사람들은 호텔 내 다른 투숙객을 전혀 모른다 해도 그저 한 호텔에 머문다는 것만으로도 같은 집단에 속한다고 느꼈다.

　대다수의 사람들이 불확실성을 싫어하기 때문에 벌어진 일을 해석하고, 한번 완결한 해석은 그게 무엇이든 고수하려 든다. 종결 욕구^{need for closure}(특정 주제에 확실한 답을 찾고 종결하려는 욕구―옮긴이)가 큰 사람들은 빨리 결론을 내리고 추가 정보를 거부한다. 종결 욕구가 낮은 이들은 모호함을 더 많이 수용하지만 결정을 힘들어한다. 하지만 종결 욕구는 상황에 따라 달라질 수 있다. 사회심리학자인 아리 크루글란스키^{Arie Kruglanski}는 스트레스와 유동성이 큰 상황에서는 종결 욕구 또한 커진다는 것을 밝혔다. 예컨대 크루글란스키와 그의 연구진은 9월 11일 이후 테러 위협이 커지자 조지 부시^{George Bush}의 지지도가 상승했다고 지적했다. 사람들은 불확실한 상황을 싫어했고, 이런 심리 때문에 무엇이든 해야만 한다는 대통령의 의견에 힘을 실어주기 시작했다. 그 무엇이 이라크를 향한 공격이라고 해도 말이다.
　한번 자리 잡은 이데올로기는 강력한 힘을 발휘한다. 심리학자 드루 웨스턴^{Drew Westen}의 저서《감성의 정치학^{The Political Brain}》에서는 자신이 지지하는 선거 후보의 영상을 볼 때 두뇌가 어떻게 반응하는지 검사하는 실험을 소개했다. 영상 속에서 후보자는 기존의 입장과 모순되는 모습을 보였다. 실험 참가자들이 후보의 모순을 알아챔과 동시에 두뇌 속 이성을 관장하는 영역이 활동을 멈추었다. 문제를 야기하는 정보를 차단하는 것이었다. 다른 연구자들도 우리의 심기를 불편하게 하는 정보를 거부하는 성향에 대해 밝혔다. 자신의 입장을 고수하려는 태도는 사람들을 뭐랄까, 멍청하게 만든다. 예일대학교 법학 및 심리학 교수인 댄 카한^{Dan Kahan}은 기후 변화 문제에서 진보와 보수 모두 자신이 정서적으로 공감할 만한 답을 얻을 수 있는 관점에서 해당 문제를 분석하고 해결책을 제시하는 모습을 보였다고 밝혔다. 사실상 높은 지적 능력과 비판적 사고 능력은 집단 구성원들과 강력한 과학적 증거를 둘러싸고 토론하는 데 쓰인 것이 아니라, 인간이 기후 변화에 기여하는가에 대한 양측의 대립을 심화시키기만 했다. 위니펙대학교의 제러미 프라이머^{Jeremy Frimer}가 진행한 일련의 연구에서는 자신과 반대되는 관점을 기피하려는 인간의 욕망이 얼마나 강력한지 여실히 드러났다. 그중 한 연구에서 연구진은 온라인상으로 미국인 202명을 섭외해 동성 결혼 찬반 그룹으로 나누었다. 참가자들에게는 기존의 입장을 지지하는 글을 읽은 뒤 질문에 답하면 7달러를 벌 수 있다고 알렸다. 만약 자신의 입장과 반대되는 글을 읽는다면 10달러를 번다고 공지했다. 더 큰 돈을 받을 수 있음에도 대다수의 참가자는 자신과 다른 의견의 글을 절대로 읽지 않으려고 하는 모습을 보였다. 진보와 보수 모두 본인의 의견에 반하는 정보를 어떻게든 피하려고 했다. 연구진은 미국인 245명을 대상으로 한 또 다른 연구에서 같은 실험을 진행했고, 비슷한 결과를 얻었다. 다른 이슈에서도 결과는 마찬가지였다. 중대한 정치적 문제부터 펩시와 코카콜라 가운데 하나를 고르는 사소한 문제까지 사람들은 대체로 자신과 같은 의견을 듣고 싶어 하는 모습을 보였다.

왜 이토록 집요하게 자신의 의견을 고수하려 드는 걸까? 두 가지 상반되는 신념을 동시에 따르고 싶지 않은 이유가 일부 작용했을 것이다. 또한 의견이 이토록 다르다는 사실을 인지하는 것 자체가 불편하기 때문이기도 하다. 사람들은 자신의 선택을 후회하고 싶어 하지 않는다. 인간이 그렇게 타고났다. 자신이 내린 결정이 어쩌면 잘못되었다는 증거를 거부하고 싶기 때문에 보지 않으려 한다. 자신의 의견을 포기하고 싶은 사람은 없다. 노력이 필요한 일이다. 이와 동시에, 자신이 보기에 명백하게 잘못된 신념을 사람들이 왜 버리지 않는지도 이해하지 못한다.

우리의 신념을 지키는 것이 심리적으로 훨씬 편안한 선택이다.

그렇다고 해서 신념을 영원히 고수하지는 않는다. 사람은 변한다. 자신의 생각이 그르다는 근거를 이해할 수 없어 얼마간은 무시하겠지만, 종국에는 믿고 싶은 것과 누가 봐도 명확한 진실 사이의 간극을 견디지 못하는 시점이 온다. 결국 우리는 입장을 바꾼다.

용케 타인의 의견을 바꾸었다고 해서 그가 신념을 바꾸었음을 인정하리라는 기대를 버려야 한다. 신념의 존엄성을 지키기 위해 이들은 스스로 거짓말까지 한다. 1960년대 유권자들이 그랬던 것처럼 말이다. 존 F. 케네디John F. Kennedy는 대선 일반투표 당시 근소한 차이로 승리했다. 하지만 암살 후 수백만 명이 그를 지지했다고 밝혔고, 선거 여론조사 위원에게 표를 행사했다고 밝힌 유권자가 64퍼센트에 달했다. 신념에 변화가 생기자 사람들은 본인의 역사마저 달리 썼다.

18
도덕적
가치관의
힘

,

아서 브룩스^{Arthur Brooks}는 독실한 크리스천이자 열정적인 자본주의자로 자유 시장이 모든 사람들을, 특히나 가난한 계층을 살릴 수 있는 최선의 길이라 믿는 인물이다. 하지만 자신이 지지하는 자본주의가 의심스러운 지점 또한 있음을 인정한다. 〈뉴욕타임스〉의 정기 오피니언 기고가로 활동할 당시 진보주의 성향의 독자 다수가 대부분의 쟁점에서 자신과 의견을 달리했다는 점 또한 알고 있었다.

미국기업연구소 소장이던 그의 월간 칼럼을 편집하며 타협점을 찾아내는 브룩스의 탁월한 능력에 감탄할 때가 많았다. 한 가지 사례를 소개하자면 그가 칼럼을 썼던 일을 들 수 있다. 글에서 그는 다양성이 중요하다면서도 학계에서 보수주의자들을 거부하는 진보주의자들의 위선적인 행태를 꼬집었다. 하지만 먼저 그는 독자들의 마음을 달래었다.

그는 다양성이 중요하다는 전형적인 진보주의 신념에 동의하는 모습을 보였다. 설득의 모든 법칙을 따르는 그의 모습이 내 눈에는 의도라기보다는 그가 직감적으로 설득이란 무엇인지 알고 있는 듯 보였다. 우선 자신의 글을 읽는 독자와 정서적인 유대감을 형성했고, 같은 가치를 공유한다는 점을 피력한 뒤 공감할 만한 아이디어를 제시했다.

그 후 반전을 더했다. 자신과 독자들이 원하는 바가 같다는 것을 보여준 후 정치적으로 보수 성향의 사회심리학자들보다 진보 성향의 사회심리학자들이 14배 많다는 새로운 연구 결과를 인용했다. 연구진은 학계 내에 보수주의 연구자들과 이들의 관점에 대한 차별과 적대가 존재한다는 증거를 찾았다고 적었다. 한 여론조사에서 사회심리학자들 가운데 무려 79퍼센트가 비슷한 조건일 경우 진보주의 성향의 학자와 비교해 보수주의 성향의 동료를 고용하는 데 소극적인 태도를 보였다.

진보주의의 핵심적인 도덕 가치인 공정성에 초점을 맞추어 글을 풀어낸 아주 영리한 방법이었다. 여기에 진보주의 독자들이 어떤 반응을 보일 수 있을까? 보수주의자들을 차별해도 된다고 말할까? 절대로 그렇지 않다. 이 칼럼으로 브룩스가 얼마나 많은 사람들의 인식을 바꾸었는지 알 길이 없지만 적어도 한 명의 생각에는 영향을 미쳤다고 확실히 말할 수 있다. 바로 나였다. 도덕적 가치를 확인시킨 뒤 이 가치가 제대로 실현되지 않고 있다는 기발한 전개 덕분에 나는 이 문제를 새로운 관점에서 보기 시작했다.

칼럼에서 브룩스는 설득의 가장 중요한 전략 하나를 사용했다. 필자가 아닌 독자의 가치와 윤리관을 상기시키는 것이다. 도덕적 관점이 얼마나 중요한 역할을 하는지는 아무리 강조해도 부족하다. 한 연구에서는 성별, 인종, 부, 학력, 지지정당이 아닌 개인의 윤리관과 가치가 견해와 투표에 영향을 미친다고 밝혔다.

훌륭한 삶과 훌륭한 사회를 만들기 위해 무엇이 필요한지에 관해서는 저마다 자신만의 생각이 확고하고, 자신의 생각을 뒷받침하는 관점을 지지한다. 독자들의 도덕적 프레임을 이해하지 못한다면 이들을 설득할 수 없다. 타인이 근본적인 가치관을 바꾸길 바랄 수 없으므로 타인의 가치관에 어울리는 방식으로 자신의 주장을 펼쳐야 한다.

진보주의자와 보수주의자의 도덕적 프레임은 다르다. 일반적으로 진보주의자들은 평등과 공정성을 지지하는 데 반해 보수주의자들은 충성심과 애국심, 권위에 대한 존중, 도덕적 순결을 중시한다. 공화당 지지자들은 성스러운 개념을 중요시하고, 민주당 지지자들은 세속적인 것, 물질적인 이익에 관계가 깊다. 몇몇 심리학자는 이러한 가치의 차이를 양육 환경에서 찾으며 엄한 가정

환경과 내면의 불안이 자유 진보적 성향과 다양성을 거부하게 만든다고 지적했다. 보수주의자들에게 평등과 개인의 자율성은 가족 및 가족의 역할이라는 가치보다 중요하지 않다.

사회학자들은 특정 주장이 청중의 도덕적 가치관에 부합하여 제시될 때 수용될 가능성이 높다고 밝혔다. 하지만 쉽지 않은 일이다. 어떤 방법으로 타인을 설득해야 하는지 모르는 사람들은 자신의 도덕적 관점을 바탕으로 주장을 펼친다. 청중의 입장에서, 철저히 듣는 이의 관점으로 생각하는 데는 대단한 노력이 필요하다.

스탠퍼드대학교 교수인 롭 윌러[Robb Willer]와 토론토대학교 부교수인 매슈 파인버그[Matthew Feinberg]는 수많은 연구에서 사람들은 본인이 중요시하는 가치를 바탕으로 제시되는 주장을 수용할 가능성이 높다는 것을 밝혔다. 청중의 입장에서 자신의 주장을 펼치는 것이 얼마나 힘든 일인지 두 사람의 연구로 드러났다.

윌러와 파인버그가 진보주의자들에게 동성 결혼이란 주제로 보수주의자를 납득시킬 만한 설득력 있는 글을 써달라고 요청하며 상금을 내걸자, 9퍼센트만이 보수주의 가치에 호소하며 자신의 주장을 펼쳤다. 대부분의 사람들은 공정성이라는 본인의 가치를 중심으로 글을 썼다. 보수주의자들을 설득하고 싶었다면 "동성 커플들 역시 자랑스러운 미국인이자 애국심 높은 국민이다"라는 방향으로 애국심이나 집단 충성심을 강조했어야 한다. 보수주의자들 역시 똑같은 맹점을 안고 있었다. 진보 성향의 독자를 대상으로 영어를 미국 유일의 공식 언어로 지정해야 한다는 주장의 글을 쓰라고 요청하자, 보수주의자들 가운데 8퍼센트만이 진보주의자의 도덕적 프레임을 바탕으로 글을 썼고, 59퍼센트는 보수주의적 가치를 중심으로 주장을 펼쳤다.

이와 유사한 실험에서 윌러와 파인버그는 진보주의자들에게 군비 증강을 납득시키는 데 무엇이 효과적인지 알아보고자 했다. 진보주의자들에게 우리는 '조국의 군대를 자랑스럽게 여겨야 한다'는 메시지를 제시했다. 또 다른 메시지에는 군대라는 조직에서는 가난한 사람들과 사회적 약자들이 '동등한 지위를 얻을 수' 있고 빈곤에서 벗어날 수 있기 때문에 군비 증강이 필요하다는 주장이 담겨 있었다. 진보주의자들은 애국심에 호소하는 주장보다 공정성에 대한 메시지를 읽은 후 군비 증강을 훨씬 지지하는 모습을 보였다.

이러한 가치들이 정치와 사회에 중대한 결과를 이끈다. 캘리포니아대학교 버클리 캠퍼스의 언어학 교수로 오랫동안 지냈던 인물이지 《코끼리는 생각하지 마 Don't Think of an Elephant!》의 지자인 조지 레이코프는 도덕적 가치관을 활용한 마케팅과 대중 사로잡는 데는 공화당이 민주당보다 훨씬 영리하게 잘해왔다고 꼬집었다. 레이코프는 민주당이 '팩트가 설득의 길'이라는 18세기 계몽주의에 입각한 신념에 발목이 잡혔다고 지적했다. 그는 진보주의자이 그들과 신념이 다른 사람들에게 좋은 일만 해주는 일을 멈추려

레이코프가 제안한, 메시지의 프레임을 바꾸는 방법이다.

이민자를 반대하는 정치인들이 이렇게 말한다면: "이민자들은 [부정적인 ○○]이다"

당신은 이렇게 대응해야 한다: "이민자들은 [긍정적인 ○○]이다."

　　예시: "이민자들은 우리의 이웃이다", "이민자들은 우리의 가족이다", "이민자들은 우리의 영웅이다."

이렇게 대응해선 안 된다: "이민자들은 [부정적인 ○○]이 아니다."

화석 연료의 사용을 주장하는 사람이 이렇게 말한다면: "석탄은 [긍정적인 ○○]이다."

당신은 이렇게 대응해야 한다: "석탄은 [부정적인 ○○]이다."

　　예시: "석탄은 더럽다", "석탄은 위험하다", "석탄은 유해하다."

이렇게 대응해선 안 된다: "석탄은 [긍정적인 ○○]이 아니다."

언제나 자신이 믿는 바를 직접적으로 전해야 한다. 현재 쟁점이나 주장이 무엇이든, '아니다'라는 단어를 쓸 때 반대 측의 주장을 반복하게 되므로 청중들의 뇌리에 오히려 더욱 깊이 각인되는 효과를 남긴다.

면 그들이 주장하고자 하는 메시지를 더욱 강력하게 전달해야 한다고 전했다. 그러기 위해서는 어떤 쟁점이나 주장에 대해 사람들이 갖고 있는 인식을 변화시키는 일련의 과정이 필요하다고 설명했다. 즉, 메시지의 프레임을 바꿔야 한다는 것이다.

레이코프는 민주당이 대중에게 다가가기 위해서는 사용하는 언어를 바꿔야 한다고 지적했다. 이를 테면, 공기와 수질 보장에 따른 정부의 역할을 '연방 규정federal regulations' 대신 '연방 보호federal protections'라는 용어로 고쳐 쓴다면, 보수주의자들에게 가족을 보호하는 아버지의 이미지를 떠올리게 할 수 있다고 전했다. 또한 민주당이 세금에 대한 담론을 줄이고, 대신 세금이 무엇을 위해 존재하는지, 가령 '공공자원을 위한 투자'에 쓰인다는 것을 알린다면 사람들은 학교, 도로, 대교, 법원 등 우리 모두가 사용하고 있는 곳곳이 정부의 비용으로 운영되고 있다는 것을 깨닫게 된다.

진보와 보수 둘 다 그들 존재에 반하는 가치로 세상에 접근한다는 것이 충격적인가? 그리 놀랄 만한 일은 아니다. 당신이 닿고지 히는 사람들을 관찰하고 이들의 입장이 되려고 노력해야 한다. 브룩스가 학계에 보수주의자들에 대한 차별이 존재한다는 점을 지적하며 주장을 전개했던 방식처럼, 이들이 무엇을 중요하게 여기는지에 대해 생각한다면 한두 명의 마음을 바꿀 확률이 훨씬 높아질 것이다.

19.

사람을
진정으로
변화시키는
것

,

무엇이 세계관을 진정으로 변화시키는지 꼬집어 말하기는 어렵다.

내가 공화당 지지자 가풍에서 멀어져 가족들과 다른 시각을 갖게 된 계기가 무엇이었는지만 짐작할 따름이다.

어린 시절, 눈앞에 펼쳐진 불평등을 목격하며 내내 죄책감에 시달려야 했다. 엄마는 항상 가정부를 두었다. 내가 열네 살 때 엄마가 재혼하기 전까지는 정말 한 번도 엄마가 집안일을 하는 것을 본 적 없다. 그럼에도 침대 네 귀퉁이가 반듯하게 접혀 있고, 완벽하게 다림질된 모노그램 문양의 침대 커버 위에 가벼운 여름용 이불이 정돈되어 있고, 은식기류가 항상 윤이 나는 집에서 자랐다. 엄마가 가족 사업을 돕는다는 것은 알았지만 실제로 어떤 일을 하는지 잘은 몰랐고, 엄마도 거의 이야기를 꺼내지 않았다.

그럼 집안일 일체를 도맡아 하던 사람은 누구였을까? 우리가 마지라고 불렀던 마거릿 와이스Margaret Weiss였다. 와이스는 대학교를 다니다가 대공황 당시 집안이 크게 기울어 학교를 그만두어야 했다. 그녀는 가정학 교사를 꿈꿨다. 하지만 가정부가 되어 외조부모 댁에서 이후 우리 엄마를 위해 일했다.

엄마와 와이스를 보며 얻은 교훈은 내게 오래도록 남았다. 첫째로 고된 노동이 반드시 대가로 이어지지 않는다는 점이다. 와이스는 숙식을 제공받고 겨우 쥐꼬리만 한 월급을 받았다. 엄마는 좋은 가정에서 태어났다는 이유만으로 노동 없이도 무료 숙식을 누렸다. 둘째로 돈이 반드시 행복을 보장해주지 않는다는 것이다. 와이스는 행복한 사람이었다. 와이스가 우리 집에서 일을 그만둔 후에도 나는 계속 그녀와 연락하며 지냈다. 잘 자라준 세 자녀 덕분에 와이스는 멋진 노후 생활을 누렸다. 엄마는 재혼 전까지만 해도 항상 불행해했다.

그렇게 나는 우리가 가진 능력과 노력만으로 우리가 원하는 삶을 만들 수 없다는 것을 깨달아갔다. 진보주의 성향의 어른이 될 준비를 했다.

다른 사람들의 경우 변화가 어떻게 찾아올까? 아서 브룩스는 시애틀의 진보 성향 가족에게서 태어나 보수적인 가톨릭이 되었다. 정치적으로는 그와 나의 입장이 서로 바뀌었어야 하지만, 그래도 우리는 비슷한 가치를 공유하고 나는 그를 전적으로 존경한다.

브룩스가 열다섯 살 때 멕시코로 수학여행을 갔을 당시 과달루페의 성모 성지를 방문한 것이 가톨릭으로 개종한 계기가 되었다. 성모 마리아의 그림을 올려다본 그는 마치 마리아가 자신의 눈앞에 나타난 듯한 느낌을 받았다. 몇 달 후 그는 시애틀에서 개종 절차를 밟았다.

개신교인 부모는 브룩스의 변화를 그리 반기지 않았지만 그가 8학년 때부터 시작했던 약물보다는 가톨릭이 낫다고 판단했다. 그의 다음 변화는 직업이었다. 20대 중반 브룩스는 자유분방한 보헤미안이 되어 바르셀로나에서 뮤지션으로 활동하는 동시에 정치적으로는 진보를 지향했다. "스스로 사회 정의 수호자라는 생각에 취했고, 자본주의가 절반에게는 적대적인 제도라고 믿었다. 다른 사람들이 알고 있는 것은 나도 알고 '있었다.' 자본주의가 부자들에게는 훌륭한 제도지만 가난한 사람들에게는 끔찍하다는 것 말이다." 자신에게 찾아온 두 번의 변화에 대해《아메리칸 American》 매거진에 적은 글의 일부다.

이후 통신 강좌로 대학 공부를 다시 시작한 브룩스는 경제학을 공부하며 자신이 살아온 세월 동안 약 20억 명이 빈곤을 탈출했다는 것을 배웠다. 그뿐 아니라 거의 모든 개발 경제학자들이 이 같은 성과는 세계화, 자유 무역, 재산권, 법규, 기업가정신으로 가능했다고 믿고 있었다. 그는 미국의 자유 기업 제도의 추종자가 되었다. 음악을 그만둔 후 정책 분석으로 박사 학위를 취득했고, 경제학과 사회적 기업가 정신에 대해 가르치다가 이후 자본주의를 지지하는 워싱턴의 싱크탱크, 미국기업연구소의 책임자가 되었다.

Op-Ed 란에 보수 성향의 의견을 싣고 싶었던 나는 그에게 연락을 취했고, 그는 내게 커피를 제안했다. 그를 보자마자 따뜻한 마음과 총명함, 전문 용어나 모호함 없이 글을 써내는 능력에 매료되었다.

나는 무엇이 사람을 변화하게 하는지에 관심이 많았다. 많은 사람들에게 예전에는 믿지 않았으나 이제는 새로이 믿게 된 신념이 무엇인지, 어떤 계기로 변하게 되었는지 묻곤 했다. 대부분은 명확히 대답하지 못했다. 변화된 생각이 이미 이들 안의 일부로 동화된 나머지 언제, 어떤 계기로 그 변화가 찾아왔는지 떠올리지 못했다.

내 경우, 특정 팩트를 접한 뒤 달라진 때도 있지만 대부분의 변화는 점진적으로 이루어졌다. 뉴욕으로 옮긴 지 얼마 지나지 않아, 임대료 규제와 안정화 정책은 훌륭한 것이고 뉴욕의 아파트를 적당한 가격으로 유지할 수 있는 유일한 방책이라는 친구의 의견을 전적으로 받아들였다. 하지만 뉴욕대학교 경제학 교수 한 명과 친구가 된 후 그에게서 다른 시각을 접했다. 그는 이러한 부동산 정책이 극빈층에게 도움이 되지 않기 때문에 불공평하다고 지적했다. 처음 도시에 온 사람들에게는 도움이 되겠지만, 후에는 이 정책 때문에 다른 곳으로 옮기기가 힘들어졌다. 좋은 계약 조건 때문에 오히려 발이 묶이는 상황이었다. 그의 이야기에 빠져든 나는 친구들이 임대 정책에 대해 대화를 나눌 때 사실 가난한 사람들이 임대 지원 정책의 진짜 수혜자가 아니라는 그의 말을 다시 떠올렸다. 하룻밤 새 내 의견이 달라진 것은 아니었지만, 이 문제를 좀 더 다면적으로 생각하기 시작했다.

사회과학 연구자들, 그리고 이들 이전의 철학자들은 무엇이 인간을 변화시키는지 이미 제시한 바가 있지만, 몇 가지 간단한 단계를 거쳐 가능한 일이거나 즉각적인 결과를 기대할 수 있다고는 보지 않았다. 어떤 경우 변화는 사람을 통해서, 한 사람이 다른 사람에게 영향을 미치는 식으로 이루어진다. 때로는 미디어로 빠르고 급격하게 전개되기도 한다. 성희롱 문제와 여성들의 직장 내 실상이 전 국민 앞에 드러나고, 수많은 영향력 있는 남성들의 커리어에 종점을 찍었던 '미투' 운동처럼 말이다.

수많은 전문가가 수십 년간 조사하고 연구한, 설득을 가능케 하는 몇 가지 핵심 원칙을 소개하고자 한다.

몇 가지 제안은 학술 연구를 바탕으로 해 일대일 대화에서, 가령 아내에게 옷을 잘 정리해달라고 설득해야 하는 상황에서만 적용되는 반면, 다른 제안들은 글쓰기 또는 대화에서 적용할 수 있다. 앞서 이미 직접적으로든 간접적으로든 나온 내용일 수도 있지만 한자리에 정리해두는 편이 여러모로 도움이 될 거라고 판단했다.

전문가가 말하는 설득력을 높이는 방법

상대에게 무언가를 주어라. 사람들이 무엇을 바라는지 파악하고 원하는 바를 전해준다면 이들 또한 당신이 원하는 것을 줄 확률이 높다. 작은 선물일지라도 받는 사람은 당신의 바람을 들어주고 싶은 마음이 커진다. 사람들은 선물을 받는 것도 또 그에 화답하는 것도 좋아한다. 이 때문에 〈뉴욕타임스〉와 〈월스트리트저널〉에는 직원들에게 선물을 받지 못하게 하는 엄격한 규칙이 있었다. 〈월스트리트저널〉에서 일할 당시 고급 훈제 오리 요리가 선물로 들어온 적이 있었다. 돌려보낼 수 없는 선물이라 자선 단체에 보냈다. 다만 꽃은 그냥 버려질 것이 걸려 예외로 삼았다. 받은 꽃을 내 책상 위에 두면 보낸 이의 부탁을 들어주어야 할 것 같아 마음이 무거워진 탓에 사무실 중앙에 두었다.

부탁하라. 부탁하기를 싫어하는 사람들이 많다. 하지만 큰 실수다. 요청해서 나쁠 게 전혀 없다. 여러 연구에 따르면 직접적인 요청에 상대방이 수락할 가능성을 사람들이 과소평가하는 것으로 밝혀졌다.

겸손하라. 말을 할 때는 다른 가능성에도 여지를 두는 화법을 쓰며 당신이 모든 것을 아는 것은 아니라고 인정하는 모습을 보인다. 이것은 당신이 기꺼이 상대의 말을 들을 준비가 되어 있다는 의미가 된다. "그 말이 맞을 수도 있겠네요"라고 말한다면 상대방도 당신의 의견에 동의하기가 한결 쉬워진다. 당신과 관점이 다른 독자를 위해 글을 쓰는 이상, 적대감을 낮추기 위해 어떤 단어를 써야 할지 생각해야 한다.

직장 동료에게 "지금쯤이면 다 끝냈어야지"라고 말한다면 상대방은 자연스럽게 방어 태세를 취한다. 하지만 "일이 다 끝나지 않아서 큰일이네"라고 한다면 상대방을 향한 비난이 드러나지 않는다.

연구진은 상대의 이름을 자주 부를수록 상대방의 호감과 신뢰를 얻을 확률이 높아진다고 밝혔다.

당신과 의견이 다른 사람들에게 우호적으로 대하는 태도에서 가치가 탄생한다. 모두가 함께 더욱 똑똑해지고 유연해지는 방법이다. 세상을 바꿀 수는 없겠지만, 열린 태도로 먼저 다가선다면 자기 자신만큼은 조금이나마 변화시킬 수 있다. 당신 또는 당신과 의견을 같이하는 사람들이 잘못 생각하는 점을 지적하면서 대화를 시작하라. 그것만으로도 즉각 대화가 전투 모드에서 벗어날 수 있다.

사람들이 본인의 입장을 설명하도록 만들어라. 학자들에 따르면 박식한 누군가에게 자신의 의견을 설명해야 하는 상황이 닥쳐야만 사람들은 비판적으로 사고하려 노력한다고 한다.

다시 말해, 토론이나 논쟁을 할 때 상대방의 입장을 설명하도록 만들어야 한다는 것이다. 그들의 생각을 정책에 어떻게 적용할수 있을지, 또는 어떤 법안에 대해 어떻게 생각하는지 물어야 한다. 자신의 입장을 하나씩 설명하다가 막힌다면 상대방은 본인 주장의 허점을 깨닫고 아마도 당신의 의견에 좀 더 열린 태도로 귀를 기울일 것이다. 자신이 지지하는 바를 정확하게 설명할 수 없을 때 사람들은 입장의 수위를 낮추는 경향을 보였다.

차트와 그래프를 활용하라. 2018년 정치 과학자인 브랜던 니한Brendan Nyhan과 제이슨 레이플러Jason Reifler는 왜 미국인들이 그토록 수많은 낭설을 믿는지 이유를 확인하고자 연구를 시작했다. 이들은 정확한 정보를 전달하면 잘못된 믿음을 바로잡을 수 있을지 알고 싶었다.

여러 테스트로 두 사람은 정보를 이해시키는 데 문자보다 그래프와 차트가 훨씬 효과적이라는 것을 발견했다. 그럼에도 사람들은 자존감을 위협하는 정보를 거부하려 든 탓에 아무리 효율적인 형식으로 정보를 제공해도 저항에 부딪혔다. 긍정적인 자기 확언self-affirmation 훈련 덕분에 사람들이 좀 더 열린 태도를 보이기도 했지만, 두 사람은 같은 분야에서 앞서 진행된 연구 결과에 비해 이번 연구에서 사람들의 강경한 정도가 낮아진 것을 발견했다.

사회적으로 합의된 통념을 알린다. 누구나 다른 사람들과 비슷하게 행동하고 사회적으로 정해진 기준을 따르고 싶어 한다. 어떤 주제에 의견 일치가 이뤄졌다는 것을 보여준다면, 그리고 이때 공격적인 언행을 삼간다면 청중은 자신의 생각을 바꿔 합의된 의견을 수용하고자 할 것이다.

사람들이 무엇을 두려워하는지 파악하라. 정치적 신념은 두려움의 대상과 강도에 큰 영향을 받는다. 정치 심리학 연구자는 보수주의자들이 진보주의자들보다 신체적 위협에 더욱 강하게 반응한다고 밝혔다. 신체적 안전에 대한 이들의 불안은 아마도 어렸을 때 생겨난 것으로 보고 있다.

민주당 정치인들이 대중에게 위험은 통제 가능하다고 말하는 이유가 여기에 있다. 한편 공화당 정치인들은 공포를 조장해야 표를 얻는 데 유리하다는 것을 알기 때문에 이민과 테러의 위협을 더욱 강조하려 든다.

마찬가지로 연구진에 따르면 독감에 대한 공포가 조성될 때 사람들은 이민에 반대하는 한편, 독감에 대한 불안감이 낮아질 때는 이민자들에 대한 두려움 역시 낮아진다고 한다. 우리에게 영향력을 행사하고 싶은 사람들이 쉽게 이용할 수 있는 무의식적 동기가 우리의 의견에 영향을 미친다.

나쁜 습관을 줄이고 싶다면 접근하기 번거롭게 만들고, 좋은 습관을 들이고 싶다면 접근성을 낮춰라 누구나 쉬운 길을 택한다. 게을러서가 아니라 인간의 본성이다. 아주 약간이나마 선택하기가 쉽다면 사람들은 그것을 택한다. 파티에서는 쉽게 입에 넣을 수 있는 포도를 택하고, 뷔페에서는 이것저것 많이 올라가 있는 큰 파이 조각보다는 쿠키를 택한다. 덜 번거로운 쪽을 택한다.

어떤 행동을 멈추도록 설득하고 싶다면, 그 행동을 하기 어렵게 만들어야 한다. 흡연 장소가 줄어들자 미국 내 흡연율이 낮아졌다. 책상에서 일어나 엘리베이터를 타고 바깥으로 나가 영하 약 7도의 추위를 견디는 수고를 할 가치가 없다고 판단하는 것이다. 음료를 줄이고 물을 더 많이 섭취하도록 권장하고 싶다면? 생수 자판기를 들이면 된다. 설탕 섭취량을 낮추고 싶다면? 집에 있는 설탕을 치우면 된다. 차에 넣을 설탕 한 스푼을 구하기 위해 슈퍼마켓까지 운전해 가야 한다면 아마도 포기할 것이다. 사람들과 어울리며 사회화를 하고 싶다면? 정기적으로 진행되는 저녁 모임 몇 개에 참여한다. 이렇게 하면 매번 약속을 잡는 번거로움을 덜 수 있다. SNS 사용을 줄이고 싶다면? 스마트폰에서 앱을 지우면 된다.

따뜻하고 친절하게 대하라. 사람들이 당신을 좋아하도록 만들어라. 칭찬의 말을 건네라. 누구나 칭찬에 호의적으로 응하기 마련이다. 호감이 있는 사람에게 호의를 보이는 것이 당연하고, 싫어하는 사람에게는 거절이 훨씬 쉽다. 의견이 다른 문제를 논의하기 전에 상호 공통점이 있는 분야에 대해 대화를 먼저 나눠야 한다.

정서적 장벽을 슬쩍 피해 다가가라. 당신의 말에 귀 기울이길 바란다면 상대방을 언짢게 하지 않는 것이 좋다. 자연스럽게 일어나는 저항을 피해 서서히 다가가야 한다.

청중의 가치를 바탕으로 접근하라. 판단하는 마음을 버려야 한다. 당신이 닿고자 하는 사람들이 누구인지 파악하고, 그에 맞춰 접근법을 달리해야 한다. 가족 가운데 마지막으로 남은 흡연자에게 금연을 권하는 상황이라고 생각해보자. 연구에 따르면 어떠한 행동 변화를 개인 정체성의 가장 핵심적인 부분과 연결시킨다면 효과가 높다고 한다. 훌륭한 인간, 훌륭한 아버지, 집단의 훌륭한 구성원 등 상대가 가장 소중하게 생각하는 정체성을 언급한다면 높은 확률로 상대의 행동 변화를 이끌어낼 수 있다. 어떤 사람들에게는 금연하면 장수한다는 이점이 효과적일 수도 있다. 어떤 이들에게는 이런 말이 너무도 추상적이게 느껴지지만, 대신 흡연 때문에 예기치 못한 이른 죽음에 이른다면 가족이 얼마나 큰 상실감에 빠질지 상기시킬 때 변화의 의지를 끌어낼 수 있다. 행동의 변화를 정체성의 핵심 가치에 연계한다. 상당한 수고를 요하는 일일 수 있다. 하지만 오랫동안 고수해온 의견이나 습관을 지우는 것은 결코 쉽지 않다.

자신감과 권위를 드러내라. 겸손과 자신감을 함께 내보이는 것이 힘들지만, 충분히 가능한 일이다. 침착한 자신감을 보여야 한다.

상대의 잘못된 발언을 반복하는 화법을 쓰지 말라. 동의하지 않는 의견을 당신 입으로 다시 언급해서 외려 잘못된 신념을 사람들의 뇌리에 각인시키지 않도록 다른 언어로 주장을 새롭게 표현한다.

작은 변화, 최소한의 노력을 추구한다. 작은 단계부터 유도한다. 지구 온난화만 생각하면 마음이 무거워지고 내가 무엇을 어떻게 해야 할지도 모르겠다. 하지만 누군가 작은 일들이 변화를 가져올 수 있다고 설득한다면, 나는 분명 그 의견을 받아들일 것이다. 지난 몇 년간 열심히 재활용에 참여한 것도, 키친타월을 쓰지 않는 것도 이 때문이다. 물론 크게 보자면 이런 행동들이 별 의미가 없을지 몰라도 말이다. 하지만 변화를 이끌어낼 수 있다고 믿기 때문에 계속하는 것이다.

위에 언급한 내용은 사회과학 연구에서 얻은 그저 몇 가지 원칙에 지나지 않는다. 해당 연구 분야가 진화를 계속하고 있으니 앞으로 인간의 지극한 본성에 대한 새로운 발견을 관심 있게 지켜보길 바란다.

종결

**이제
나아갈
때다!**

,

　이 책을 집필하며 설득에 대한 다양한 논문을 읽었다. 흥미롭게도 대다수의 글은 내가 에디터로 일할 당시 업무적으로나 일화로 접했던 내용을 좀 더 체계적인 형태로 제시한 것이었다.

　하지만 가끔씩 설득의 어려움을 말하는 수많은 전문가의 이야기를 듣다 보면 힘이 빠지기도 했다. Op-Ed에서 바쁘게 보냈던 그 시간들이 어떤 가치가 있긴 했을까? 사람들의 마음을 바꿀 수 있는 걸까?

　이런 고민에 시달리던 어느 날 나는 예일대학교 정치과학과 조교수인 알렉산더 카포크^{Alexander Coppock}에게 전화를 걸었다. 그는 최근 내게 개인적으로 무척이나 중요한 문제이자 내 경험에도 깊이 관련되어 있는 주제로 연구를 진행했다. 그는 해당 연구로 기명 칼럼이 읽는 이에게서 어떤 변화를 이끌어냈는지, 여기에 들어간 시간과 부차적인 비용이 모두 어떤 의미가 있었는지 확인하고자 했다. 온라인상으로 진행된 연구에서 카포크는 수천 명의 실험 참가자를 칼럼을 읽은 집단과 읽지 않은 집단으로 나누었다. 그는 기명 칼럼을 읽은 사람들이 그렇지 않은 사람들에 비해 필자의 관점에 동의하는 모습을 보였다고 밝혔다.

그는 무엇이 정말 의견을 변화시키는지 누구도 단언할 수 없다고 말했다. 카포크와 카토연구소의 공동 연구진은 사람들이 영향을 '받는다'는 것은 밝혀냈지만, 그 '이유'는 찾아내지 못했다. 공화당 지지자와 민주당 지지자 양측 모두 칼럼을 읽은 후 5에서 10퍼센트포인트가량 저자에게 동의하는 확률이 높아지는 모습을 보였다. 칼럼 읽기가 민주당 지지자들을 공화당 지지자로 변화시키는 등의 근본적인 변화를 이끌어낸 것은 아니었지만, 양측 모두에서 주목할 만한 그리고 지속 가능한 변화가 발견되었다.

나는 설득의 힘을 믿는다.

내 삶에서 긍정적인 변화를 몸소 체험했던 것이 큰 이유다. 글쓰기로든 사람과의 소통으로든 세상과 관계를 맺는 것이야말로 이 세상의 본질이자 삶의 본질이다.

이 책에 담긴 내용이 당신에게 글을 쓸 영감과 자신감을 주었길 바라는 마음이다. 자신의 생각을 정리해 다른 사람들과 공유하는 일은 상당히 만족감을 준다. 우리 모두가 한마음이고, 우리의 글이 가장 원시적이고도 가장 심오한 방식으로 우리를 연결시켜 주고 있다.

감사의 말

•

고마운 사람들이 많지만 가장 먼저 인사를 전해야 할 가장 중요한 사람
은 내 편집자인 로버트 웨일Robert Weil이다. 이 책에 모험을 걸 만큼 자신감
넘치는 사람이자, 형편없던 초고를 본 뒤에도 나를 포기하지 않을 정도
로 따뜻한 사람이다. 이렇듯 헌신적이고, 똑똑하며, 열정적인 편집자는
그가 처음이었다.

　내 에이전트, 앨리스 마르텔Alice Martell도 빼놓을 수 없다. 우리가 함께
해온 세월 동안 이제 두 번째 책을 출간했으니 내 덕분에 부자가 되진 못
했을 것이다. 그녀는 내게 변함없는 친구이자 조언자다.

　에디터로 함께 일하는 것이 즐거웠던 작가들 가운데 한 명인 아서
브룩스 덕분에 이 책에 대한 아이디어를 얻었다. Op-Ed를 떠나 앞으로
무슨 일을 해야 할지 모르겠다고 그에게 앓는 소리를 하자 책을 집필하
라는 조언을 주었다.

멋진 기회를 주었던 로즌솔에게 깊은 감사인사를 전하고 싶다. 〈뉴욕타임스〉 Op-Ed 부서에서 함께한 모든 동료들에게도 마찬가지다. 이들이 내게 전해준 수많은 가르침과, 덕분에 행복했던 5년의 시간을 영원히 고맙게 생각할 것이다.

마지막으로 내 남편 래리 울핸들러Larry Wolhandler, 딸 핼리 울핸들러Hally Wolhandler, 행복한 삶을 누릴 수 있도록 도움을 준 수많은 훌륭한 친구들과 친척들에게 감사를 전하고 싶다.

옮 긴 이
신 솔 잎

프랑스에서 국제대학을 졸업한 후 프랑스, 중국, 국내에서 경력을 쌓았다. 이후 번역 에이전시에서 근무했고 숙명여대에서 테솔 수료 후, 현재 프리랜서 영어강사로 활동하며 외서 기획 및 번역을 병행하고 있다. 옮긴 책으로는 《디 아더 미세스》, 《내 마음이 불안할 때》, 《사이드 프로젝트 100》, 《유튜브 레볼루션》 등이 있다.

뉴욕타임스 편집장의 글을 잘 쓰는 법

초판 1쇄 발행 · 2021년 10월 15일

지은이 · 트리시 홀
옮긴이 · 신솔잎
발행인 · 이종원
발행처 · (주) 도서출판 길벗
브랜드 · 더퀘스트
주소 · 서울시 마포구 월드컵로 10길 56 (서교동)
대표전화 · 02) 332-0931 | **팩스** · 02) 322-0586
출판사 등록일 · 1990년 12월 24일
홈페이지 · www.gilbut.co.kr | **이메일** · gilbut@gilbut.co.kr

책임편집 · 송은경(eun3850@gilbut.co.kr), 유예진, 오수영 | **제작** · 이준호, 손일순, 이진혁
마케팅 · 정경원, 최명주, 김진영, 장세진, 김도현 | **영업관리** · 김명자 | **독자지원** · 송혜란, 윤정아

디자인 [★]규 | **교정교열** · 이지은
CTP 출력 및 인쇄 · 예림인쇄 | **제본** · 예림바인딩

ISBN 979-11-6521-708-2 03800
(길벗 도서번호 090160)
정가 16,000원